长识见·赏名篇

在香港大学讲授的现代小说专题选

杨玉峰 著

云南出版集团

云南美术出版社

图书在版编目（CIP）数据

长识见·赏名篇：在香港大学讲授的现代小说专题
选 / 杨玉峰著. -- 昆明：云南美术出版社, 2018.8
　ISBN 978-7-5489-3312-0

　Ⅰ. ①长… Ⅱ. ①杨… Ⅲ. ①现代小说－小说研究－
中国－文集 Ⅳ. ①I207.42-53

中国版本图书馆 CIP 数据核字(2018)第 199571 号

出 版 人：李　维　　刘大伟
责任编辑：吴　夏
责任校对：胡国泉　　陈春梅
装帧设计：礼孩书衣坊

长识见·赏名篇
在香港大学讲授的现代小说专题选

杨玉峰　　著

出版发行：云南出版集团　云南美术出版社
社址电话：昆明市环城西路 609 号　　0871-64196980
印　　装：广州商华彩印有限公司
开　　本：880mm×1230mm　　1/32
印　　张：9.75
字　　数：227 千
印　　数：1～1000
版　　次：2018 年 8 月第 1 版
印　　次：2018 年 8 月第 1 次印刷
ISBN 978-7-5489-3312-0
定　　价：38.00 元

目　录
CONTENTS

自　序

告别教学生涯的时刻终于到来了！大小讲台幕落，回眸陆佑堂、纽鲁斯楼、邵逸夫教学楼偌大的身影，踏遍古雅与摩登的方寸，四十年岁月弹指间消逝无痕。

从上大学接触现代文学，到专门研究，以至讲学授课，亲历学科由课程边缘走向核心，而自己大半生光阴也就此寒来暑往、苦乐掺和地燃点消磨，能不感慨五内！

记得念大学本科时，现、当代文学只是侧室，仅是一门选修陪衬，为期两年，现、当代挤在一起，散文诗歌小说共冶一炉，戏剧尚且不知所踪。这也难怪，中学的文学史科只讲授至清代，公开考试的现代文学题偶然惊鸿一现，功利一点来说，谁会重视现代文学呢？随着内地改革开放，现代作家新旧著作源源不绝，招引大量读者、书评家、研究者埋首书堆，如饥似渴，不亦乐乎！本人适逢其会，自然难免从众。同样，大学课程也相应迎合趋势，开枝散叶，现、当代文学一分为二，各自扩大了一些领土。及至本人完成博士论文，留校执教时，现、当代文学科已变成两门四杰，侧重讲授诗歌和小说两种文类，各占一年的课时，而我便被分配负责讲授小说的部分。后来由于香港大学改制，为了确保有足够科目让学生选修，于是现、当代文学两科也得以拓展改组，把现代小说和当代小说分别独立成科，将过去一学年的课时，改于一学期（半年）完成，由我专责讲授，一直至今。

屈指算来，讲授现代小说专题科已有十多年，它是文学组之中较多学生选读的科目之一，或许因香港学生总爱舍难取易，以为阅读赏析白话文总较看文言著作来得轻松，所以才一窝蜂登入系统注册修读吧！当然，我也相信课程的内容和编排，也会是大部分学生们钟爱上课的主因，即使他们明知需要阅读大量文本不太划算，而且事前也从学姊学兄那里得知，要在杨老师手上拿取高分是很困难的，但他们依然敢于踊跃接受挑战。事实上，分数虽然要紧，兴趣还是最重要的，否则念书的意义便扭曲无存了。

香港大学上课，大抵采取老师讲授和小组讨论的双轨制。前者是知识的传授，后者是学生们就指定作品彼此讨论，每学年三至四回，由导师主持及参与。两者互补，尤其是小组讨论要求学生必须出席，不可逃避，实在是一种促进认真学习、训练思维及改善表达能力的好方式。

顾名思义，现代小说专题课是以专题的形式来讲授1918年至1949年的内地小说，正因课时紧凑，即使现代小说发展只有百年光景，但珠玉纷呈，如何让学生深入认知，必须因时制宜及考虑学生的实际状况。我明白到学生在过往中学阶段较少机会系统地接触现代文学，基础知识相对薄弱；而且阅读作品往往侧重内容大要，有如走马看花。为了让学生对现代小说有一纵深的理解，因此课程设计是以现代小说发展为经，并以各阶段的代表性作家及其文本为纬，编织成既有线复有面的较具条理的图景。换言之，在分享作家作品之前，小说发展的基础知识课题"中国现代小说发展概况"率先拉开帷幕，让学生进入现代小说的历史现场，掌握它的源起、各阶段发展特质，以及其间出现的思潮和代表作家等，实行一次宏观的检视。之后按历时性进程，选取不同阶段代表性作家的文本深入解读，说明小说创作相关的诸种问题，是连串的微观考察与深度赏析。

最初，选讲的对象也曾煞费思量，不能随意或单凭个人喜爱，必须考虑两方面的限制。首先，一些代表性作家及专题是难以绕开的，像鲁迅、郁达夫、沈从文、茅盾、张爱玲、钱锺书、现实主义小说、京派小说、革命小说、新感觉派小说、抗战小说等，不讲授是说不通的。但碍于课时有限，只能于大课及导修尽力多介绍多讨论，又或把一些专题于不同学年轮流交替讲授，务求让每年的内容灵活丰富。另外，代表性的作家及作品，大多是人所共知，而研究的论著也不计其数，怎样才能跳出旧窠臼，不致人云亦云？因此，分析讨论的角度便得另出机杼，否则很难引起学生的兴趣及激发他们的思维。于是，讲授时会视乎情况，从新的角度或借用适切的理论来进行赏析，给予同学阅读新刺激。当然，某些课题如20年代乡土小说、抗战小说、郁达夫《沉沦》、张爱玲的小说、钱锺书的《围城》等，论述观点及切入角度较难创新，只能综合前人的研究成果并加以深化补充，供同学分享，用以开拓他们的眼界。如此这般，现代小说专题科的内容架构也就稳定下来：大课稳中求变，尤其是多尝试以新观点讲解经典著作；而导修则可以逐年改动讨论的作家或文本，话题也能灵活多变，学生的阅读量和投入感自然相对地提高。这便是此科目"长识见，赏名篇"的立意和宗旨。

规律化的教学生活和研究工作，经年累月地上课、阅读、批改、撰述，送旧迎新，循环不息，青丝变成华发，才惊觉自己和学生已由最初执教时年龄接近，转瞬便当了他们的父辈。事实上，多年来现代小说科教导了过千的学生，不敢说他们一定得益匪浅，但至少他们于课堂之中，能够汲取知识、开拓眼界、学懂分析，并了解到现代小说发展的多样性（思想与技巧），以及它所受作家主观意识、社会客观形势与外来思潮影响的不同形态，完全有别于当代文学的一元化主旋律趋向。而本人负责讲授现代小说，教学相长，得益更大。为了维持课题的知识性及学术水平，不断修正更新课题内容和观点是不二法门。积累下来，笔记讲义盈箱满箧，新旧材料图书也堆放办公室与家中，容身之所几近被侵占殆尽。过去，为了顾及学生的"消费者"权益，即使在一些授课论题上有点个人心得，也尽量留于课堂上宣讲，维护学生优先获取最新成果的享用权。因此，与现代小说科相关的研究论著，甚少拿去公开发表或参加会议，这可能就是职业道德吧！近两年来，由于获得一些研究基金资助，可以聘请其他老师代为上课，自己则专注于项目研究。刚好现代小说科的上课编排容许他人代劳，而之后本人也将放下教鞭，功成身退，不需再讲授此科。转念心想，何不借此机会，把这些多番与学生共享、行将退役的现代小说成果，挑选其中较具新意和可观的加以修订出版，一方面聊作教学生涯的鸿爪印记，并希望唤起昔日学子的共同记忆，重拾当年上课的情怀；另一方面把个人研究现代小说的一些心得公诸专家学者，借此促进交流。如是，《在香港大学讲授的现代小说专题选》便箭在弦上，不管好歹，也得献丑、也不藏拙了！

感谢香港大学给了我大半生栖身之所。我曾一度扬言是港大的儿子，念大学本科、进修和工作一直在港大，它是我的第二个家，可我没有像钱锺书《围城》所说的冲进去又想逃离的感觉；甚至以为"九七回归"后，中文的学术地位将会更加稳固，教学研究自然备受重视。可惜，现实总令人失望，张爱玲笔下《留情》的那股"暗红色"、为生活才依靠在一起的气息在心内愈趋强烈。昔日哺育栽培的厚意浓情，渐被急功近利的商品化措施冲淡，由雍容庄严的陆佑堂主楼迁到商业化摩登教学楼，恐怕早就暗示了宿命难逃吧！加上"国际化"已把中文著作逼到边缘，那些一向以发扬中国文化学术、培育中文人才为己任的老师，不愿本末倒置地以英语从事著述和教学，前景可想而知了，那他们又凭什么与大学单位谈情说爱？

教学退休在即，学术研究的热情仍在。出版《在香港大学讲授的现代小说专题选》有三重意义：为教学生涯画上休止符，给研究增添新成果，也为中文学术著作打气！是为序。

2018年初春

觉醒者的哀歌

——论《狂人日记》的悲剧性主题与艺术创意

一

在中国现代小说史上，鲁迅（周树人，1881—1936）的贡献和地位是公认的。虽然他仅有两个小说集《呐喊》（1923）、《彷徨》（1926）合计25篇作品，但无论在思想上及艺术上它们都有卓越的成就。早于1932年鲁迅在世时，胡云翼（1906—1965）便在《新著中国文学史》中着意颂扬鲁迅小说的社会性和艺术特点：

"在近代小说界中，最伟大的莫如鲁迅（周树人）。他的观察能钻入世态人心的深处，而洞烛隐微，其笔又尖刻，又辛辣，能曲达入微，描写最为深刻。他的小说简直就是一面人生的照妖镜。所著《呐喊》及《彷徨》实可列于世界文学名著之林而无愧色。"[1]

把鲁迅小说与世界名著看齐，是当时及后世大多数学者的看法。而鲁迅作为一个先觉者，他对身处的时势和社会

---

[1] 胡云翼：《新著中国文学史》，上海：北新书店，1943年4月，第207页。

状况的感受是敏锐而焦虑的。1902年他在日本弘文学院读预备班的时候，已意识到当前中国落后衰弱，而日本国势之富强，是维新变法成功的结果，所以他想进大学习医科，"促进了国人对于维新的信仰"。[2] 期间，鲁迅特别注意到三个与中华民族积弱的相关问题，经常反复思考：

1. 怎样才是理想的人性？
2. 中国国民性中最缺乏的是什么？
3. 它的病根何在？[3]

这阶段正是鲁迅有意通过科学（医学）救国，以及对民族盛衰与国民劣根性之间关系的思辨期。及至他在课余观看了一部日俄战争纪录片之后，促使他弃医从文，改以思想启蒙来救治中国国民及变革社会，原因是医药可以治疗病人的躯体，却不能拯救他们病态的精神和灵魂。因此，他下定决心从事文艺活动，救治中国众多心智愚昧的国民，唤醒他们的麻木、落后意识，为社会走上富强之路扫除障碍。鲁迅这种启蒙动机，驱使他致力于译介外国文学及从事文艺创作的艰巨任务。他在《域外小说集·序》回顾道：

"我们在日本留学的时候，有一种茫漠的希望，以为文艺是可以转移性情，改造社会的。因为这意见，便自然而然的想到介绍外国文学这一件事。"[4]

"转移性情，改造社会"是鲁迅及当时不少知识分子的

---

[2] 《〈呐喊〉自序》，见《鲁迅全集》第一卷《呐喊》，北京：人民文学出版社，1981年，第416页。

[3] 参考许寿裳：《亡友鲁迅印象记·许寿裳回忆鲁迅全编》，上海：上海文艺出版社，2006年7月，第24页。

[4] 见《域外小说集》，《鲁迅全集》第十卷《译文序跋集》，第161页。

信念。纵然《域外小说集》并未引起多大反响，但也无损鲁迅以文艺作为思想启蒙的工具。1918年五四运动前夕，他响应《新青年》友人们提倡新文化、反封建传统的号召，发表了第一篇白话小说《狂人日记》，实行推动思想变革，改造社会。[5] 之后，小说创作便不断涌现，目的仍是贯彻启蒙的功用。鲁迅在《我怎么做起小说来》中明确指出：

"说到'为什么'做小说罢，我仍抱着十多年前的'启蒙主义'，以为必须是'为人生'，而且要改良这人生。我深恶先前的称小说为'闲书'，而且将'为艺术的艺术'，看作不过是'消闲'的新式的别号。所以我的取材，多采自病态社会的不幸的人们中，意思是在揭出病苦，引起疗救的注意。所以我力避行文的唠叨，只要觉得够将意思传给别人了，就宁可什么陪衬拖带也没有。"[6]

又说：

"在中国，小说不算文学，做小说的也决不能称为文学家……我也并没有要将小说抬进'文苑'里的意思，不过想利用他的力量，来改良社会。"[7]

"揭出病苦，引起疗救的注意"是鲁迅创作小说的职志，而综观他的《呐喊》和《彷徨》中的作品，正是刻画了封建社会中诸种病态现象，揭示问题，触动读者神经，引发反思。

---

[5] 《〈呐喊〉自序》："……呐喊几声，聊以慰藉那在寂寞里奔驰的猛士，使他不惮于前驱。"见注2，第419页。

[6] 《我怎么做起小说来》，见《鲁迅全集》第四卷《南腔北调集》，第512页。

[7] 同上，第511页。

《呐喊》篇章概要

篇名	主角	内容／主题	视点
《狂人日记》	狂人	"逼害狂"病人的心理举动/反封建礼教 "吃人"的本质／"救救孩子"	第一身
《孔乙己》	孔乙己	孔乙己的潦倒遭遇／科举制的毒害/人与人之疏离	第一身
《药》	华老栓	华老栓的无知／革命者夏瑜的牺牲／群众的愚昧／革命的悲哀	第三身
《明天》	单四嫂子	单四嫂子丧子／妇女命运／群众劣根性	第三身
《一件小事》	人力车夫	人力车夫的仁义行为/知识分子的自私	第一身
《头发的故事》	N先生	革命者的悲哀／革掉辫子／思想革命有待发展	第一身
《风波》	七斤 赵七爷	张勋复辟／七斤一家情态／赵七爷的转变／农村封闭落后	第三身
《故乡》	"我" 闰土	"我"与闰土前后关系变化／阶级观念／人与人的疏离	第一身
《阿Q正传》	阿Q	阿Q一生行事／精神胜利法／国民劣根性	第三身
《端午节》	方玄绰	方玄绰"差不多"心态／经济制度不健全／民生问题	第三身
《白光》	陈士成	陈士成落第／科举制的毒害	第三身

篇名	主角	内容 / 主题	视点
《兔和猫》	"我"	"我"对兔、猫的态度 / 人道主义	第一身
《鸭的喜剧》	爱罗先珂	生活片断 / 怀友之情	第一身
《社戏》	"我"	"我"的乡间生活 / 故乡之情	第一身

《彷徨》篇章概要

篇　名	主　角	内容 / 主题	视　点
《祝福》	祥林嫂	妇女的悲惨命运/反封建	第一身
《在酒楼上》	"我" 吕纬甫	知识分子的消极生活 / 出路问题	第一身
《幸福的家庭》	"他"	知识分子的家庭生活 / 理想与现实的矛盾	第三身
《肥皂》	四铭	国粹派知识分子的腐朽、虚伪	第三身
《长明灯》	"他" 乡民	"他"想吹熄社庙的长明灯，反被关禁 / 反封建的障碍重重	第三身
《示众》	市民	北京市民在街头看犯人的众生相 / 人与人之间的疏离、冷漠	第三身
《高老夫子》	高尔础	高老夫子任教女校 / 封建文人的虚伪	第三身
《孤独者》	"我" 魏连殳	知识分子的潦倒、彷徨 / 人与人的疏离	第一身
《伤逝》	涓生、子君	知识分子追求自由恋爱 / 个性解放/妇女出路问题	第一身

《弟兄》	张沛君	虚伪的兄弟情	第三身
《离婚》	爱姑	妇女婚姻问题／封建势力的压迫	第三身

除了《鸭的喜剧》和《社戏》以抒情为主外，其他篇章都具有不同程度的批判性。故事中主人翁不管是农民、妇女、知识分子，抑或是乡绅，众人的生活和精神都饱受压迫，分别面对不同的困扰和磨难。归根究底，他们的病苦均源自封建落后的意识，以及传统制度对他们的束缚。若然仔细分析，便会察觉"反封建"是绝大部分小说的共同主题，作品只是透过不同阶层人物的遭遇，把一些日常现象如人际关系疏离、妇女悲惨命运、知识分子出路、国民劣根性，以至爱情、亲情、友情等，借以展示封建意识涂毒人生，窒碍社会前进。而《狂人日记》一篇，更是"反封建"主题的纲领性文本，具有统摄其他篇章的领军意义。因此，探讨《狂人日记》的题旨和艺术成就，对理解鲁迅的启蒙思想和其他小说的含意有重大的导引作用。

二

《狂人日记》全篇分为十三节，长短不一，采用第一身日记体写成。故事刻画一个"迫害狂"病患者的心理状态，从而带出"礼教吃人"的反封建主题，具有强烈的象征性意义。

叙事者"狂人"作为一名病患者，当精神病发作时，便会产生种种幻觉和妄想，而"狂人"这些幻觉和妄想，道出了中国传统社会"吃人"的本质。换言之，如果按照"狂人"的目光和想法来看事物，那便会颠倒了一般正常人的观感和价值理念。但事实上，《狂人日记》流露的审美讯息，"狂人"才是正常的；反之，周围的"常人"才是病态的。鲁迅这种艺术构思，产生了莫名的尖刻讥诮的反讽效果。

故事是以"狂人"和众人的对立而进行叙述。开篇即以"狂人"自称病愈觉醒，其实是病发而杂念丛生，如是幻觉、猜疑接踵而来，造成自我与他人，甚至个体和身处的社会产生矛盾对立，衍生情节。然而正因此种对立，文本暗喻了一个觉醒者把客观世界加以对象化而进行思索的持续过程。故事也便透过"狂人"观察他人、分析处境而逐步揭示主题。

首先，"狂人"发觉到赵贵翁、小孩子们的眼光有异，不禁妄想对方："似乎怕我，似乎想害我。"[8]为了弄清楚原委，他开始进行研究，所谓"凡事须得研究，才会明白"。[9]结果，让他意外地发现了蛛丝马迹：

"古来时常吃人，我也还记得，可是不甚清楚。我翻开历史一查，这历史没有年代，歪歪斜斜的每叶上都写着'仁义道德'几个字。我横竖睡不着，仔细看了半夜，才从字缝里看出字来，满本都是写着两个字是'吃人'。"[10]

这是"狂人"觉醒（病发）后的一大发现，原本只能看作是他的妄想，但作者却借此点出主题，并进一步以"狂人"和其他人、事的对抗性关系来说明"吃人"所指涉的本

[8] 《狂人日记》，《鲁迅全集》第一卷《呐喊》，第423页。

[9] 同上。

[10] 同上，第425页。

质。"狂人"思前想后，反复考虑自己为何会遭受敌视，最终，三件事让他感觉受到逼迫、排挤的因由：

1. "狂人"踹了古久先生的陈年流水簿（第2节日记）；
2. "但是我有勇气，他们便越想吃我"（第4节）；
3. "总之你不该说，你说便是你的错"（第8节）。

第一件是借他当年的行为，暗示他做了一些反封建的举动；第二件是他自以为识破兄长和医师何先生让他安心养病是一个阴谋，指出他由于敢于反抗阴谋，才遭受重大压力；第三件是描写"狂人"幻想与年青人对话，年青人经不起他的连番质问"吃人"的事，无辞以对，只是大发雷霆，暗喻"狂人"愈想寻求真相，遭受的压力更大。很明显，"狂人"所受压迫，来自个人挑战封建传统而遭到生活于封建社会中众人的敌视，双方矛盾必然尖锐：

"自己想吃人，又怕被别人吃了，都用着疑心极深的眼光，面面相觑……去了这心思，放心做事、走路、吃饭、睡觉，何等舒服。这只是一条门坎，一个关头。他们可是父子、兄弟、夫妇、朋友、师生、仇敌和各不相识的人，都结成一伙，互相劝勉，互相牵掣，死也不肯跨过这一步。"[11]

这里，作家以"狂人"的观察和体会，道出人们的因循、疏离，互相猜忌、逼迫，做成了社会"吃人"的现象。有了这个发现，"狂人"便想打破人与人之间的隔阂，于是希望规劝自己的兄长以及其他的人：

"你们可以改了，从真心做起！要晓得将来容不得吃人的人，活在世上。"[12]

---

[11] 同上，第429页。

[12] 同上，第430-431页。

以上具有进化论思想的言辞，对深受封建意识支配的群众来说，怎会起到作用？何况出自一个"狂人"的话语，就更欠缺说服力了。结果，"狂人"的愿望落空，并且自觉到本身也与众人无异，同样生活于"吃人"的社会之中，也无法脱离"吃人"的行列。万念俱灰之下，小说最终写到他只喊出无奈的呼唤：

> "有了四千年吃人履历的我，当初虽然不知道，现在明白，难见真的人！没有吃过人的孩子，或者还有？救救孩子……"[13]

"狂人"与他人一样，背负着数千年的封建传统包袱，也曾不自觉地做过"吃人"的罪行。而今纵使他有赎罪的觉醒意识，却也无能为力改变自己及他人的命运，是以绝望之下，只能喊出"救救孩子"的呼声。值得注意的是，作家在小说前的序言中，强调"狂人"已经痊愈，而且赴某地候补（就职），[14] 其实主角的下场安排与故事的收结起着呼应。"狂人"病好了，重回社会工作，岂不意味着他返到"吃人"的社会生活？重过病态日子前的"狂人"，仅喊出一句渺茫的声音，显然反映了鲁迅当时对反封建的前景也感到困难重重，不可预知。"狂人"独力难支，觉醒了却无能为力。然而"狂人"毕竟曾经觉醒，并道破社会"吃人"的本质，他的形象塑造，有着先知或启蒙者的特性，是作家刻意建构的象征性人物。

早在鲁迅实行文艺改革社会之初，他在1908年撰写的《摩罗诗力说》里曾慨叹道：

---

[13] 同上，第432页。

[14] 同上，第422页。

"今索诸中国，为精神界之战士者安在？有作至诚之声，致吾人于善美刚健者乎？有作温煦之声，援吾出于荒寒者乎？家国荒矣，而赋最末哀歌，以诉天下贻后人之杰里迈亚，且未之有也……中国遂以萧条。"[15]

文中的杰里迈亚（Jeremiah）是犹太灭国前的一位先知，他奉差遣传达神的审判信息，并预言耶路撒冷将被新巴比伦国攻陷，可是同胞不为所动，他反受到谩骂、鞭打、监禁等逼迫。《旧约圣经》里有《杰里迈亚哀歌》五章，是他对国家不幸命运的悲鸣！毫无疑问，鲁迅借犹太灭国为鉴，忧虑中国的前途，期望有像杰里迈亚这样的一位先觉者出现，警醒沉睡的国民。显然，鲁迅那时是以中国的杰里迈亚自许的；而他后来塑造的"狂人"形象，也同样扮演着先知的角色。难怪他对挪威戏剧家易卜生（Henrik Ibsen，1828—1906）及其作品《国民公敌》中那位坚守真理、力抗众愚的主角斯托克曼医生深表认同：

"伊氏生于近世，愤世俗之昏迷，悲真理之匿耀，假《社会之敌》以立言，使医士斯托克曼为全书主者，死守真理，以拒庸愚，终获群敌之谥。自既见放地主，其子复受斥于学校，而终奋斗，不为之摇。末乃曰，吾又见真理矣。地球上至强之人，至独立者也！其处世之道如是。"[16]

及后他写成《狂人日记》，便在《致许寿裳》的信中禁不住得意地说：

"后以偶阅《通鉴》，乃悟中国人尚是食人民族，因成

---

[15]　《摩罗诗力说》，见《鲁迅全集》第一卷《坟》，第100页。

[16]　《摩罗诗力说》，同上，第79页。

此篇。此种发现，关系亦甚大，而知者尚寥寥也。"[17]

"死守真理，以拒庸愚"及"知者尚寥寥"的感叹，颇有"众人皆醉我独醒"的孤寂感。杰里迈亚、斯托克曼、"狂人"和鲁迅，都是"独醒"的角色，各自面对麻木、无知的众生，所遭受的阻力和压逼可想而知。先觉者的前路是渺茫的，鲁迅也很清楚，所以他只能把一度觉醒的"狂人"重返众生之中生活，道出了"独醒"的无奈与悲剧性，令文本更具启蒙意味，也折射了五四前夕作家那时的较茫然的心态。

三

《狂人日记》是现代文学史上第一篇白话小说，叙述用语不乏文言成分，尤其是篇前那段叙事者的序言，全用文言写成，却也无损它的艺术创意。首先，小说以日记体的形式来建构，日记体的第一身叙事让叙述者可以讲述情节，自我剖白，甚至袒露个人的精神状态。故事主角是一名精神病患者，他的心理变化由自己陈述，肯定比起第三者的叙说更深刻真切，所以第一身叙事的日记体，更符合人物的塑造，并增强了故事的思辨深度。《狂人日记》的日记体形式，开创了现代小说此种书写的模式，后来不少作家也以日记体叙事，著名的作品如庐隐（1898—1934）的《丽石的日记》、倪贻德（1901—1970）《玄武湖之秋》、丁玲（1904—1986）《莎菲女士的日记》、穆时英（1912—1940）的《贫士日记》等。

其次，小说采取双层意义的结构模式：表层是叙述"狂

[17] 1918年8月《致许寿裳》，见《鲁迅全集》第十一卷《两地书·书信》，第353页。

人"病发时被常人看成荒谬狂妄；深层实则写了"狂人"清醒（病发）期间的觉悟和思考，却不为（病态的）常人认知。两重意思有机地叠合，揭示了"狂人"与常人的对立关系，并借病发及病愈作为主角思想逆转的关键，突显社会"吃人"的本质与旧观念实在牢不可破，深化了小说的反封建主题。试以下图加以解释：

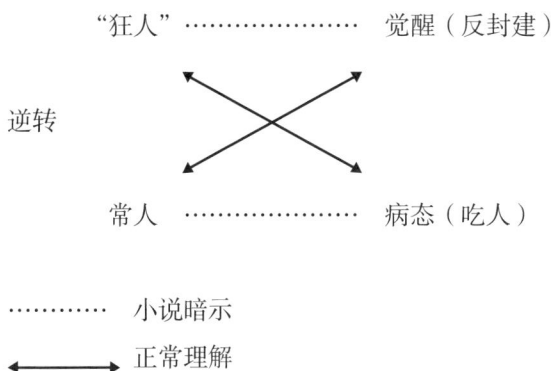

《狂人日記》的深层结构

上图展示了"狂人"的思想变化。当他发病时实即他一度觉醒，于是他不断寻求受到敌视的真相，结果找出了社会"吃人"的本质；常人是"吃人"社会的帮凶，他们才是病态的，而小说反封建的主题由此彰显。可惜"狂人"的抗争不得要领，最后他病愈回到社会工作。"狂人"病好变回常人，重返"吃人"社会，这意味他与病态的众生无异，继续过着"吃人"的日子。"狂人"从发病至病愈，是一次由觉醒而逆转至病态的回归过程，他的思想与处境转变，具有强烈的反讽意味。

"狂人"的形象塑造逼真却又具象征意义。鲁迅曾经学习医科，对于精神病的相关知识必定有所涉猎。他笔下的"狂人"，无论言行举止、心理状态，无不符合一名精神病患者的形象特征。幻觉、妄想、疑惑、情绪紧张等诸种病征都在"狂人"身上反复出现，每每能切合他的处境和遭遇，令人物栩栩如生。而第八节的狂人幻想与年青人对话，采用了戏剧性独白（dramatic monologue）的技巧，让狂人意识处于迷惑妄想之中，深化狂人的焦虑与文本的主题，既切合主角的精神病状态，又令此段情节合理化，实在一举两得。又篇中"狂人"无名无姓，只是常人眼中的精神病患者，病发时可能对常人构成威胁，甚至危及社会。所以"狂人"与他人常处于对立位置，即使心存真理，也受到排挤和孤立。如是，"狂人"遗世独立，不被别人理解，仿似一个精神界的先锋，为真理而奋斗，所思所想却难得知音。因此，把"狂人"设置在"吃人"社会的封建氛围里与众人对立，便有着抗争的象征性意义。

事实上，《狂人日记》的确连用了不少象征性的书写技巧，暗示、隐喻、意象等与主角的幻觉、思绪、妄想混杂一片，构成了小说的虚幻基调。再加上文中一些人名、地名都是虚拟的指涉，如古久先生、赵贵翁、狼子村、陈年流水簿等模糊化概念，模棱之中不乏文化讯息，大大提升了小说的可读性和想象空间。

小说的收结表面是开放式（open ending）的，给予读者想象余地，但实质开篇的序言已经埋下伏笔，预示了主角的下场和命运，和结尾遥相呼应，读者只要细心回味，原本萌生的悬念立刻便会消失，并且顿悟狂人的结局必然会是一个悲剧。收结明开放实封闭（closed），作家的技巧和创意是值得欣赏的。

基于文本隐藏的深层意义、象征性角色塑造，以及错综虚拟的叙述方式，《狂人日记》或可视为现代文学史上的第一篇象征小说。

参考书目：

1.《鲁迅全集》，北京：人民文学出版社，1981年。

2. 王富仁：《中国反封建思想革命的一面镜子》，北京：北京师范大学出版社，1986年8月。

3. 周遐寿：《鲁迅小说里的人物》，上海：上海出版公司，1954年4月。

4. 许钦文：《"呐喊"分析》，北京：中国青年出版社，1956年7月。

5. 卫建林：《〈呐喊〉〈彷徨〉和它们的时代》，杭州：浙江人民出版社，1981年6月。

6. 吴中杰、高云：《论鲁迅的小说创作》，上海：上海文艺出版社，1978年11月。

7. 邱文治：《鲁迅名篇析疑》，西安：陕西人民出版社，1981年4月。

8. 陆耀东、唐达辉：《鲁迅小说独创性初探》，长沙：湖南人民出版社，1984年10月。

9. 许寿裳：《我所认识的鲁迅》，北京：人民文学出版社，1978年6月。

10. 冯锡玮：《覃思精妙见才华——论鲁迅小说环境、人物、情节的设计与构思》，《中国现代文学研究丛刊》1982年4期（1982年10月），第104-119页。

11. 李继凯、阎晶明：《建构"立人"的系统机制》，《陕西师大学报》（哲学社会科学版）1988年2期（1988年5月25日），第85-92页。

12. [日]伊藤虎丸（王保祥译）：《〈狂人日记〉——"狂人"康复的记录》，见乐黛云主编：《国外鲁迅研究论集》（1960-1981），北京：北京大学出版社，1981年10月，第472-496页。

13. 赵卓：《鲁迅小说叙述艺术论》，北京：首都师范大学出版社，2002年6月。

14. 王富仁：《中国鲁迅研究的历史与现状》，杭州：浙江人民出版社，1999年3月。

15. William A. Lyell, "The Short Story Theatre of Lu Hsun," Ph.D. Dissertation, University of Chicago, Illinois, 1971.

16. Patrick Hanan, "The Technique of Lu Hsun's Fiction," *Harvard Journal of Asiatic Studies,* Vol.34, 1974, pp.53-96.

17. Leo Ou-fan Lee, *Voices from the Iron House: A Study of Lu Xun,* Bloomington and Indianapolis: Indiana University Press, 1987.

自我经验、"私小说"与郁达夫的《沉沦》

一、前言

郁达夫（1886—1945）创作小说大都以自我的经验为题材，这是众所周知的事实。无论是第一身或第三身叙事，作家的身影总是在文本中闪现。因此，了解郁达夫的生命历程尤其是他早年成长的生活，对理解他的作品有莫大帮助。另外，他在留学日本时期完成的名作《沉沦》，即已展现他小说创作的基调色彩。自我剖白与感伤抒情的特点始终贯彻他一生的小说，就算是被称为较写实的《过去》和《迟桂花》，也不免予人低回唏嘘的感觉！透过分析《沉沦》这篇作品，借以一窥郁达夫自我经验与文学理念及其创作的关系，将会是正确开启作家心扉的一把钥匙。

二、自我经验与小说创作

（一）童年成长的记忆

郁达夫的出生地浙江富阳，县城三面环山，一面临江；城东有幽雅的鹳山，风光绮丽，不仅是江南富饶之乡，也是一处山明水秀的胜地。郁达夫晚年在《自述诗》曾特意忆述道：

"家在严陵滩上住，秦时风物旧山川。碧桃三月花如锦，来往春江有钓船。"[1]

严陵滩是东汉严光（字子陵）隐居不仕之处，北宋范仲淹（989—1052）曾重修桐庐郡富春江畔严子陵祠堂，并撰写《桐庐郡严先生祠堂记》，内有"惟先生以节高。……云山苍苍，江水泱泱，先生之风，山高水长"；[2]之后严光便以"高风亮节"闻名天下。故乡的山川景色，人杰地灵，都让郁达夫难以忘怀，萦绕心间；所以他的创作，总受到这深刻印象的支配，喜欢客观环境的铺写，着墨于景物不少，这是造成他的小说散文化的一个原因，也是他何以爱好及擅长撰写游记的主观因素！即如小说《沉沦》写到主角沈醉于大自然的怀抱、身心放松的情景：

"晴天一碧，万里无云，终古常新的皎日，依旧在她的轨道上，一程一程的在那里行走。从南方吹来的微风，同醒酒的琼浆一般，带着一种香气，一阵阵的拂上面来。在黄苍未熟的稻田中间，在弯曲同白线似的乡间的官道上面，他一个人手里捧了一本六寸长的Wordsworth的诗集，尽在那里缓缓的独步。在这大平原内，四面并无人影；不知从何处飞来的一声两声的远吠声，悠悠扬扬的传到他耳膜上来。他眼睛

———————
[1] 《自述诗十八首》，见《郁达夫全集》第九卷《诗词》，杭州：浙江文艺出版社，1992年12月，第65页。

[2] 范仲淹：《桐庐郡严先生祠堂记》，见范能浚编集、薛正兴标点：《范仲淹全集》卷八，南京：凤凰出版社，2004年11月，第164–165页。

离开了书，同做梦似的向有犬吠声的地方看去，但看见了一丛杂树，几处人家，同鱼鳞似的屋瓦上，有一层薄薄的蜃气楼，同轻纱似的，在那里飘荡。"[3]

天朗气清、闲适舒泰的景致，绘影绘声，衬托出主角的平和心境。此类情景相生的描写，在郁达夫的小说中极为常见。

郁达夫是郁曾企的第四个孩子，他出生的时候，家庭经济境况本已很窘迫，加上母亲的乳水不足，郁达夫自小便营养不良，身体孱弱；后来到日本读书，苦读日语，希望能考取官费留学生资格，结果导致神经衰弱和患上气管炎等慢性病。三岁时父亲病逝，整个家庭的经济开支便依靠母亲一人摆货摊维持。两个兄长郁华和郁浩离家去念私塾，而七岁的姊姊又因家境关系送给别人当童养媳。如是，郁达夫便过着孤独寂寞的童年，陪伴他的只有年老的祖母和大他十多岁的婢女翠花——母亲当年的陪嫁侍女。[4] 可想而知，体弱加上长期孤寂，造成了郁达夫性格内向，甚至产生自卑自怜的心理，渴望别人的关怀和爱护，却又抗拒他人的"同情"和"怜悯"，容易陷于一种矛盾的状态之中。这种孤寂的童年生活导致的脆弱、敏感心理，其实很容易在他塑造的小说主角身上找到相类的病态特征，显然郁达夫的小说角色是他人格性情的潜意识折射。

纵使家境困难，母亲还是让孩子读书识字。郁达夫像两位兄长一样入读私塾，那时他七岁多。十一岁（1907）才转

[3] 《沉沦》，见《郁达夫全集》第一卷《小说》，杭州：浙江文艺出版社，1992年12月，第17-18页。

[4] 郁达夫：《悲剧的出生——自传之一》，见《郁达夫全集》第四卷《散文》，第319-324页。

读新式的富阳县立高等小学堂，四年后毕业。之后辗转读过嘉兴府中、杭州府中、之江大学预科、蕙兰中学等，未毕业便返乡自修，直到1913年9月，任职北京高等审判厅推事的兄长郁华被派往日本学习，才把他带到日本，继续学业。[5]由此看来，郁达夫接受基础教育的时间并不长，而且也不稳定，然而他却天资过人，学识和才情都胜人一筹。他在《自述诗》中也很自负地说：

"九岁题诗四座惊，阿连少小便聪明。谁知早慧终非福，碌碌瑚琏器不成。"[6]

入读私塾不及两年，便能写诗吟咏，可见他的文才是天赋的。诗中"阿连"是指南朝宋室的天才文学家谢惠连（407—433）；而"瑚琏"一词出自《论语·公冶长》，是一种祭祀时盛载祭品的容器，借喻能辅助天子、参与祭祀的尊贵角色。[7]郁达夫以谢惠连的才智自比。惠连年仅27岁便去世，可谓不幸；而郁达夫虽比他长寿，却无多大成就，好不了多少，因而才有"谁知早慧终非福，碌碌瑚琏器不成"的慨叹！郁达夫晚年的自述，不免带有怀才不遇、命途蹇滞的自伤情绪。的确，他才情过人并非自夸之辞。据他的创造社友人郭沫若（1892—1978）在《论郁达夫》中回忆道：

"达夫很聪明，他的英文、德文都很好，中国文学的根底也很深，在预备班时代他已经会做一手很好的旧诗，我们

———

[5] 郁达夫：《书塾与学堂——自传之三》，见上，第331-336页。

[6] 同注1。

[7] 《论语·公冶长》："子贡问曰：'赐也何如？'子曰：'女，器也。'曰：'何器也？'曰：'瑚琏也。'"见杨伯峻（1909—1992）《论语译注》，北京：中华书局，1980年12月第2版，第43页。

感觉着他是一位才士。"[8]

而另一创造社成员郑伯奇（1895—1979）也指出：

"达夫在'一高预科'的时候，已经显示了出色的文学才能，分到'八高'（第八高等学校的简称，在名古屋市）以后，他经常写些旧体诗文，在这方面，他是有家学渊源的。"[9]

说郁达夫有家学渊源，恐怕不符事实。但友朋均异口同声称他十八九岁便能写一手好诗词，而且被目为"才士"，可见郁达夫的旧学根底必定扎实且才气逼人，给同辈留下深刻印象。事实上，郁达夫的古典诗词创作的成就比起白话文的创作不遑多让，甚至被誉为现代作家中写旧诗词的能手。他这个特长，也应用到小说创作之中，因而小说的语言不乏雅致的词句；更甚的是他把诗词安插于情节之间，大大增强了文本的抒情格调。像他1916年冬于日本写成的《席间口占》：

"醉拍栏干酒意寒，江湖牢落又残冬。剧怜鹦鹉中州骨，未领长沙太傅官。一饮千金图报易，几人五噫出关难。伤心落日回头望，不见淮阴旧将坛。"[10]

这首诗便是《沉沦》第七章末尾的那首七绝的蓝本，仅是诗在小说内改变了几个词语，如第四句"未领"作"未拜"；第六句"几人五噫"作"五噫几辈"；第七句"伤心落日"

[8] 郭沫若：《论郁达夫》，见《历史人物》，北京：中国人民大学出版社，2009年11月第2次印刷，第233页。

[9] 见郑伯奇：《忆创造社及其他·忆创造社》，香港：生活、读书、新知三联书店，1982年9月，第11页。

[10] 《席间口占》，见《郁达夫全集》第九卷《诗词》，第40页。此诗收集时据《沉沦》的改定本。

作 "茫茫烟水"；第八句整句改成"也为神州泪暗弹"。如从这诗作论证，指称《沉沦》是郁达夫到日本第八高等学校第二年冬（1915），以自己的留学生活做题材的作品也有一定的根据。郁达夫喜欢以诗作掺入小说之中，增强作品的抒情效果，这是他惯常采用的手法。如《沉沦》开首便描写主角吟诵英国诗人华滋华斯（William Wordsworth，1770—1850）的《孤寂的高原刈稻者》（The solitary Highland reaper）：

　　"你看那个女孩儿，她只一个人在田里，

　　你看那边的那个高原的女孩儿，她只一个人冷清清地！

　　她一边刈稻，一边在那儿唱着不已；

　　她忽儿停了，忽而又过去了，轻盈体态，风光细腻！

　　她一个人，刈了，又重把稻儿捆起，

　　她唱的山歌，颇有些儿悲凉的情味；

　　听呀听呀！这幽谷深深，

　　全充满了她的歌唱的清音。

　　有人能说否，她唱的究是什么？

　　或者她那万千的痴话

　　是唱着前代的哀歌，

　　或者是前朝的战事，千兵万马；

　　或者是些坊间的俗曲

　　便是目前的家常闲说？

　　或者是些天然的哀怨，必然的丧苦，自然的悲楚。

　　这些事虽是过去的回思，将来想亦必有人指诉。"[11]

把诗歌翻译为中文加以应用，或以主角吟咏诗篇掺进文

_____
[11]　《沉沦》，见《郁达夫全集》第一卷《小说》，第20-21页。

本之中，这是郁达夫常用的叙事手法，其实对故事情节帮助不大，但说他有意卖弄，增添小说的抒情性并非全无道理的。

（二）留日生活的烙印

然而最值得重视的是，郁达夫留学日本的经验及他接触当时流行日本的自然主义文学，才是影响他早期小说创作主题与艺术风格的主因。1913年郁达夫初至日本，至1922年东京大学经济部毕业回国，留日约十年。期间虽然学习社会科学的科目，但他对文学的兴趣更大，而创造社也是1920年于他的寓所内宣告成立的。[12] 根据有关材料，他留日时期的活动更引人注目。

1. 1914年他就读第一高等中学预科时，开始接触西洋文学，看过屠格涅夫（1818—1883）的英译著作《初恋》和《春潮》；念名古屋第八高等学校时，阅读量及范围更广，按他自己的回忆文章《五六年来创作生活的回顾》说：

"在高等学校里住了四年，共计所读的俄德日法的小说，总有一千部内外……"[13]

以上所述各国著作数量或许有点夸大，即使折半也教人吃惊。而受到西方小说的影响，他曾写过两篇小说《金丝雀》（1916）和《樱花日记》（1917），可惜后来都散佚了。

2. 1915年起在第一高等中学的《校友会杂志》第16号刊登诗作。1916年更结识了当时活跃日本文坛的诗人、画家服部

---

[12] 有关创造社的成立及发展，可参考郑伯奇的《忆创造社及其他》（见注9，第1—96页）及黄淳浩：《创造社：别求新声于异邦》（北京：社会科学文献出版社，1995年9月）。

[13] 《五六年来创作生活的回顾》，见《郁达夫全集》第五卷《文论》，杭州：浙江文艺出版社，1992年12月，第238页。

担风（1867—1964），不断有诗作在服部主持的《新爱知新闻》的"汉诗栏"上，并经常参加服部主办的文人雅集。以上刊物和交流活动，无疑给予郁达夫发挥文艺才能的机会。

3. 1922年在东京帝国大学读书时，结识了日本唯美主义及私小说作家佐藤春夫（1892—1964），对他的小说理念和创作有深刻的影响。[14]

佐藤春夫是日本近、现代文学史上的唯美主义小说名家。他的文学作品中孤独感伤的情调、主人公清高的性格和归隐情绪深深打动了郁达夫。两人的唯美小说整体上都具有忧郁、孤独、颓废、感伤的世纪末情调，均有不作掩饰的性欲描写，有对大自然的伟大赞美，同时也运用浪漫主义手法创作。[15]郁达夫在《海上通信》中曾经承认道：

"在日本现代的小说家中，我所最崇拜的是佐藤春夫。……他的作品中的第一篇，当然要推他的出世作《病了的蔷薇》，即《田园的忧郁》了。其他如《指纹》《李太白》等，都是优美无比的作品……我每想学到他的地步，但是终于画虎不成。"[16]

---

[14] 有关郁达夫与佐藤春夫的交往及受到的影响，前人的研究甚多，可参考张能泉、张剑：《论郁达夫与佐藤春夫的关系》，《社会科学论（学术研究卷）》2008年12期，第101-104页；王福和：《郁达夫的小说创作与佐藤春夫的影响》，《浙江工业大学学报（社会科学版）》13卷2期，2014年6月，第128-132页；倪祥妍《日本小说家与郁达夫》，第三章《佐藤春夫与郁达夫的复杂关系》，北京：北京大学出版社，2013年10月，第74-117页。

[15] 参考曾真：《佐藤春夫与郁达夫唯美主义小说比较》，《内蒙古民族大学学报》14卷5期，2008年9月，第17-19页。

[16] 《海上通信》，见《郁达夫全集》第三卷《散文》，第28-29页。

日本文学之中，佐藤春夫（也包括田山花袋、葛西善藏、志贺直哉等作家）的作品被称为"私小说"，那是流行于20世纪20年代前半期日本文坛的一种小说形式。"私小说"中的"私"，指的就是中文"我"的意思，"私小说"即作者以自己亲身经历为依据而创作的小说。当时日本评论家久米正雄（1891—1952）把"私小说"称为"心境小说"，认为真正能表现作家心情和感想的才是"私小说"，充分肯定了小说的艺术地位。有日本学者把"私小说"分为破灭型与调和型，表达生存危机感的是破灭型，而克服生存危机，以调和自我为目标的就是调和型；日本的"私小说"多属于后者。[17]换言之，"私小说"就是作家的"自我小说""心境小说"，是"作者把自己直截了当地暴露出来的小说"[18]。因此作品和作家关系密切，甚至完全合一；"私小说"不重视外部描写，着重刻画人物心境，折射作家的主观意识。[19]田山花袋（1872—1930）的《绵被》（1907），便是个中的代表文本。

郁达夫留学日本期间，正值"私小说"盛行，加上佐藤春夫那唯美及书写自我的一类小说，大大影响了郁达夫的创作理念。但他并没有把"私小说"挂在口边，反而直接借用了法国作家法朗士（Anatole France，1844—1924）的一句

———————

[17] 参考周砚舒：《日本私小说概念的形成与变迁》，《南京师范大学文学院学报》2013年2期，2013年6月，第144-148页；王艳华：《日本"自然主义文学"和"私小说"的再阐释》，《国外社会科》2013年5期，第146-150页。

[18] 中村武罗夫（1886—1949）：《本格小说与心境小说》，转引自《日本私小说概念的形成与变迁》，见上，第146页。

[19] 陈秀敏：《论日本"私小说"的特质》，《文艺争鸣》2013年7期，第160-163页。

"文学作品，都是作家的自叙传"，宣称"这一句话，是千真万真的"，并指出：

"客观态度，客观的描写，无论你客观到怎么样一个地步，若真的纯客观的态度，纯客观的描写是可能的话，那艺术家的才气可以不要，艺术家存在的理由，也就消灭了。佐拉的文章，若是纯客观的描写的标本，那么他做的小说上，何必要署佐拉的名呢？他的弟子做的文章，又岂不是同他一样的么？他的弟子的弟子做的文章，又岂不是也和他一样的吗？所以我说，作家的个性，是无论如何，总须在他的作品里头保留着的。所以我对于创作，抱的是这一种态度，起初就是这样，现在还是这样，将来大约也是不会变的。我觉得作者的生活，应该和作者的艺术紧抱在一块，作品里的individuality决不能丧失的。"[20]

"文学作品，都是作家的自叙传"成了郁达夫小说创作的座右铭，贯彻始终。自叙传小说的特质，有著作家的自我个性，这与"私小说"的概念相近，所以评论家认为郁达夫作品受"私小说"影响，并非无由；但是受影响的深浅如何，不能轻率马虎。以下就《沉沦》这篇名作，重新辨析它与"私小说"之间的异同。

三、《沉沦》的主题

关于《沉沦》的主题，有着不同的理解。有谓是作者自身堕落的忏悔；或谓是作家爱国情怀的表现。无论哪种说

---

[20] 《五六年来创作生活的回顾》，见《郁达夫全集》第五卷《文论》，第340-342页。

法，既有差异，还是要细读文本的内容及参考作家的自白，才能有明晰的答案。郁达夫在《沉沦》集的《自序》中曾明确指出：

"《沉沦》是描写着一个病的青年的心理，也可以说是青年忧郁病（Hypochondria）的解剖，里边也带叙着现代人的苦闷——便是性的要求与灵肉的冲突——但是我的描写是失败了。"[21]

姑勿论作家的描写是否真的失败，只需细阅小说情节，便会感到故事是有关一个精神病患青年的自我堕落历程的内心剖白。"他"的病态心理和行为，是整个文本的着墨所在；而且他的堕落与投水自沉，是精神压力逐步加大，以致个人意志崩溃的必然结果。小说开篇即描绘留日学生"他"的性格和心理状况：

"他近来觉得孤冷得可怜。他的早熟的性情，竟把他挤到与世人绝不相容的境地去，世人与他的中间介在的那一道屏障，愈筑愈高了。"[22]

主角孤身留学日本，由于孤僻的个性令他与别人的关系疏离，感觉"自家是一个孤高傲世的贤人，一个超然独立的隐者"；[23] 甚至对他人的关注产生猜疑和抗拒：

"有时候到学校里去，他每觉得众人在那里凝视他的样子。他避来避去想避他的同学，然而无论到了什么地方，他的同学的眼光，总好像怀了恶意，射在他的背脊上面。"[24]

---

[21] 《〈沉沦〉自序》，同上，第20页。

[22] 《沉沦》，见《郁达夫全集》第一卷《小说》，第17页。

[23] 同上，第22页。

[24] 同上。

这显然是一种既渴望别人感情却又自卑和不信任他人的心态写照。他来自弱国的子民，自然会敌视让他感觉自卑屈辱的日本人，甚至对背后议论自己，而又与日本同学友好往来的中国留学生同样萌生恨意：

"他们都是日本人，他们都是我的仇敌，我总有一天来复仇，我总要复他们的仇。"[25]

文本又写道：

"他的几个中国朋友，因此都说他染了神经病了。他听了这话之后，对了那几个中国同学，也同对日本学生一样，起了复仇的心，……中国留学生开会的时候，他当然是不去出席的。因此他同他的几个同胞，竟宛然成了两家仇敌。"[26]

这种源自孤寂、自卑与过敏的精神心理，进一步驱使他走向极端，逃避现实、与人隔绝。当一个处于青春期的年青人的情感渴求长期"匮乏"，又无法予以疏导或转移，被压抑的潜意识里的本能欲念便乘机躁动，因而令他自暴自弃，做出连串的失控及变态行为。[27] 最初，他以手淫解决生理的

---

[25] 同上，第23页。

[26] 同上，第37页。

[27] 弗洛伊德（Sigmund Freud, 1856—1939）指出："伊特（本能）不受理智和逻辑的法则约束，也不具有任何价值、伦理和道德的因素。它只受一种愿望的支配，这就是遵循快乐原则，满足本能的需要。任何伊特的活动过程只可能有两种情形。不是在行动和愿望满足中把能量释放出来，就是屈服于自我影响，这时能量就是处于约束状态，而不是被立即释放出来。"参考霍尔（C.S.Hall）著，陈维正译：《弗洛伊德心理学入门》（*A Primer of Freudian Psychology*），第二章《人格的组织结构》，北京：商务印书馆出版，1985年10月，第19页。小说中"他"便是不能自控而沉溺于满足本能欲望的连串行为中。

需求，暂时纾缓了绷紧的压力，然而此举反让他产生恐惧，原因：

"他犯罪之后，每到图书馆里去翻出医书来看，医书上都千篇一律的说，于身体最有害的就是这一种犯罪。从此以后，他的恐惧心也一天一天的增加起来。"[28]

可是，性的欲念始终挥之不去，况且生理的宣泄是他本能欲念唯一的疏导方式，他只能一再沉溺其中，无法自拔：

"他犯了罪之后，每深自痛恨，切齿的说下次总不再犯了，然而到了第二天的那个时候，种种幻想，又活泼泼到他的眼前……"[29]

其后欲念日益膨涨，偷窥、窃听，甚至自我解决已不能满足渴求，他终于走上嫖妓的"罪恶"之路：

"我怎么会走上那样的地方去的，我已经变了一个最下等的人了。悔也无及，悔也无及，我就在这里死了吧。我所求的爱情，大约是求不到的了。没有爱情的生涯，岂不同死灰一样么？……我将何以为生，我又何必生存在这多苦的世界里呢？"[30]

作为一名留学生，"他"有着读书人的道德品格。所以他对自己的病态行为时常产生罪疚感，这是自我潜意识（本能欲念）与超意识（道德）的内在交战，正如篇中所说：

"他本来是一个非常爱高尚洁净的人。然而一到了这邪念发生的时候，他的智力也无用了，他的良心也麻痹了，他从小服膺的'身体发肤不敢毁伤'的圣训，也不能顾全

---

[28] 同上，第35页。

[29] 同上，第34-35页。

[30] 同上，第55页。

了。"[31]

最终，他的本能压倒了道德意识，意志随之崩溃，自我否定意识萌生，生存也便毫无意义和价值了。死亡，成了他的最终归宿！

"他"的命运和下场，显然是个人的性格及渴求得不到满足所导致，纵使他投水自沉前的呼喊，让人把他的死亡与积弱的中国联系：

"祖国呀祖国！我的死是你害我的！你快富起来！强起来罢！你还有许多儿女在那里受苦呢！"[32]

这番叫喊也让后来的评论家视为本文具有爱国情怀的证据。而作家本人其后在《雪夜》中也回忆到：

"是在日本，我开始看清了我们中国在世界竞争场里所处的地位……而国际地位不平等的反应，弱国民族所受的侮辱与欺凌，感觉得最深切而亦最难受的地方，是在男女两性，正中了爱神毒箭的一刹那。"[33]

上述自白更为小说镀上了一层政治色彩。然而细阅全篇，刻画主角的病态心理与国家的关系不多，"他"的爱国意识也不强烈。主角之所以死前作出祈盼，只能说明国家的衰弱，为他的爱情追求的幻灭，以及悲剧命运添加一点国族意味。如果硬要说《沉沦》的主题是表达作家的爱国思想，还是欠缺足够的说服力。记得法国存在主义思想家卡谬（Albert Camus，1913—1960）说过：

"社会在一开始与自杀并无关联。隐痛是深藏于人的内

---

[31] 同上，第34页。

[32] 同上，第56页。

[33] 《雪夜》，见《郁达夫全集》第四卷《散文》，第370页。

心深处的，正是应该在人的内心深处去探寻自杀。这死亡的游戏，是由面对存在的清醒过渡到要脱离光明的逃遁。我们应该沿着这条线索去理解自杀。"[34]

卡谬的看法可以拿来解读"他"的遭遇，那的确是一个"逃遁"的实例。以下试把《沉沦》的题旨以图解方式展示，相信对小说的中心思想会有更精准的理解：主角身处封建意识还是很浓厚的社会氛围里，因孤独苦闷又缺乏正常情感生活，如是受到本能驱使而陷于欲肉追求，最终精神饱受压力，走上自杀之路。篇中他只有在大自然的怀抱里，与俗世隔绝，精神才得以暂时松弛，心境才能平静。

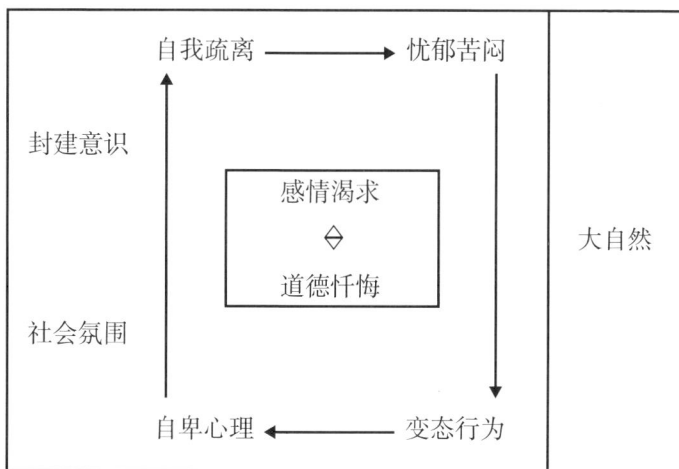

《沉沦》主角病态思想的生成

---

[34] 见(法)加谬著、杜小真译：《荒谬的推论·荒谬和自杀》，见《西西弗的神话》，北京：西苑出版社，2003年1月，第6页。

四、《沉沦》与"私小说"的同异

分析《沉沦》的内容，发觉它的确有着"私小说"的影子。"私小说"着意暴露自我，刻画人物心境，折射作家的主观意识。《沉沦》内容是一位留日中国学生的心理变化及生活状况的实录。主角的经历和郁达夫早年的留日经验相似，若然拿郁达夫于1936年发表的自传《雪夜》来与《沉沦》对读，这篇作家回忆留日生活片段的文字，简直就是《沉沦》的复本。所以，即使郁达夫否认小说的自传性，但无损读者把它视作作家个人经验的写照，何况郁达夫也一再强调作品是不能缺少作家的个性，这更说明《沉沦》含有作家个人的生活体验是不容置疑的，这与"私小说"标榜的理念是相同的。

其次，"私小说"着重人物的心理刻画和呈现，所以又称为"心境小说"。而《沉沦》也充分体现这个特点。小说从第一句"他近来觉得孤冷得可怜"开始，便展现一个留日学生的心境变化：孤独寂寞、忧郁苦闷、屈辱悲哀，以及性渴求与思乡病的焦虑等，都一一袒露无遗。作品不在意主角的外形面貌，而着重于他的内心想法。这种剖白方式，本来以第一身视角最能直接地交代，但《沉沦》却用第一和第三身交错叙述，而当叙事者客观地描述时，也往往能深入到"他"的精神世界里揭示起伏的"心境"，仿如角色本人的"自叙"。例如叙述者对"他"返校的处境写道：

"有时候到学校里去，他每觉得众人在那里凝视他的样子。他避来避去想避他的同学，然而无论到了什么地方，他的同学的眼光，总好像怀了恶意，射在他的背脊上面。"[35]

又小说写到主角歇斯底里地述说自己的渴求：

"知识我也不要，名誉我也不要，我只要一个能安慰我体谅我的'心'。一副白热的心肠！从这副心肠里生出来的同情！从同情而来的爱情！……我所要的就是爱情！若有一个美人，能理解我的苦楚，她要我死，我也肯的！……"[36]

无论是主角的自我剖白，或是叙述者的客观心理描写，都同样逼真传神，把一个年青人的绷紧的精神状态展现。主角与叙述者形同一人，而叙述者折射着作家的意识，可视作为隐含作者，效果和以第一身叙述区别不大。

另一方面，"私小说"属于自然主义的支流，它有着自然主义文学那种如实暴露，不避丑恶，甚至揭示人性欲念渴求的底蕴，借以向传统道德挑战。《沉沦》里也有相类的"暴露丑恶"、刻画欲念的大胆片段。篇中主角的性渴求固然显明，而他的一些猥亵行为，如"窥浴""窃听""嫖妓"等，文本都有详细的叙述，绘影绘声，骇人耳目，难怪当时招来非议和批评。平心而论，这些情节于主角的精神恶化起着催化作用，至于是否必要大肆铺写，见仁见智，但在作者而言，赤裸裸地如实反映，更能产生震撼效果。正如郭沫若在《郁达夫论》中指出：

"他那大胆的自我暴露，对于深藏在千万年的背甲里面的士大夫的虚伪，完全是一种暴风雨式的闪击，把一些假道学，假才子们震惊得至于狂怒了。为什么？就因为有这样露

---

[35] 同上，第22页。

[36] 同上，第25—26页。

骨的真率，使他们感受著作假的困难。"[37]

　　郭沫若是以反封建、挑战传统的角度来赞扬《沉沦》等小说书写的时代意义，稍为夸大一点也是可以理解的。唯仅从艺术风格来评定《沉沦》，它的细致刻画恰恰合乎"私小说"的大胆追求。况且所谓"大胆"与否，会因时地的改变而有不同的判断，难有定论与对错。

　　由此看来，《沉沦》的情节题材、心理剖析、肆意暴露等方面，与"私小说"所主张无异。然而明显不同的是文本的叙述方式，《沉沦》充分体现郁达夫个人的风格。正如上文所述，郁达夫才情过人，加上受童年生活熏染，内化成自我创作风格，擅于铺叙客观景物，描摹细致逼真，间或掺杂诗歌增强抒情意味，务求达至主客对应、情景交融的浑然境地。这显然并非"私小说"不着重外部描写所能取得的艺术效果。试看下面一段描述主角身处大自然的感受：

　　"他看看四边，觉得周围的草木，都在那里对他微笑。看看苍空，觉得悠久无穷的大自然，微微的在那里点头。一动也不动的向天看了一会，他觉得天空中，有一群小天神，背上插着了翅膀，肩上挂着了弓箭，在那里跳舞。他觉得乐极了。便不知不觉开了口，自言自语的说：'这里就是你的避难所。世间的一般庸人都在那里妒忌你，轻笑你，愚弄你；只有这大自然，这终古常新的苍空皓日，这晚夏的微风，这初秋的清气，还是你的朋友，还是你的慈母，还是你的情人，你也不必再到世上去与那些轻薄的男女共处去，你就在这大自然的怀里，这纯朴的乡间终老了罢。'这样的说

[37] 郭沫若：《郁达夫论》，第234页。

了一遍，他觉得自家可怜起来，好像有万千哀怨，横亘在胸中，一口说不出来的样子。含了一双清泪，他的眼睛又看到他手里的书上去。"[38]

自然界万物有情，仿若与主角气息相通，让他的心灵得到宁静与安慰。这种写景兼抒情的叙写方式，难以在刻画心境为主的"私小说"中见到。又第四节写到主角外游的情况：

"他的20岁的8月29日的晚上，他一个人从东京的中央车站乘了夜行车到N市去。那一天大约刚是旧历的初三、四的样子，同天鹅绒似的又蓝又紫的天空里，洒满了一天星斗。半痕新月，斜挂在西天角上，却似仙女的蛾眉，未加翠黛的样子。他一个人靠着了三等车的车窗，默默的在那里数窗外人家的灯火。火车在暗黑的夜气中间，一程一程地进去，那大都市的星星灯火，也一点一点的朦胧起来，他的胸中忽然生了万千哀感，他的眼睛里就忽然觉得热起来了。……火车过了横滨，他的感情方才渐渐儿的平静起来。呆呆的坐了一忽，他就取了一张明信片出来，垫在海涅（Heine）的诗集上，用铅笔写了一首诗寄他东京的朋友。

峨眉月上柳梢初，又向天涯别故居，

四壁旗亭争赌酒，六街灯火远随车，

乱离年少无多泪，行李家贫只旧书，

后夜芦根秋水长，凭君南浦觅双鱼。

在朦胧的电灯光里，静悄悄的坐了一会，他又把海涅的诗集翻开来看了。"[39]

---

[38] 《沉沦》，第18页。

[39] 见上，第29-31页。

详细的叙事，固然有着自然主义的笔调，客观而逼真，用以衬托主角内心的孤独无聊。散文化叙述加上诗歌的烘染，借客观环境映衬主观心态的抒情方式，绝非"私小说"惯用的伎俩。至于小说第三节叙述主角的成长经历和留学日本的原委，就像一则纪实文章，就更与"私小说"有很大的距离。

五、结语

综上所论，《沉沦》确实有着日本"私小说"相同的特质。郁达夫的创作理念，也显然受到"私小说"名家佐藤春夫等的影响。所以有不少论者把《沉沦》和佐藤春夫的代表作《田园的忧郁》做比较，借以说明两者的关系，这里不再多言。然而仔细考察，郁达夫的小说其实不尽是"私小说"的复制，它们之间同中有异，尤其是郁达夫的作品较重视情节的铺排，以及客观事物的描写，而非只聚焦角色主观心理的呈现。郁达夫借着人与环境的紧密关系，道出人的情感思绪除了受到个性支配之外，还同时受到客观处境的左右，《沉沦》的"他"如是，及后他的得意杰作《迟桂花》里男女主角与迟桂花同样是人、花互相指涉，足见这种主、客交融的书写范式，是作家个人的艺术追求，并非"私小说"所具有的特质。此外，郁达夫喜爱在小说中借景抒情，以诗兴意，塑造落寞人物，那就与他成长经验、个性、遭遇和偏好息息相关，更与"私小说"的书写方式相去甚远。

参考书目：

1.《郁达夫全集》1－12卷，杭州：浙江文艺出版社，1992年12月。

2. 王自立、陈子善编：《郁达夫研究资料》上下册，天津：天津人民出版社，1982年12月。

3. 张恩和编著：《郁达夫研究综论》，天津：天津教育出版社，1989年7月。

4. 郁云：《郁达夫传》，福州：福建人民出版社，1984年4月。

5. 小田岳夫、稻叶昭二：《郁达夫传记两种》，杭州：浙江文艺出版社，1984年6月。

6. 曾华鹏、范伯群：《郁达夫评传》，天津：百花文艺出版社，1983年11月。

7. 许子东：《郁达夫新论》（增订本），杭州：浙江文艺出版社，1985年11月。

8. Anna Dolezalova, *Yu Ta-fu: Specific Traits of his Literary Creation,* U.K.: C. Hurst & Co., 1971.

9. Leo Lee Ou-fan, *The Romantic Generation of Modern Chinese Writers*, Cambridge, Mass.: Harvard University Press, 1973.

10. 周炳成：《郁达夫的小说创作与日本文学的影响》，《新文学论丛》1984年1期（1984年3月），第121-130、141页。

11. 辛宪锡：《郁达夫小说创作》，北京：北京出版社，1986年9月。

12. 伊藤虎丸著，孙猛等译：《鲁迅、创造社与日本文学》，北京：北京大学出版社，1995年2月。

13. 郑伯奇：《创造社及其他》，香港：生活·读书·新知三联书店，1982年9月。

14. 谢静：《论郁达夫〈沉沦〉的病态描写》，《华北电力大学学报》（社会科学版）1999年2期，第69-72页。

15. 袁庆丰：《〈沉沦〉的感性判断与理性批判》，《中国文学研究》1996年1期，第64-69页。

16. 倪祥妍：《日本小说家与郁达夫》，北京：北京大学出版社，2013年10月。

20年代"乡土小说"的涌现及其特点

一、"乡土小说"涌现的特殊背景

上世纪20年代中期，中国文坛出现了一批以农村生活为题材，而又有很多共同特点的小说作品，后来评论家大都称之为"乡土小说"或"乡土文学"。但这个概念与之后惯常泛指一般以农村为题材的"乡土文学"有所不同，[1] 它

---

[1] 学者杨剑龙是研究中国现代乡土文学的专家，他在《放逐与回归：中国现代乡土文学论》中指出："乡土文学是客观存在的，它有独特的内涵与外延，并不等同于农村题材的作品。它大致有如下特征：1.题材的局限性。乡土文学必须是描写农村或小城镇生活风貌的作品，必须是生养过作家的那一片乡土。2.鲜明的地域性。……3.性格的独特性。乡土文学描写特定地域中人物的生活和命运，应写出特定地域里由于地理环境、文化习俗、政治经济等因素所形成人物独特的心理性格。4.语言的地方性。……综上所述，乡土文学是作家描写自己故乡农村或小城镇生活风貌的具有鲜明地方色彩和浓郁乡土气息的作品。"（上海：上海书店出版社，1995年9月，第350页）他把乡土文学区别于一般以农村为题材的作品，观点相对是可取的。但他忽略了20年代的"乡土小说"，只是乡土文学的一种文类，而且它们的出现有其特殊的创作环境和作家当时相类的心态，这些都是需要认清的。所以用"乡土文学"的概念来指称这批小说，还是不及用"乡土小说"来得妥当。

们的出现有着特定的时代背景，而书写内容与作家本人的家乡经验息息相关，具有浓厚的各自的地域色彩，且只限于小说的创作。"乡土小说"随着作家生活历练日渐丰富、各人的创作视野不断拓展，渐渐被作家新的体会和追求所取代而式微。留下来的这批"乡土小说"，可谓是新文化运动初期那段日子的见证，它们不仅反映了年青人在新旧交替时代下追求理想的艰困，也说明文艺创作与作者的生活经验密不可分，不少人说文学是时代的产物，的确有它的道理。

正因"乡土小说"有它们独特的存在意义和价值，茅盾（1894—1981）和鲁迅（1881—1936）在选编《中国新文学大系》小说一集及小说二集时，[2] 便注意到这些小说而加以收录，合共18家30篇作品，他们的编选足以反映20年代"乡土小说"的概况，篇目如下：

作者(籍贯)	篇名	主要角色	故事内容／主题思想
潘训(浙江)	《晚上》	高令(轿夫)	跌伤不能工作，沦为酒鬼。
	《乡心》	阿贵(木匠)	离乡别井到杭州谋生。
王思玷(山东)	《偏枯》 《瘟疫》	刘四(农民) 屠户	半身不遂，生活拮据。 兵祸。
徐玉诺(湖南)	《一只破鞋》 《祖父的故事》	海(农民) 祖父(农民)	兵祸。 地主压逼。
潘垂统(浙江)	《讨债》	庸安、梅翁	贫富悬殊。

---

[2] 茅盾编选：《中国新文学大系·小说一集》；鲁迅编选：《中国新文学大系·小说二集》，上海：上海良友图书印刷公司，1935年5月及7月初版。

许杰 (浙江)	《惨雾》	村民	玉湖庄与环溪村的争斗、仇杀。
	《赌徒吉顺》	吉顺(泥水匠)	误交损友，沉迷赌博，最终典妻。
彭家煌 (湖南)	《怂恿》	村民	两村争斗。
王任叔 (浙江)	《疲惫者》	运秧(雇工)	农村小人物的可悲命运。
汪敬熙 (江苏)	《瘸子王二的驴》	王二(店主)	兵祸。
杨振声 (山东)	《渔家》	王茂(渔夫)	阶级压迫。
陈炜谟 (四川)	《狼筅将军》	白棣、我、	村民的悲惨命运／兵祸。
	《夜》	篆婶	农村妇女的悲惨命运。
冯文炳 (湖北)	《浣衣母》	李妈	农村妇女生活／封建压逼。
	《竹林的故事》	三姑娘	善良的妇女。
	《河上柳》	陈老爹(卖艺者)	农村小人物的困苦生活。
蹇先艾 (贵州)	《到家的晚上》	他	农村家庭的衰败。
	《水葬》	骆毛(小偷)	农民生活困苦，被逼铤而走险。
斐文中 (河北)	《戎马声中》	我、兄	战时生活。
许钦文 (浙江)	《父亲的花园》	我	农村家庭的零落。
	《石宕》	石匠	农村落后／石匠的非人生活。
王鲁彦 (浙江)	《柚子》	我	斩头情况／国民劣根性。
黎锦明 (湖南)	《复仇》	马戏团成员	农村衰败／阶级压迫。
青雨 (？)	《三个真命天子》	冯三爷、村民	农村落后／天灾人祸。

台静农 (安徽)	《天二哥》	天二哥 (流 氓)	国民劣根性。
	《红灯》	得银	农民贫困，铤而走险 / 母爱。
	《新坟》 《蚯蚓们》	四太太 李小(农民)	兵祸。 阶级争斗 / 农村破产 / 卖妻。

茅盾在《中国新文学大系·小说一集》的《导言》称徐玉诺（1894—1958）、潘训(1902—1934)、彭家煌（1898—1933）及许杰（1901—1993）等人是"描写农村生活的作家"[3]；而鲁迅则在《中国新文学大系·小说二集》的《导言》进一步解释入选作品的情况道：

"蹇先艾叙述过贵州，斐文中关心着榆关，凡在北京用笔写出他的胸臆来的人们，无论他自称为用主观或客观，其实往往是乡土文学，从北京这方面说，则是侨寓文学的作者。但这非如勃兰兑斯(G.Brandes)所说的'侨民文学'，侨寓的只是作者自己，却不是这作者所写的文章，因此也只见隐现着乡愁，很难有异域情调来开拓读者的心胸，或者炫耀他的眼界。"[4]

鲁迅指出这些小说有几个共通之处：

1. 作者都身处北京，所以才会说"侨寓的只是作者自己"；

2. 作家在作品中各自写出个人主观或客观认知的家乡经验，而非侨寓地北京的相关题材；

3. 由于作者离乡别井、居住北京，书写的仍是他们熟悉

---

[3] 见茅盾编选：《中国新文学大系·小说一集》，第26页。

[4] 《中国新文学大系·小说二集》，第9页。

的家乡人事，所以作品难免"隐现着乡愁"；

4. 对于作者来说，身在北京（异域），叙写的却不涉及居留地，自然便没有"异域情调"。

进一步考察，上列"乡土小说"作家都是从各地来到北京追逐机遇、寻求出路的年青人。可是当他们留居在新文化发源地的北京城时，碰上五四运动的热潮日渐冷却，革命成功虽然推翻了皇朝，但对政局并无重大改变，反而军阀割据更令社会动荡，人民陷于水深火热之中。此种状况，鲁迅在他的小说集《彷徨》中有形象化的刻画，不同阶层的市民，均感到迷茫彷徨。小市民的心态，其实正是鲁迅当日的思想折射。他后来（1933）把《彷徨》送给一位日本友人时，便在书上题写了一首诗，抒发自己创作这些小说期间的心情。《题〈彷徨〉》道：

"寂寞新文苑，平安旧战场，两间余一卒，荷戟独彷徨。"[5]

鲁迅这股寂寞彷徨的郁闷情绪，也同样困扰着那些处身北京的年青知识分子，他们感觉前途迷茫、进退维谷。既然到了北京，只能坚持留下来，而他们赖以维生的方法，就是靠执笔投稿，于是不少知识青年便走上了创作之路，爬格子过活。如是，一批乡土小说作家便出现于北京文坛。蹇先艾（1906—1994）晚年在《我所理解的"乡土文学"》中回忆起自己当初与一批作家创作乡土小说的原委道：

"'五四'时期的乡土文学作者，大都是在北京求学或者被生活驱逐到那里，想找个职业来糊口的青年，他们热爱

---

[5] 见《鲁迅全集》第七卷《集外集》，北京：人民文学出版社，1981年，第150页。

他们的故乡，大有'月是故乡明'之感，偏偏故乡又在兵荒马乱之中，'等是有家归未得'，不免引起一番对土生土长的地方的回忆和怀念。"[6]

塞先艾当年创作的乡土小说，其后结集成《朝雾》一书，而他在书的序言中也有类似晚年回忆文字的交代：

"我已经是满过二十岁的人了，从老远的贵州跑到北京来，灰沙之中彷徨了也快七年，时间不能说不长，怎样混过的，并自身都茫然不知，是这样匆匆地一天一天的去了，童年的影子越发模糊消淡起来，像朝雾似的，袅袅的飘失，我们感到的只有空虚与寂寞。这几个月，除近两年信笔涂鸦的几篇新诗和似是而非的小说之外，还做了什么呢？每一回忆，终不免有凄寥撞击心头，所以现在决然把这个小说集付印了……借以纪念从此阔别的可爱的童年。"[7]

换言之，乡土小说家因谋求出路不得要领，滞留北京只能以创作维持生计，不约而同地以自己最熟悉的家乡人事或生活经验为题材，创作了不少作品，当中不免流露对家乡的复杂情怀，以及侨寓的思乡愁绪。严格来说，乡土小说家之间并无默契，也没有共同的创作理念，甚至各不相识，他们只是20年代于北京的特定环境下出现的一群年青人，因缘际会地创作题材相近、风格大致类同的小说，被时人及后世评论家视为一批具有特殊意义的文本，反映动荡时代之下部分年青知识分子的苦闷心态和忧虑，正如茅盾在《关于乡土文学》中也指出：

---

[6] 见《文艺报》1984年1期(1984年1月7日)，第23页。

[7] 《朝雾·序》，见《塞先艾文集》第三卷《散文·诗歌》，贵阳：贵州人民出版社，2004年4月，第271页。

"在特殊的风土人情而外，应当还有普遍性的与我们共同的对于命运的挣扎。"[8]

所谓"普遍性的与我们共同的对于命运的挣扎"，显然是说这些乡土故事，渗透着作者对家乡境遇不堪的关注，并由此而生发对乡人及自我命运的思考和感慨。所以，乡土小说的"乡愁"，并不仅是作者对家乡的思念之情，而是寄寓了他们对于民众前景的忧虑，文本便成了乡土小说家站在十字街头，借以释放焦躁情绪的载体。

现代小说研究家严家炎在《早期乡土小说及其作家群》中曾经强调：

"我们可以毫不夸张地说，'乡土文学'正是在鲁迅影响下，以他的创作为示范而形成的一个小说流派。"[9]

他的说法实在值得商榷。首先，在鲁迅选录《中国新文学大系·小说二集》的乡土小说作者之中，的确有一些是受到鲁迅的影响而创作乡土题材的作品，如王任叔（1901—1972）、许钦文（1897—1984）、王鲁彦(1901—1944)，但大部分与鲁迅并没有多大的关系。其次，乡土小说家的作品虽然题材相近，风格和技巧却非完全一致，最明显的是冯文柄（废名，1901—1967）的小说，诗化叙情的文本，有别于其他作者。况且作家之间并无紧密联系，也没有成立组织，更没有共同的创作理念或主张，所以说他们是一个"流派"，恐怕有点牵强。假如称他们是特定时空下闪现的一股小说浪

---

[8] 茅盾：《关于乡土文学》，见《茅盾全集》第二十一卷《中国文论四集》，北京：人民文学出版社，1991年，第89页。

[9] 严家炎：《早期乡土小说及其作家群》，《小说界》1984年3期（1984年5月），第243页。

潮，相信会更切当一些。

事实上，乡土小说的确有不少共同之处，难免让人觉得是一群有共同信念的文学家所创作，因而引起了误会。以下将就《中国新文学大系》选辑的乡土小说加以分析比较，借以窥探它们之间的大同小异特点，以及作品展示的社会面貌和时代意义。

二、衰败农村的境况

乡土小说展现的是一幅幅封建农村的衰败景象。从上列小说的内容题材来看，除了冯文炳的《竹林的故事》描写对象是善良的妇女之外，29篇都是刻画破落的乡村、灾难重重的众生相。农村之所以凋零萧条，政局动荡、天灾人祸固然是致命的原因，但民众的愚昧、迷信、委曲求全等劣根性，不也是加深他们灾难的因素！这是乡土小说展示的农村实况，作家借以抒发各自对家乡的深刻感受和体会，拼凑起来，竟然交织成民国初年中国农村社会的宏观图画，满目疮痍：

1. 战争与兵祸：《瘟疫》《一只破鞋》《瘸子王二的驴》《狼筅将军》《戎马声中》《复仇》《新坟》《蚯蚓们》；

2. 劳动者的惨况境遇：《晚上》《乡心》《偏枯》《瘟疫》《赌徒吉顺》《疲惫者》《河上柳》《到家的晚上》《水葬》《石宕》《红灯》；

3. 阶级压迫现象：《祖父的故事》《讨债》《复仇》《蚯蚓们》；

4. 农村之间争斗：《惨雾》《丛恿》；

5. 妇女生活与命运：《夜》《赌徒吉顺》《浣衣母》《竹林的故事》《红灯》《蚯蚓们》；

6. 国民劣根性：《柚子》《天二哥》。

作家笔下的农村境况，不约而同向生活其中的民众的悲惨命运作出拷问。天灾人祸是农民苦难的根由。台静农（1903—1990）《蚯蚓们》中李小一向生活安定，可是遇上荒年失收，即落得妻离子散、背乡别井。王思玷（1895—1926）《偏枯》的刘四，得了一场大病，生计无依，只能卖女求生。而徐玉诺《一只破鞋》、王思玷《瘟疫》和台静农《新坟》同样写到兵祸造成家破人亡、生灵涂炭。诸如此类的冲击，农村日渐衰败，村民生活每况愈下，美好的日子何在？恐怕只能从逝去的记忆里寻觅，所以许钦文写下《父亲的花园》，以父亲从前繁花盛放的花园，对比现今零落的荒地，慨叹世易时移，风光不再的残酷现实。而冯文炳则在《竹林的故事》《河上柳》和《浣衣母》里，描写了善良可亲的乡民、安稳宁静的村居生活，借以和黑暗纷扰的现实形成反差，折射了作者对现况的不满及理想家园的追寻。当然，绝大部分的乡土小说还是直面人生，刻画水深火热中的农村，揭示低下阶层遭受的各种磨难。

正因为家乡生活朝不保夕，不少年轻的村民唯有离乡他往，谋求出路。潘训《乡心》笔下的木匠阿贵，便是远离家乡到杭州找工作的例子。可是"在家千日好，出外半朝难"，阿贵在外依旧生计困窘，未能衣锦还乡，反而增添思乡愁苦而已。其实阿贵的境遇，就是众多乡土小说作者的写照，他们也是为谋求出路而离乡别井到北京，结果事与愿违，无可奈何地滞留，只能借小说以抒怀及寄意。作家们内在的"乡心"和愁绪，显然是相通而彼此契合的！

三、国民劣根性与妇女悲惨命运的展示

乡土小说作者多是受过新文化洗礼的年青人，他们对于民主与专制、文明与愚昧、科学与迷信的对差感受很深，所以当他们回首故乡生活时，格外注意到农村人物的无知和冷漠的品性。作家即使笔下也带点同情和怜悯，但是对于村民的一些劣根性却毫不留情地揭示和针砭。盲目迷信、逆来顺受是封建农民的通病，以致他们愚昧因循，无意反抗不合理现象。正如台静农《天二哥》的主角天二哥，竟然迷信喝酒能治百病，而尿可解醉的传说，结果赔上了自己的性命。许钦文《石宕》故事中的石匠，面对被石块活埋的危险，不思改善工作环境，只是一代接一代地为生计而采矿，结果工作和死亡构成了他们一代又一代的悲剧。而许杰的《惨雾》和彭家煌的《怂恿》同样以村落的仇杀争斗为题材，述说了村庄之间因土地钱财而产生嫌隙，互相争斗，纯朴的村民甚至被族权愚弄摆布，伤亡事故不断地发生。

因循过活、不思变通，这便是封建农民的真实面貌，因而潘训在《雨点集·自序》不禁感慨道：

"《晚上》等四篇，都以作者故乡的农人为题材。我的故乡的生活，是一味朴素的生活。在物质的生活的鞭逼下，被'命生定的'一句格言所卖，单独地艰苦地挣扎着。这四

篇小说中，便都是这种人物。"[10]

而台静农也在《蚯蚓们》里借主角夫妇的悲惨命运抒发自己的愤懑说：

"命运的责罚，不在死后，却在人世；不在有钱的田主身上，却在最忠实的穷人。最苦楚的，命运不似豺狼，可以即刻将你吞咽下去；而命运却像毒蛇，它缠着你慢慢喝你的血！"[11]

朝生暮死、循环不息，其间只有挣扎求存，别无他义，这便是村民的命运；犹如稍后女作家萧红（1911—1942）成名作《生死场》里描述的东北人民，他们终日只是痛苦地挣扎在非生即死的场域之中苟且过活。事实上，乡土小说家这种命定观思想，固然反映他们对农村小人物有深刻的理解，但无疑也带有个人对前途感到迷茫的主观意识。所以，农民的惨况与无奈，自然也让作家产生同情与共鸣。灰色的人生，沉郁的篇章！

农村生活穷困，村民自顾不暇，个人的生命也毫无保障，又怎会关心别人的存亡？因此人与人之间冷漠疏离、损人利己的事十分普遍。例如天二哥和小柿子打架，旁人不仅不劝阻，反而呐喊喝彩，像看戏一般看热闹。蹇先艾《水葬》中小偷骆毛竟要受水葬的刑罚，人们不但不质疑酷刑无理，反而争相观看行刑，把刑场挤得水泄不通，无丝毫恻隐之情。至于王鲁彦的《柚子》，更展现了一幅人性麻木不仁

---

[10] 《〈雨点集〉自序》，见应人编：《漠华集》，杭州：浙江文艺出版社，1984年9月，第274页。

[11] 《蚯蚓们》，见《中国新文学大系·小说二集》，第418页。

的荒诞图卷：

"街上的人都蜂拥着，跑的跑，叫的叫，我们挽着手臂，冲了过去，仿佛T君撞倒了一个人，我在别人的脚上踏了一脚。但这有什么要紧呢？为要扩一扩眼界，——不过扩一扩眼界罢了，——看一看过去不曾踅到过，未来或许难以踅到的奇事，撞倒一二个人有什么要紧呢？况且，人家的头要被割掉，你们跌一跤又算什么！"[12]

人们争先恐后去看杀头行刑，场面壮观荒诞，作者把"柚子"比拟人头，更具讽刺意味。《水葬》和《柚子》的景象，使读者联想到鲁迅《呐喊·自序》中所述那些中国人观看同胞被斩头而无动于衷的纪录片场面，教人同样感到震惊。可见冷漠不仁的民族劣根性，一直是新文化倡导者所共同关注的议题。

另一方面，不少作品也揭示了农村最底层的人物——妇女的悲惨命运。封建妇女的苦难一直是清末民初妇解人士及人道主义者关注的课题，生活在破败农村的妇女，遭遇更苦不堪言。冯文炳笔下的女性大都是理想化的人物，如以洗衣谋生的李妈、善良可亲的三姑娘，虽然生活艰难，但也平静安稳，且得到别人的尊重。可是，现实的妇女一生都是与灾难为伴，不论在家庭、在社会也饱受欺压。陈炜谟（1903—1955）《夜》便借箴姊这角色，直接道出了传统封建妇女悲惨的命运。而最值得关注的，就是许杰《赌徒吉顺》和台静农《蚯蚓们》两篇小说，不约而同写到农村社会流行的卖妻、典妻恶习，把妇女的不幸和被物化现象展露无遗。长久

[12] 《柚子》，见《中国新文学大系·小说二集》，第266-267页。

以来传统妇女依靠男性过活，附庸的位置已经根深蒂固。而上述两篇作品，则进一步指出在贫困落后的农村社会，妇女会被丈夫当作货物一般典卖，她们连做人的权利也被剥夺，剩下仅有一点物质的价值。作家的书写动机，显然是为妇女命运发声，用以引起读者的警觉和正视。可惜封建意识并不能一下子去掉，妇女觉醒与解放之路还是漫长的，因而30年代柔石（1902—1931）的短篇《为奴隶的母亲》和罗淑（1903—1938）的《生人妻》，仍然把农村典卖妇女的现象拿来建构文本，揭示封建妇女一直饱受野蛮恶俗的蹂躏！

四、乡土愁怀与地域色彩

乡土小说家笔下的农村社会，千疮百孔，他们大都采取写实的手法来叙述故事，娓娓道来，引领读者进入各地衰败的村落。由于刻画的大多是农村不幸的人和事，弥漫着一片愁云惨雾，也渗透着作者的哀思及愁绪，因而交织成文本的感伤基调，这是大部分乡土小说的底色。正如台静农在小说集《地之子·后记》中道：

"人间的辛酸和凄楚，我耳边所听到的，目中所见到的，已经是不堪了；现在又将它用我的心血细细地写出，能说这不是不幸的事么？同时我又没有生花的笔，能够献给我同时代的少男少女以伟大的欢欣。"[13]

回首尽是伤心事，着墨自然较阴冷沉郁，也增添阅读时的压迫感。幸好作家大多能冷静客观地叙述，只有少数作

---

[13] 《地之子·后记》，见台静农：《地之子》，北京：人民文学出版社，2000年1月，第118页。

者"哀其不幸，怒其不争"，禁不住以主观的情感介入，对故乡的人事表达愤慨。鲁迅在《中国新文学大系·小说二集导言》解释道：

> "无可奈何的悲愤，是令人不得不舍弃的，然而作者仍不能舍弃，没有法，就再寻得冷静和诙谐来做悲愤的衣裳，裹起来了，聊且当作'看破'。"[14]

正因叙述者对乡亲的惨况爱莫能助，也对他们的行为感到惋惜，便只有无奈地采取嘲讽的文字予以抨击否定了。

作为描写乡土的文学，小说的泥土气息和地域色彩自然是它们共有的特点。为了突出各地的独有风貌，一些风尚习俗是乡土小说家喜欢着墨的情节；所谓一处乡村一处例，正是这些习俗和风情，加强了文本的地域色彩。像台静农《红灯》写到安徽七月半鬼节放河灯超度亡魂的场面；《水葬》里惩罚小偷把犯人活活地淹死的贵州俗例；《赌徒吉顺》和《蚯蚓们》刻画的卖妻、典妻的恶行等，光怪陆离，却是长久以来封建文化积淀的各地习俗；作家如实地描述，无疑揭示了中国农村社会某些地区的独特风貌，也衬托出生活其中的民众质朴却无知的源由。此外，作家也着意于农村背景的点染和人物语言的运用，力图展现一幅幅的乡村景象与村民众生相。即如许杰的《惨雾》便描绘了环溪村和玉湖庄之间，一溪中流，天然地把两村划开，风景宜人，别有一番风光。如斯着墨，正好为两村村民之所以不断争地仇杀的原由作了铺垫。而许钦文《父亲的花园》细致地写到昔日适逢时令时父亲的花园，百花竞艳，姿采万千。作者刻意的铺叙，一方面固然想展示江浙一带繁花盛放的景象，主要的还是为目前

---

[14] 《中国新文学大系·小说二集》，第9页。

父亲花园的零落萧条作出对照，这对深化主题有重大作用。

　　乡土小说家笔下的人物，都是朴实的农民百姓，他们缺乏教育，言行举止也显得粗鲁。作家书写他们，往往以平实的文字述说，间或有嘲讽的笔调，只是叙述者按捺不住的感情流露，幸而此类文字不多，没有对小说的写实性造成损害。事实上，作家处理人物语言还是能切合角色的身份，当中以台静农的《天二哥》最为难得。故事中主次人物共有七人，包括流氓般的天二哥、卖花生的小柿子、饭店老板王三、说书人吴六先生，以及闲人烂腿老五、汪三秃子和吴二疯子。各人的话语恰如其分，生动传神，形象自然也活灵活现，大大增强了作品的真实性。

五、结语

　　20年代乡土小说的出现，在中国现代文学尤其是小说发展史上有重大意义。首先它们为现代小说题材的开拓做出了贡献。作家的视野从自己的阶层和身边的事情扩展开去，注意到广大的农村社会和生活其中的农民群众，以新文化倡导者的角度，叙述了个人的见闻和体会，为低下阶层人物发声，充分体现五四以来的人道主义精神。虽然大多数的乡土小说家带着彷徨者的感伤情绪来创作，文本格调不免有点低沉，[15] 然而小说于题材的拓展方面，影响了30年代左翼作家

[15] 乡土小说之中，笔者发现仅有黎锦明的《复仇》，才展现一点民众的觉醒和反抗意识。篇里借复仇的卖艺者唱道："世界上本来是不公平了，穷人的血汗来造富人的罪孽；把一座大好江山弄成苦海，把帝王的宝座让予奸人，——把国家卖把外洋的仇敌。"小说整体而言是较积极的。见《中国新文学大系·小说二集》，第297页。

联盟的革命文学，进一步把书写农村生活推向创作主旋律的位置。其次，小说家笔下的故事，大都是他们的见闻经验，如实地反映了20世纪初中国农村衰败的面貌，为各地农民的惨况留下印记。这些作品，不能仅以文学的角度去欣赏，它们的社会学和历史学价值实在是不容低估的。换言之，它们可以作为社会学家和历史学家研究中国农村问题的辅助材料。

总的来说，乡土小说的出现是有它的主、客观因素，它是20年代新文化退潮时侨居北京的年青人，因找不着出路而感到迷茫，只能靠创作自己熟悉的家乡题材来糊口，并借以寄托自己的乡思愁怀而产生的文学现象。乡土作家偶然的契合，却为现代文学史留下珍贵的痕迹，这不是他们当时所能预料的。试问谁想把社会的黑暗境况、人民的惨痛遭遇记下来向读者倾诉？实在是情非得已，难以释怀！

参考书目：

1. 蹇先艾：《我所理解的"乡土文学"》，《文艺报》1984年1期（1984年1月7日），第22-24页。

2. 茅盾：《关于乡土文学》，见《茅盾全集》第二十一卷《中国文论四集》，北京：人民文学出版社，1991年，第86-89页。

3. 严家炎：《早期乡土小说及其作家群》，《小说界》1984年3期（1984年5月），第243-249页。

4. 金宏达：《论早期的"乡土文学"》，《中国现代文学研究丛刊》1982年1期（1982年5月），第2-14页。

5. 赵遐秋：《流寓者植根乡野的文学》，见严家炎编：《中国现代文学论集》，北京：北京大学出版社，1986年8月，第372-389页。

6. 许志英、倪婷婷：《中国农村的面影——20年代"乡土文学"管窥》，《文学评论》1984年5期（1984年9月15日），第72-82页。

7. 陈平原：《论"乡土文学"》，见《在东西方文化踫撞中》，杭州：浙江文艺出版社，1987年12月，第180-199页。

8. 赵学勇：《鲁迅·乡土文学·"生命"主题》，《兰州大学学报》（社会科学版）1986年4期（1986年10月28日），第49-56页。

9. 杨剑龙：《论20年代"乡土文学"的悲剧风格》，《社会科学辑刊》1988年2期（1988年3月29日），第111-118页。

10. 赵学勇等：《新文学与现代中国》，兰州：兰州大学出版社，1993年11月。

11. 丁帆：《中国乡土小说史论》，南京：江苏文艺出版社，1992年9月。

12. 杨剑龙：《放逐与回归——中国现代乡土文学论》，上海：上海书店出版社，1995年9月。

13. 陈继会等：《中国乡土小说史》，合肥：安徽教育出版社，1999年11月。

东西文化的融合与抉择

—— 论《超人》和《旅行》的处世哲学

一

20世纪初期，随着新文化运动、妇女解放思潮的勃兴，中国妇女的觉醒意识（self-awareness）也得以提升，而她们对于自身的解放问题也日益关注，愈发积极地去争取妇女的应有权利和探索女性的出路。当时不少从旧社会走向新时代的女性，她们对于封建礼教、传统观念的束缚和不合理现象，表示怀疑和不满，甚至提出质疑，尝试反抗。这些受到新思想洗礼的知识女性，部分拿起笔杆，走进文艺界，透过文字、形象传达了她们个人的理解，为众多还是蒙昧混沌的妇女发声，后来更成为著名作家、妇女解放问题的启蒙者。

冰心（谢婉莹，1900—1999）和冯沅君（1900—1974）这两位同于20世纪伊始出生的女作家，她们赶上了妇解运动的热浪，在个人的成长过程中，逐步形成了自我人生观和社会价值观。两位作家，代表了五四时期从旧社会走向新时代的女性，她们各以自己的经验和角度去直面现实人生，特别是对身处动荡环境、挣扎于封建意识氛围之中的年青人的命运，她们在作品里表达了热切的关怀，并尝试指出自我处世应变的态度。如是，冰心的"爱的哲学"、冯沅君的"反叛精神"，成了中国现代妇女解放的两股思想倾向。而作家的小说文本《超人》和《旅行》，充分体现了她们不同的人生观和文化价值取向。

二

冰心"爱的哲学"的形成，与她的家庭熏陶、学校教育和外国文学的感染有莫大关系。冰心出生于一个较富裕的家庭，她的父亲是一位海军军官，母亲是个知书识墨的闺秀。他们对女儿的成长是关怀备至的。童年的冰心经常跟随父亲到海边玩耍，亲近大自然，也会上到军舰与父亲的部下兵士聊天，备受呵护爱惜。而在家里，母亲又教她读书识字，让她接触文学书籍和杂志，增广见闻。难怪冰心后来在《我的童年》中回忆说：

"说到童年，我常常感谢我的好父母，他们养成我一种恬淡，'返乎自然'的习惯，他们给我一个快乐清洁的环境，因此，在任何环境里都能自足、知足。我尊敬生命、宝爱生命，我对于人类没有怨恨，我觉得许多缺憾是可以改进的，只要人们有决心、肯努力。"[1]

正因为冰心的成长，就像温室中绽放的小花，一切来得美好顺意，所以她对于现实人生是充满憧憬和希望的。《寄小读者·通讯十三》：

---

[1] 见冰心：《记事珠·我的童年》，北京：人民文学出版社，1982年1月，第15页。

"我生命中只有'花'和'光'和'爱',我生命中只有祝福,没有诅咒。"[2]

如是,冰心在幸福家庭伦理的氛围中渐渐萌生了乐观的个性,对生命充满希望、憧憬。其后当她涉猎到印度诗人泰戈尔(R.Tagore,1861—1941)的作品时,深受影响,仿佛找到了自己思想的注脚。尤其是泰戈尔的泛神论(pantheism)和人道主义思想,最令冰心感到认同。[3] 1920年她在散文《遥寄印度哲人泰戈尔》中写道:

"你的极端信仰——你的'宇宙和个人的灵中间有一大调和'的信仰,你的存蓄'天然的美感',发挥'天然的美感'的诗词;都渗入我的脑海中,和我原来的'不能言说'的思想,一缕缕的合成琴弦,奏出缥缈神奇无调无声的音乐。"[4]

事实上,冰心的散文诗和哲理小诗如《寄小读者》《繁星》《春水》等,都有着泰戈尔《新月集》《飞鸟集》的痕迹,均是讴歌自然,宣扬人与人平等和谐共处的泛爱精神。[5]后来她还译过泰戈尔的《吉檀迦利》和《园丁集》,表达了

[2] 见《冰心文集》第三卷,上海:上海文艺出版社,1984年10月,第123页。

[3] 参考顾国柱《论冰心对泰戈尔"爱的哲学"的借鉴》,《阜阳师院学报(社科版)》1989年第3、4期,第11-17、32页;梁伟丽《从Gitanjali到吉檀迦利:冰心穿越时空的爱恋》,《湖南科技学院学报》33卷1期,2012年1月,第56-58页。

[4] 见《冰心文集》第三卷,第3页。

[5] 参考熊作勤:《从〈繁星〉〈春水〉看冰心对泰戈尔的借鉴和发展》,《短篇小说》(原创版)2012年6期,第176页

她对哲人的偏爱和敬意。[6]

另一方面，学校的宗教教育和氛围，也给予成长中的冰心思想上和心灵上莫大的熏陶。1914年冰心跟随父亲上任，到北京进贝满中学念书，后来入了北平协和女子大学(稍后并入燕京大学)，两所都是基督教学校，当中的宗教生活及知识感染了冰心，她的不少作品字里行间也不期然直接或间接渗透着宗教色彩。[7]《寄小读者·通讯十一》便曾经颂咏耶稣降生及平安夜的意义：

"想起一千九百二十三年前，一个纯洁的婴孩，今夜出世，似他的完全的爱，似他的完全的牺牲，这个彻底光明柔洁的夜，原只是为他而有的。"[8]

而在1931年记述她母亲病危至死去的散文《南归》里，面对生离死别，她的宗教潜意识就更明显了。如写到母亲的病容，她记述道：

"我恐她受凉，又替她缝了一块长方的白绒布，轻轻的围在额上。母亲闭着眼微微的笑说：'我像观世音了。'我也笑说：'也像圣母呢！'"[9]

———————

[6] 参考林佩璇：《从冰心、泰戈尔的主体经验看翻译中积极接受的重要性》，《福州大学学报(哲学社会科学版)》2005年3期，第76-80页；刘学云、訾小广：《浅谈冰心对泰戈尔的译介》，《高等函授学报(哲学社会科学版)》19卷5期，2006年10月，第41-43页。

[7] 参看黄新宪：《冰心早年在教会学校求学时的思想轨迹》，《教育评论》1998年1期，第50-53页；韩丽丽、袁洁：《冰心作品中的〈圣经〉意象》，《湖北经济学院学报(人文社会科学版)》5卷6期，2008年6月，第108-109页。

[8] 见《冰心文集》第三卷，第116页。

[9] 《记事珠·南归》，第160页。

又写到母亲病危时，刚好是平安夜，冰心这样描写：

"十二月二十四夜，是基督降生夜。我伏在母亲的床前，终夜在祈祷的状态之中！在人力穷尽的时候，宗教的倚天祈命的高潮，淹没了我的全意识。我觉得我的心香一缕缕勃勃上腾，似乎是哀求圣母，体恤到婴儿爱母的深情，而赐予我以相当的安慰。"[10]

宗教的博爱、耶稣的救赎，是世人得以幸福安宁的信靠，冰心在心底里同样是有此倾向，这与她本人的思想信仰是契合的。所以冰心的爱的哲学，实际是她个人成长过程所身处的氛围塑造形成的。而她早期的小说创作之中，《超人》是最能体现冰心此种人生哲学的一个文本。

《超人》篇中的主人公何彬，是一位与世疏离的"超人"。他虽然年青，却没有年轻人应有的朝气，反而生活暮气沉沉，对现实人生感到灰暗一片。小说透过他居住的房间来映衬何彬道：

"凡带一点生气的东西，他都不爱；屋里连一朵花、一根草，都没有，冷阴阴的如同山洞一般。"[11]

故事没有交代何彬为何有此消极思想和生活态度，读者只能猜测或许是客观现实长期予何彬莫大压力和苦痛经验，致使他产生灰色的人生观。如是，一个与现实发生矛盾的"超人"便出现在读者眼前。然而，一个邻居小孩的病痛呻吟声，触动了何彬的同情心，把他埋藏多年的人性和人情唤醒，驱使他关心起隔邻的小孩禄儿来。他不仅赠送金钱给禄儿治

[10] 同上，第161页。
[11] 参考《超人》，见《冰心文集》第一卷，上海：上海文艺出版社，1982年11月，第77页。

病，而更重要的是小孩禄儿的出现，让他回忆起自己童年的生活片段：

"月光如水，从窗纱外泻将进来，他想起了许多幼年的事情——慈爱的母亲，天上的繁星，院子里的花……"[12]

童年幸福的家庭和宁静的日子，令何彬陶醉、缅怀不已。可惜刹那的人性复苏，记忆中的温情，暂时无法点燃起"超人"对生活的希望，难怪文本打了一譬喻指出：

"正如晓月的微光，照在冰山的峰尖上，一会儿就过去了。"[13]

这里，作家显然是借着主角稍纵即逝的感情流转，深切地揭示现实环境对人性异化造成的莫大压抑，长期生活于冷酷的环境之中，人们如行尸走肉，彼此疏离。当然，作家为了要宣扬爱的力量，也绝不让何彬死灰复燃的人性就此消散，于是小说安排了一段何彬搬家的情节，使他进一步把抑压多年的人情彻底释放。

禄儿知道恩人何彬要搬家，于是帮助他收拾，且在临搬迁前送了一篮花和写了一封信给何彬道别。禄儿连串的行为和诚意，深深打动了何彬，使他明白到世界上人与人之间还有爱意存在，顿然令他改变了多年来的消极思想和疏离人群的态度。小说中他写信回复禄儿道：

"我这十几年来，错认了世界是虚空的，人生是无意识的，爱和怜悯都是恶德。……我再深深的感谢你从天真里暗示我的那几句话。小朋友呵！不错的，世界上的母亲和母亲都是好朋友，世界上的儿子和儿子也都是好朋友，都是互相

---

[12] 同上，第78页。

[13] 同上，第79页。

牵连，不是互相遗弃的。……我必不忘记你的花和你的爱，也请你不要忘了，你的花和你的爱，是借着你朋友的母亲带了来的。"[14]

"爱"把超人冰封的心消融了。何彬从禄儿童真的和纯朴的关怀中领略到人间有情，生活并非刻板冷漠的，人与人之间也并非只存有恶意的同情和怜悯。如是，《超人》便在何彬领悟到"爱"的真谛、对人生变得充满希望的一刻作结。

文本中何彬的思想转变，毫无疑问是冰心借以宣扬人间有爱；现实人世的一切不如意或黑暗现象，也是可以通过互爱互助而得以跨越和化解的。

当然，冰心提出的爱的哲学，有着个人的局限，似是一厢情愿的简单演绎：

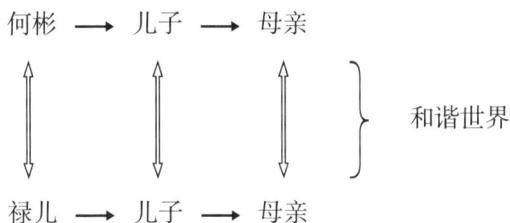

何彬 ⟶ 儿子 ⟶ 母亲

⟺ ⟺ ⟺ } 和谐世界

禄儿 ⟶ 儿子 ⟶ 母亲

从何彬和禄儿的友爱，推论到现世中儿子之间，甚至母亲之间的必然友爱关系，进而得出全人类的和谐及彼此关爱的结论。这种思想，颇有儒家"推己及人"，老吾老以及人之老，幼吾幼以及人之幼，以至世界大同的理念。这种单纯的泛爱观念，说明了冰心建构《超人》时较纯真的想法，也暴露了小说的主观性倾向。由于小说着意于宣扬爱的哲学，

———
[14] 同上，第83页。

其他有关文本情节欠周密，角色概念化等毛病，并非作家致力之处，也就毋须再深究了。

三

如果说冰心的《超人》充分体现作家主观性的泛爱思想，那么冯沅君的《旅行》则反映了五四新文化冲击下年青人的挣扎和追求。

冯沅君出生于河南省唐河县书香之家，自幼在父母的栽培下接受私塾教育，后来跟随长兄冯友兰（1895—1990）、次兄冯景兰（1898—1976）到北京读书，先后就读北京女子高等师范学校、北京大学研究所国学门，其后更远赴法国巴黎大学念博士，绝对是踏着五四浪潮而成长起来的新女性。[15]由于她接受了新思想的洗礼，所以对于旧礼教及封建意识感到不满，这可从她反抗父亲生前在她幼时订立的一段婚事上看到；而婚约最终在她努力的争取和坚持下，感动了母亲，结果给解除了。这件事后来也成了她的短篇《慈母》的题材，显示了冯沅君本人那股反抗不合理现实和坚毅的个性。[16]

冯沅君是中国现代第一批著名女作家之一，她的小说结集《卷葹》充分反映了年青女性从旧社会走向新时代的艰苦历程，具有鲜明的自叙色彩和时代特征。初版的《卷葹》

---

[15] 参考许志杰：《陆侃如和冯沅君》，济南：山东画报出版社，2006年5月，第1-4页。

[16] 据冯沅君的侄女冯钟芸（1919—2005）的文章《四姑》的回忆，冯沅君曾为了自己的封建婚约与母亲抗争，结果取得胜利，后来更把此事写进小说《慈母》里。见上，第22-23页。

（1927）收有《隔绝》《旅行》《慈母》和《隔绝以后》四篇；1918年再版时增收了《误点》和《写于母亲走后》。[17] 六篇作品均书写了相类的主题，便是叙述新女性如何反抗封建婚姻，争取自由的爱情。小说中的年青女主角，都有着作家个人的影子。主人翁无论是绣华、继之或"我"，其实都是新时代觉醒女性的化身，她们都是为了追求自主解放而抗争的。恋爱婚姻是人生大事，过去在封建社会，男女婚姻不能自主，必须经父母之命、媒妁之言才可成就。随着西方人权、解放思想传入中国，自由恋爱的风气日盛，唤起了年青人对自己终身幸福的关注，进而反对封建婚姻，追求自由恋爱。其中年青女性尤其重视自由恋爱，原因是她们希望所依托的对象是自己选择的伴侣。然而民初的中国社会守旧意识还是十分浓厚，新女性面对的阻力仍然沉重，要争取自主，付出的努力也比男性来得巨大。因此，冯沅君笔下的新女性，她们为了个人幸福而做出坚韧不妥协的精神，是作家所要颂扬的。难怪冯沅君把这些文本的结集取名《卷葹》，正如鲁迅（1881—1936）指出：

"冯沅君有一本短篇小说集《卷葹》——是'拔心不死'的草名。"[18]

而作家自己在编前也引用晚唐词人温庭筠（812—870）《达摩支曲》中两句作全书的题辞：

---

[17] 见《卷葹》(中国现代文学作品原本选刊)，北京：人民文学出版社，1983年7月。

[18] 《中国新文学大系·小说二集导言》，上海：上海良友图书印刷公司，1935年7月，第7页。

"捣麝成尘香不灭，拗莲作寸丝难绝。"[19]

可见《卷葹》要表现的便是那种宁死不屈、坚韧无悔的积极精神。而《旅行》这个短篇，也正好能让我们了解小说主角所代表的五四新女性的困惑与追求！

《旅行》是一篇设想大胆的作品，很有震撼性。故事讲述两位男女中学生，利用学校假期，不顾家庭及四周舆论的反对，私自到外地旅行，共同在一所旅馆里度过了十天，为的是完成"爱的使命"和"实现绝对爱的世界"，[20] 借以表示对封建礼教的蔑视和反抗。二人的举动，即以今天的目光视之，也感到有点胆大妄为，何况在封建意识还是很浓重的新旧交替时代，自然会招来很大压力。文本以女学生第一身叙事，以倒叙方式记述自己与爱人的十天生活历程，集中揭示了他们在旅途和旅馆中的矛盾心情，以及就自我大胆行为所作出的反思。一个追求自由恋爱，不顾他人目光，饱受压力却又坚执无悔的现代女性形象跃然纸上。由于小说是主角的自白，她的矛盾心态可以直接向读者袒露。例如开篇时她反思自己的旅行举动，便显得无愧甚至肯定其中的重大意义：

"这一个多礼拜的生活，在我们生命之流中，是怎样伟大的波澜，在我们生命之火中，是怎样灿烂的火花！拿一两个礼拜的光阴，和几十块钱，作这样贵重的东西的代价，可以说是天下再没有的便宜事。"[21]

但在文本结尾，她也不得不承认：

---

[19] 见《卷葹》（中国现代文学作品原本选刊），扉页。

[20] 同上，第16页。

[21] 同上，第15页。

"这次旅行的结果，对于我的身心两方面的影响，没有别的，只是头昏，心乱了好几天；并且对待别人，无论是谁，都觉感情不能似从前那样的专。"[22]

由此可见她的"出轨"行径，已带来莫大的苦恼和困扰，间接反映了当时社会仍未接受女性较大胆的举动，以及怀疑自由恋爱的纯洁性。事实上，主角本人也意识到自己身处的保守社会氛围和他人的责备眼光，以致她在十天的旅行生活里，内心时常产生矛盾和困惑，即如写到两人乘火车到外地时：

"我很想拉他的手，但是我不敢，我只敢在间或车上的电灯被震动而失去它的光的时候；因为我害怕那些搭客们的注意。可是我们又自己觉得很骄傲的，我们不客气的以全车中最尊贵的人自命。"[23]

又回忆在旅馆的情况说：

"他把我抱在他怀里的时候，我周身的血脉都同沸了一样，种种问题在我脑海中彼起此伏的乱翻。我想到我的一生的前途，想到他的家庭的情况，别人知道了这回事要怎样批评，我的母亲听见了这批评怎样的伤心，我哭了，抽抽咽咽的哭，但另一方面我觉得好像独在黑洞洞的广漠之野，除了他以外没有第二个人来保护我，因而对于他的拥抱，也没有拒绝的勇气。"[24]

主角的苦恼和矛盾，其实是身处于新旧思想夹缝中的一种迷惘表现。对于神圣的自由爱情，她是积极地争取的，否

[22] 同上，第24页。

[23] 同上，第16页。

[24] 同上，第18页。

则便没有旅行的决定；但碍于礼教、舆论和母亲的阻拦，她又显得战战兢兢，不能坦然释怀。因此，她的内心挣扎和冲突，充分折射出身陷封建氛围的现代新女性寻求出路的彷徨和窘境。假若从文化的角度来诠释《旅行》，更能进一步了解小说的时代特征和深层意蕴。试以下表展示故事的象征性符码：

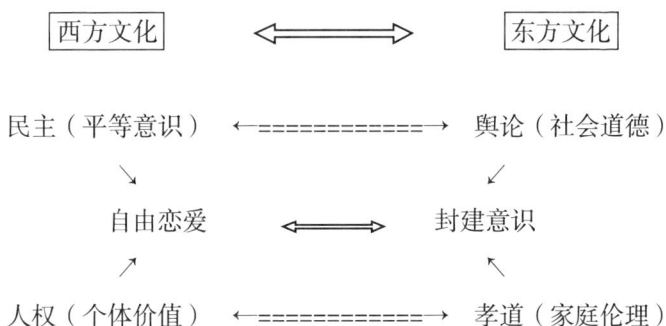

西方文化　　⟸⟹　　东方文化

民主（平等意识）　⟵=============⟶　舆论（社会道德）

自由恋爱　⟸⟹　封建意识

人权（个体价值）　⟵=============⟶　孝道（家庭伦理）

主角的矛盾心态，源于两种文化思想在内心的冲击。一方面向往西方文化给予个人权利而坚持追求自由恋爱，另一方面却背负着中国传统文化的道德包袱而踌躇，以至内心交战、彷徨焦躁。新旧价值观的交锋，胜负取决于当事人的意志和毅力，这点正是作家要透过《旅行》的主角警醒大家的：

"在新旧交替的时期，与其作已经宣告破产的礼法的降服者，不如作个方生的主义真理的牺牲者。"[25]

女主角即使饱受困扰和压力，她的取向仍是坚定不移。"不自由，毋宁死"，美国政治家帕特里克·亨利（Patrick Henry, 1736—1799）的演说警句，显然是上述女

———
[25] 同上，第22页。

主角誓词的中国式演绎。明白到《旅行》的时代性和文化意义，不禁对冯沅君的刻画表示崇敬，她不仅为自己和五四时期在封建礼教桎梏下的女性发声，展现同时代人的焦虑和心底渴求，并且坚定地激励大家在荆棘路途上前行的决心。

四

由上所述，《超人》和《旅行》分别代表了两种处世哲学和人生态度，前者以作家个人的经验和信仰而提出爱的哲学来直面现实和人生；后者则体察了身处新旧夹缝之中现代女性和传统意识之间的矛盾而作出的文化抉择。两者同样有其局限性，爱的哲学明显有点理想化和个性化，而反抗封建传统的取向也偏于精神上的呼喊。文本的倾向和不足，显然是与它们年青的作者不成熟的人生历练分不开的。

参考书目：

1.《冰心文集》第一至三卷，上海：上海文艺出版社，1982年11月—1984年10月。

2. 冰心：《记事珠》，北京：人民文学出版社，1982年1月。

3. 顾国柱《论冰心对泰戈尔"爱的哲学"的借鉴》，《阜阳师院学报》（社科版）1989年第3、4期，第11—17、

32页。

4. 梁伟丽《从Gitanjali到吉檀迦利：冰心穿越时空的爱恋》，《湖南科技学院学报》33卷1期（2012年1月），第56-58页。

5. 林佩璇：《从冰心、泰戈尔的主体经验看翻译中积极接受的重要性》，《福州大学学报》（哲学社会科学版）2005年3期，第76-80页。

6. 刘学云、訾小广：《浅谈冰心对泰戈尔的译介》，《高等函授学报》（哲学社会科学版）19卷5期，2006年10月，第41-43页。

7. 黄新宪：《冰心早年在教会学校求学时的思想轨迹》，《教育评论》1998年1期，第50-53页。

8. 韩丽丽、袁洁：《冰心作品中的〈圣经〉意象》，《湖北经济学院学报》（人文社会科学版）5卷6期（2008年6月），第108-109页。

9. 范伯群：《论冰心的〈超人〉》，《齐鲁学刊》1983年3期，第82-85页。

10. 王爱军、徐晨晨：《"爱"的彰显与消解：冰心小说〈超人〉再解读》，《黑龙江教育学院学报》2010年7期，第118-119页。

11. 《冯沅君创作译文集》，太原：山西人民出版社，1983年3月。

12. 冯沅君：《卷葹》（中国现代文学作品原本选刊），北京：人民文学出版社，1983年7月。

13. 许志杰：《陆侃如和冯沅君》，济南：山东画报出版社，2006年5月。

14. 张亚璞：《冯沅君小说女性叙事策略的审美冲突》，《名作欣赏》2011年11期，第43-45页。

15. 王青、曾娅先：《纫草结蕙拔心不死——论冯沅君的〈卷葹〉》，《西南民族大学学报》（人文社会科学版）2006年10期，第112-115页。

16. 杨现钦：《冯沅君小说创作的思想价值论》，《河南师范大学学报》（哲学社会科学版）2008年2期，第181—184页。

欲望焦虑与自我超越——论莎菲病态形象的意义

一、前言

在中国现代小说史上，丁玲（蒋冰之，1904—1986）的《莎菲女士的日记》中的主角莎菲曾引起广泛的讨论，[1]对她的形象和行为，论者意见不一，但大体均以茅盾（沈德鸿，1896—1981）《女作家丁玲》中的论述为准：

"她的莎菲女士是心灵上负着时代苦闷的创伤的青年女性的叛逆的绝叫。莎菲女士是一位个人主义者，旧礼教的叛逆者；她要求一些热烈的痛快的生活；她热爱着而又蔑视她的怯弱的矛盾的灰色的求爱者，然而在游戏式的恋爱过程中，她终于从腼腆拘束的心理摆脱，从被动的地位到主动的，在一度吻了那青年的富于诱惑的红唇以后，她就一脚踢开了她的不值得恋爱的卑琐的青年。这是大胆的描写，至少在中国那时的女性作家中是大胆的。"[2]

茅盾的意见，认为丁玲刻画了一个与身处社会产生矛

---

[1] 有关莎菲形象的过去讨论，可参考彭漱芬：《丁玲小说的嬗变》，长沙：湖南文艺出版社，1991年4月，第4–17页。

[2] 见《茅盾论中国现代作家作品》，北京：北京大学出版社，1980年1月。第102页。

盾、性格叛逆的时代女性（modern girl），一个主动追求热烈的生活（恋爱）的个人主义者，最终在一段游戏式的爱情中抽身而退，结束了一次大胆任性的行为。由于莎菲形象的复杂性，既反传统，却又任意妄为；既自尊自主，却又迷恋欲求，茅盾只能用较笼统的语句来概括她的性格特征和作风，以至后来的评论家也拿捏不住，毁誉不一。其实如果我们仔细分析文本中莎菲的自我剖白，不难看出她实在是经历了一番心灵上的挣扎，最终自我超越，走出了欲望的迷思。整个故事是莎菲的一段人格成长的过程的纪录，体现了一位自尊自重的现代女性，如何闯过潜意识的本能障碍，踏上自我人格完成之路。

如果按故事的情节划分，莎菲其实经历了三个阶段，反映了她的焦虑、困惑与追求：

冲出家门 ⟶ 自困牢笼（爱情）⟶ 再闯前路

冲出家门和再闯前路虽然着墨不多，但充分说明了莎菲顽强的意志力和叛逆精神。而日记的绝大篇幅是叙说她走出家门、入住旅馆后的生活和恋爱，也是作者刻意展现莎菲的本能渴求和自我超越的发生和完成。试看开篇时莎菲的处境，12月24日的日记写道：

"尤其是那四堵粉垩的墙。它们呆呆的把你眼睛挡住，无论你坐在哪方：逃到床上躺着吧，那同样的白垩的天花板，便沉沉的把你压住。"[3]

———
[3] 《丁玲短篇小说选》上，北京：人民文学出版社，1981年1月，第44页。（以下凡征引此小说，即据本书，不再注明，只于引文后标示所在页次。）

离开家庭的莎菲，实际并不好过：生病、独居，终日无所事事。生活看起来自由，其实与坐囚牢无别，找不到出路的方向。在这种苦闷迷惘的处境之下，作为一个解放的现代女性，莎菲的焦虑便日益强烈，而年青人潜藏心底的本能渴求也不自觉地蠢蠢欲动，如是一场理智与欲望的争斗便在莎菲内心爆发了。

二、莎菲本我、自我和超我的争斗

根据弗洛伊德（Sigmund Freud, 1856—1939）的研究，人的人格结构可分为三个系统：[4]

1. 超我（superego）

2. 自我（ego）

3. 本我（伊特，id）：力比多（libido）

简单来说，本我是人的内心潜藏的渴求和愿望：

"伊特不受理智和逻辑的法则约束，也不具有任何价值、伦理和道德的因素。它只受一种愿望的支配，这就是遵循快乐原则，满足本能的需要。任何伊特的活动过程只可能有两种情形。不是在行动和愿望满足中把能量释放出来，就是屈服于自我影响，这时能量就是处于约束状态，而不是被立即释放出来。"[5]

超我主要由"自我理想"（ego-ideal）和"良心"

---

[4] 参考霍尔（C.S.Hall）著，陈维正译：《弗洛伊德心理学入门》(*A Primer of Freudian Psychology*)，第二章《人格的组织结构》，北京：商务印书馆出版，1985年10月，第15—26页。

[5] 见上，第19页。

（conscience）构成，[6] 是人的道德准则和是非观念，有着监控人的行为思想的功能。而自我是人格的"行政机构"（the executive），它统辖和协调伊特和超我，让人与外界交往时生活愉快，满足人格长远的需要。[7]

因此，本我（伊特）、自我与超我三者的统一和谐，是一个精神健全的人的正常状态，它们的配合能够有效地使人与外界交往（transaction），以满足人的基本需要和欲望。反之，他们互相冲突，人便会处于失常状态，既不满意自己，也对外界产生愤懑，身心自然发生问题。莎菲女士的人格系统，在她离家独居期间，便曾因爱欲问题，一度失去平衡，以至产生失常的举动。

A. 莎菲的自我

1. 女性觉醒意识（female self-consciousness）

作为一个解放的现代女性，莎菲的自我意识是强烈的；她有独立的人格，也明白到个人所做的一切事情，都得由自我去负责。如12月24日：

"我每天都在等着，挨着，只想这冬天快点过去；天气一暖和，我咳嗽总可好些，那时候，要回南便回南，要进学校便进学校，但这冬天可太长了。"（第43页）

又3月28日晨三时：

"总之，我是给我自己糟蹋了，凡一个人的仇敌就是自己，我的天，这有什么法子去报复而偿还一切的损失？……好在这宇宙间，我的生命只是我自己的玩品，我已经浪费得

---

[6] 见上，第23页。

[7] 见上，第20-21页。

尽够了，那末因这一番经历而使我更陷到极深的悲境去，似乎也不成一个重大的事件。……我决计乘车南下，在无人认识的地方，浪费我生命的余剩。"（第81页）

2. 苦闷焦虑，渴求感情

自主独立本应是妇女梦寐以求的生活方式，然而莎菲却因身体有病，不仅未能享受到脱离家庭束缚走进社会过独立生活的自由，反而独处的苦闷使她对前途感到无助和焦虑，总希望刻板的日子可以尽快完结。12月24日：

"报看完，想不出能找点什么事做，只好一人坐在火炉旁生气。气的事，也是天天气惯了的。"（第44页）

又12月24日：

"但我宁肯能找到些新的不快活，不满足；只是新的，无论好坏，似乎都隔得我太远了。"（第44页）

渴求改变是莎菲意图减轻无助感和焦虑感的内心呼唤，事实上，她所迫切需要的是别人的关爱，也是一般病态人格最常见纾解焦虑的一种方法。[8] 而根据莎菲的自白，她心底最渴望得到的恐怕就是年青人难以言说的爱情了。试看1月3日日记：

"无论在白天，在夜晚，我都是在梦想可以使我没有什么遗憾在我死的时候的一些事情。……我迫切的需要这人间的感情，想占有许多不可能的东西。……我，我能说得出我真实的需要是些什么呢？"（第50页）

3. 性别越界（gender crossing）

---

[8] 见卡伦·荷妮（Karen Horney）著，陈收译：《我们时代的病态人格》，第六章《对关爱的病态需求》，北京：国际文化出版公司，2001年1月第1版，2003年5月第3次印刷，第66-74页。

莎菲的自我意识强烈，即使处理男女感情关系，她也摆脱传统妇女那种被动顺从的弱者形象，体现出现代女性自主和果敢的作风。例如她和苇弟的关系，对方视她为爱人，莎菲也心知肚明，但她只把苇弟当作异性友人而不忍向对方表白，12月24日记载：

"苇弟，你在爱我！但他捉住过我吗？自然，我是不能负一点责，一个女人是应当这样。其实，我算够忠厚了；我不相信会有第二个女人这样不捉弄他的，并且我还在确确实实的可怜他，……"（第45页）

后来莎菲遇到令她一度心动的凌吉士，她的行为思维更有"性别越界"（gender crossing）的倾向，[9]主动大胆得教人吃惊。她为了亲近凌吉士，刻意搬离旅馆，住近他的居所，还特意让男友人云霖四出奔走找房子，1月4日莎菲得意洋洋自信地说：

"我要云霖同我往近处找房。云霖当然高兴这差事，不会迟疑的。"（第52页）

而1月6日的日记更袒露自己内心想获取凌吉士感情的欲望：

"我是把所有的心计都放在这上面用，好像同着什么东西搏斗一样。我要着那样东西，我还不愿去取得，我务必想方法设计的让他自己送来。是的，我了解我自己，不过是一

---

[9] 性别越界(Gender crossing)是指社会文化的发展过程中形成的男、女角色的二元对立关系遭到挑战，"透过扮装或变性的'男越女界'或'女越男界'便牵动着截然不同的权力重署与惩罚机制"；换言之，颠覆了原有的社会角色和秩序。参看张小虹：《跨涉性别的楚河汉界》，《性别越界：女性主义文学理论与批评》，台北：联合文学出版社，1995年3月，第5-6页。

个女性十足的女人，女人是只把心思放到她要征服的男人们身上。"（第53页）

由上所见，莎菲的自我（独立自主）人格张扬，身处封建意识还是十分浓重的环境，她也无惧大胆地争取个人权益，主宰自己的命运，难怪被视为具有"叛逆"性格的时代女性。幸而正因为她具有此种坚执的个性，后来才得以从欲望的迷思中解放出来。

B. 莎菲的本我

莎菲摆脱家的束缚，却又困守旅馆病榻，苦闷焦虑萌生，心底渴求也蠢蠢欲动。她最渴望得到的是别人的感情慰藉，以纾解焦虑和内心空虚，如是她的本我（伊特）里长期受压抑的欲望也就渐渐涌现，而凌吉士便成了莎菲本我的欲望对象，一度使她人格系统失衡，险些儿埋葬于欲海之中，不能自拔。

1. 爱的压抑

莎菲强烈的爱的渴求是长期压抑所造成的。根据日记所述，她自小即遭到感情的伤害，12月28日回忆道：

"剑如，她是够多么可以损害我自尊之心的；我因为她的容貌，举止，无一不像我幼时所最投洽的一个朋友，所以我竟不觉的时常在追随她，她又特意给了我许多敢于亲近她的勇气，……无论什么时候想起，我都会痛恨我那过去的，已不可追悔的无赖行为：在一个星期中我曾足足的给了她八封长信，而未曾给人理睬过。"（第46页）

又在3月8日写道：

"在我稍微有点懂事的时候，便给爱我的人把我苦够了，给许多无事的人以诬蔑我，凌辱我的机会，以至我顶亲密的小伴侣们也疏远了。后来又为了爱的胁逼，使我害怕得离开了我的学校。以后，人虽说一天天大了，但总常常感到那些无味的纠缠，因此有时不特怀疑到所谓"爱"，竟会不屑于这种亲密。"（第62页）

童年的阴影和挫败，影响莎菲的人格成长，甚至产生病态心理。为了避免受到伤害，莎菲的自我"防御机制"（self-mechanisms）启动，以压抑（repression），甚至采取"反向作用"（reaction formation）的态度来限制本能的爱的欲望，[10]这便是她怀疑到爱的主要原因。正如精神分析学者卡伦·荷妮（Karen Horney）所说：

"恐怖症是反向作用的典型例子。人们恐怖的正是他们朝思暮想的东西。人们害怕的不是对象本身，而怕的是渴求这对象的愿望。"[11]

2. 欲望对象的诱惑

长期的压抑及抗拒的心理，致令莎菲对于爱情产生恐惧，也不屑于像友人毓芳和云霖那样拥有安稳却平凡的爱情生活。1月1日写道：

"毓芳有云霖爱她，她满意，他也满意。幸福不是在有爱人，是在两人都无更大的欲望。商商量量平平和和的过日子。自然，也有人将不屑于这平庸。但那只是另外那人的，却与我的毓芳无关。"（第48页）

---

[10] 参考《弗洛伊德心理学入门》，第四章之三《自我的防御机制》，第75—83页。

[11] 《我们时代的病态人格》，第82页。

换言之，莎菲不甘于平凡，她心底另有潜藏的"欲望"；直到凌吉士的现身，莎菲内心蓄积的欲望便骤然迸发，教她陷入心理失衡的境地。1月1日记载她看见凌吉士后的反应：

　　"那高个儿可真漂亮，这是我第一次感觉到男人的美上面，从来我是没有留心到。……他，这生人，我将怎样去形容他的美呢？固然，他的颀长的身躯，白嫩的面庞，薄薄的小嘴唇，柔软的头发，都足以闪耀人的眼睛，但他却还另外有一种说不出，捉不到的丰仪来煽动你的心。"（第49页）

　　又记：

　　"我能告诉人吗，我是用一种小儿要糖果的心情在望着那惹人的两个小东西。但我知道在这个社会里面是不会准许任我去取得我所要的来满足我的冲动，我的欲望，无论这是于人并不损害的事。"（第49页）

　　本能的冲动渴求一发不可收拾，这是莎菲本我中性力（力比多，libido）驱使所致，[12] 她的自我顿然失去调控力量，她仿佛着魔了，1月4日记：

　　"什么那嘴唇，那眉梢，那眼角，那指尖……多无意识，这并不是一个人所应需的，我着魔了，会想到那上面。"（第52—53页）

　　又3月6日记：

　　"当独自同着那高个儿时，我的心便会跳起来，又是羞惭，又是害怕，而他呢，他只是那样随便的坐着，类乎天真的讲他过去的历史，有时是握着我的手；但这也不过是非常之自然，然而我的手便不会很安静的被握在那大手中，慢慢

────────

[12] 参见弗洛伊德称本我之中最活跃的力量是libido，即"性能"(sexual energy)，是本能欲望的源头。

的会发烧。"（第62页）

而其后的日记自白更暴露了莎菲那欲念高涨的情绪，像3月24日：

"唉！无论他的思想是怎样坏，而他使我如此颠狂的动情，是曾有过而无疑，那我为什么不承认我是爱上了他咧？并且，我敢断定，假使他能把我紧紧的拥抱着，让我吻遍他全身，然后他把我丢下海去，丢下火去，我都会快乐的闭着眼等待那可以永久保藏那爱情的死的来到。"（第74页）

又3月27日：

"我忘了他是怎样可鄙的人格，和美的相貌了，有时他在我的眼里，是一个传奇中的情人。哈，莎菲有一个情人了！……"（第77页）

"传奇中的情人"的念头是莎菲心态确切的剖白，凌吉士是她的梦中情人，幻想式的愿望，是欲望发泄对象（object-cathexis），[13] 人品好坏已不成问题了。莎菲本我的冲动，令她自我迷失，超我很多时候也无法起到监察的作用，直至她的欲求得到某种程度的满足时，自我意识才稍为苏醒，超我的功能方再重新启动。3月28晨三时：

"我应该怎样来解释呢？一个完全颠狂于男人仪表上的女人的心理！……在一个温润的软热的东西放到我脸上，我心中得到的是些什么呢？我不能像别的女人一样会晕倒在她那爱人的臂膀里！我是张大着眼睛望他，我想：'我胜利了！

---

[13] 《弗洛伊德心理学入门》："投入能量以形成某个事物的意象，或者消耗能量以针对能满足本能的事物发出动作，这两种能量消耗的方式被称之为能量的'对象选择'（object-choice）或'对象性发泄'（object-cathexis）。伊特的全部能量都消耗在这种对象性发泄作用上。"（第31页）。

我胜利了!'因为他使我迷恋的那东西,在吻我时,我已经知道是如何的滋味——我同时鄙夷我自己了!于是我忽然伤心起来,我把他用力推开,我哭了。……真的,单凭了一种骑士般的风度,就能使我堕落到如此地步吗?"(第81页)

一个简单的吻,本我渴求能量得到发泄,也把莎菲从欲念中惊醒过来。毫无疑问,凌吉士只是她的欲望对象,并非真的是爱情对象。凌吉士的外表仪容,刹那间便把迷惘焦虑中的莎菲多年来抑压的爱的欲念搅动,年青人那股本能对性的渴求便如决堤洪水,势不可挡。"传奇中的情人""骑士般的风度",无非是莎菲理想渴求的折射而已;一旦欲求有所满足,本我性力暂得释放,自我的"约束能量"(bound energy)也就教人从迷惑中清醒过来。

C. 莎菲的超我

1. 女性自尊(self-esteem)

正如前面分析,莎菲本身是一位自我意识强烈的女性。她表现自信,个性坚强,所以即使她在迷恋凌吉士、本我与自我斗争期间,她的自我能量也不时发出响号,教她反思悔恨,1月4日:

"我估定这像传奇中的事是难实现了。难道我去找他吗?一个女人这样放肆,是不会得好结果的。何况还要别人能尊敬我呢。"(第51页)

3月14日:

"我是有如此一个美的梦想,这梦想是凌吉士所给我的。然而又为他而破灭。……不过我决心了,我决心让那高小子来尝一尝我的不柔顺,不近情理的倨傲和侮弄。"(第

67页）

梦与欲望的关系微妙，长久压抑的欲望往往可在梦里得到实现和满足。[14] 因此作为发泄对象的凌吉士，也和梦一样，的确能让莎菲的欲望力量得以释放。然而由于个人的道德性焦虑，莎菲不断自责，产生了抗拒、恐惧欲望的心理，而自我的防御机制也适时发挥反省功能，意图达到恢复自信和消解焦虑的双重目的。3月21日便如实记录了莎菲本我和自我的正面冲突：

"但当他扬扬的走出我房时，我受逼得又想哭了。因为我压制住我那狂热的欲念，我未曾请求他多留一会儿。"（第70页）

而自我理智的警惕，更给予莎菲莫大力量，把本我欲望再次压抑，以免不能自拔。3月24日夜深：

"我决心了。我为拯救我自己被一种色的诱惑而堕落，我明早便会到夏那儿去，以免看见了凌吉士又苦，这苦已缠绕我如是之久了！"（第75页）

2. 罪咎感

莎菲能有足够勇气从本我欲望中挣扎出来，固然是她坚强的自我意识发挥作用所致，而超我道德观念中的自我理想（ego-ideal）和良知（conscience）也驱使她悬崖勒马。人是社会一分子，生活必须遵从社会的道德规律，否则便会受到

---

[14] 弗洛伊德在他的名著《梦的解析》一书中，指出"梦是愿望的达成"，所以通过分析人的梦境，可以了解他内心潜藏的欲望。参看赖其万、符传孝译：《梦的解析》，北京：作家出版社，1986年8月，第11–74页。

谴责和惩罚，自我理想受到损坏，而个人良知也会产生罪咎感。正如Anthony Stevens的*The Two Million-Year-Old Self*（《二百万年的自性》）指出：

"罪咎感往往是由那些违反任何道德权威的思想、情感和活动引起的，这种道德权威是个体在成长过程中一直尊重的，或者是以道德情结的形式，即弗洛伊德所谓超我（superego）的父权和母权，而内化了的。"[15]

事实上，莎菲经常对自己的一些行为会感到歉疚及反躬自责，例如她对待苇弟，便觉得有欠对方，12月29日记：

"我，自然，得意够了，是又会惭愧起来，于是用姊姊的态度去喊他洗脸，抚摩他的头发。他镶着眼泪又笑了。"（第47页）

又对于自己沉迷凌吉士的仪容和千方百计博取对方感情，她也感到羞耻，3月9日自述道：

"想起那落在我发际的吻来，真又使我悔恨到想哭了！我岂不是把我献给他任他来玩弄我来比拟到卖笑的姊妹中去！"（第64页）

同样，她也恐惧自己的大胆行为，旁人不能接受，招致社会舆论的责备，3月22日记：

"二来我也怕别人用一些理智的面孔给我看，好更刺透我的心；似乎我自己也会因了别人所尊崇的道德而真的也感到像犯下罪一样的难受。"（第72页）

焦虑、恐惧和罪咎感，伴随着欲望渴求而缠绕莎菲。莎

---

[15] Anthony Stevens著、杨韶刚译：《二百万年的自性》（*The Two Million-Year-Old Self*），北京：中国社会科学出版社，2003年1月，第88页。

菲凭着坚强的自我能量，整合（integration）一度失衡的人格三大系统，把本能的性欲压抑下去，重新维系本我、自我和超我的稳定发展。

三、结论——莎菲形象的意义

莎菲的痛苦经验，无疑是现代女性的一次从苦闷焦虑至自我拯救过程的真实反映。现代女性比起传统妇女虽然获得了较多的自由和权利，可是在封建意识还是很浓厚的中国社会里，她们的前路依然是崎岖难行的。现代女性的大胆举动备受舆论压力，处境艰辛却不为世人所理解，正如莎菲在日记中抱怨道：

"除了我自己，是没有人会原谅我的。谁也在批评我，谁也不知道我在人前所忍受的一些人们给我的感触。"（12月28日，第46页）

孤立无援、前路彷徨令她们内心感到空虚抑郁，本能的渴求也就日益炽烈，当中爱欲最是缺乏而殷切的。如是，仪表出众的凌吉士便成了莎菲的欲望发泄对象，以消解内心的焦虑，两人之间其实并无真爱存在的。[16] 莎菲的病态行为，无疑是个人本我长期遭受压抑及身处封建氛围所造成的，这是病态社会下病态人格的真实写照。小说书写莎菲最终从

---

[16] 《我们时代的病态人格》指出："如果我们发现有人利用他人仅只作为达到某种目的的工具，也就是说仅只为或主要是为了实现某种需要，我们也不能将这种行为与我们的爱的观念相提并论。那些仅只为满足性欲或婚姻或名誉的人，显然就属于上述之列。"（第70页）

欲望迷思中挣脱，认清爱、欲之别，不致堕落沉沦，作者显然是肯定了莎菲坚强的自我意志，并借以警醒现代女性对真爱和欲望必须分辨清楚。正如学者波利·杨·艾森卓（Polly Young-Eisendrath）在《性别与欲望：不受诅咒的潘多拉》（*Gender and Desire: Uncursing Pandora*）指出：

"如果你对自己的欲望是无意识的，因为你把欲望投射到他人身上并试图控制他人以便满足自己的需要，你就会不知不觉地成为自己欲望的俘虏。意识不到自己愿望和需求，甚至于不知道自己有所需求，你就会执迷于成为他人欲望的对象，即迷恋于占有别人的欲望。"[17]

人们避免成为自己欲望的俘虏，就必须适当地自我调控，不要把无意识的本能渴求投射到某一欲望对象，最终因执迷于占有欲望对象而沉沦。

丁玲大胆地刻画和再现了莎菲内心的焦虑和矛盾，展示了一个现代女性的自我如何理智地克制欲望，闯过心理障碍，重新上路。纵使莎菲的前途仍是难以预料，但从她本人坚强的意志和抵御诱惑的定力，她的前途还是让人感到安心的。要言之，莎菲的日记实录，并非如宋晓萍所说仅仅"激活了女性被迫沉睡的身体欲望"[18]那么表面化；文本的深层意义，既再现人格心理发展常见的普遍性症候，并揭示人必须克服挫折，消除冲突及减轻焦虑的重要性，同时指出人与

[17] Polly Young-Eisendrath著、杨广学译：《性别与欲望：不受诅咒的潘多拉》（*Gender and Desire: Uncursing Pandora*），北京：中国社会科学出版社，2003年，第95页。

[18] 宋晓萍：《女性书写和欲望的场域》，北京：北京大学出版社，2011年7月，第50页。

所处社会之间无可避免的矛盾，具有鲜明的时代特征。莎菲形象意蕴深邃，绝对是现代文学史上罕有的建构。

参考书目：

1. 丁玲：《丁玲自传》，南京：江苏文艺出版社，1996年7月。

2. 《丁玲短篇小说选》，北京：人民文学出版社，1981年1月。

3. 袁良骏编：《丁玲研究资料》，天津：天津人民出版社，1982年3月。

4. 李达轩：《丁玲与莎菲系列形象》，长沙：湖南文艺出版社，1991年3月。

5. 万直纯：《丁玲和她的文本世界》，厦门：厦门大学出版社，2001年12月。

6. 张玉秀：《丁玲〈莎菲女士的日记〉创作心态及人物特质》，《海南师范学院学报》（人文社会科学版）2001年6期，第36-38页。

7. 吴智丽：《丁玲早期小说创作中的女性形象及启蒙色彩》，《名作欣赏》2013年5期，第93-94页。

8. 王云飞、毕绪龙：《在拒绝与接受之间：〈莎菲女士的日记〉重新解读》，《淄博学院学报》（社会学科版）17卷2期，2001年6月，第54-57页。

9. 黄晓娟：《一个孤独而永不屈服的灵魂——论莎菲女士

的形象》，《萍乡高等专科学校学报》（社会科学版）1994年3期，第48-51页。

10. 白浩：《一个男权者的偏见——我看〈莎菲女士的日记〉中的拯救与自救》，《中华女子学院山东分院学报》2001年3期，第24-27页。

11. 张小虹：《性别越界：女性主义文学理论与批评》，台北：联合文学出版社，1995年3月。

12. 霍尔（C.S.Hall）著，陈维正译：《弗洛伊德心理学入门》（*A Primer of Freudian Psychology*），北京：商务印书馆出版，1985年10月。

13. 卡伦·荷妮（Karen Horney）著，陈收译：《我们时代的病态人格》，北京：国际文化出版公司，2001年1月。

14. Polly Young-Eisendrath著、杨广学译：《性别与欲望：不受诅咒的潘多拉》（*Gender and Desire: Uncursing Pandora*），北京：中国社会科学出版社，2003年。

15. Anthony Stevens著、杨韶刚译：《二百万年的自性》（*The Two Million-Year-Old Self*），北京：中国社会科学出版社，2003年1月。

"丰收成灾"现象与茅盾的《农村三部曲》

一、中国农村经济破产与"丰收成灾"现象

中国以农立国，农民占了人口总数的绝大部分，农村经济是国家的主要命脉。然而自19世纪开始，西方列强入侵，打破了中国闭关自守的局面，到了20世纪初，中国更面临内忧外患的危机，影响所及，农村经济日渐衰败，甚至濒于崩溃的恶劣境地。根据金轮海《中国农村经济研究》一书的分析，中国农村濒临崩溃，主要原因有二（参考下图）：[1]

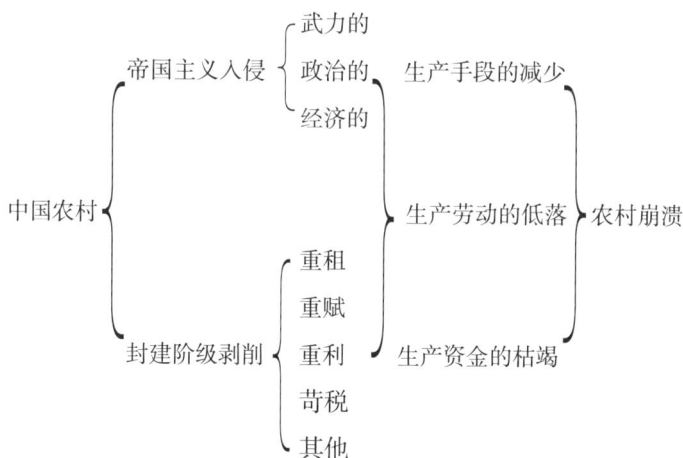

中国农村
- 帝国主义入侵 ── 武力的／政治的／经济的 ── 生产手段的减少
- ── 生产劳动的低落 ── 农村崩溃
- 封建阶级剥削 ── 重租／重赋／重利／苛税／其他 ── 生产资金的枯竭

---

[1] 金轮海：《中国农村经济研究》，第二章《中国农村经济崩溃的动因》，上海：中华书局有限公司，1937年10月，第55-109页。

其一是帝国主义入侵。列强以武力打开中国门户，随之大耍手段，利用军事优势，逼使中国与他们缔结不平等条约，谋取权利。然后实行经济入侵，输进商品及资本，与中国本土竞争。中国农产品价格受到冲击，农民收入减少，造成生产恐慌；而外来投资以低廉工资雇用工人，打垮中国企业之余，又吸引一些不再务农的民众转任工人，以至农村生产力迅速下降。

其二是中国内部的隐忧。自民国成立之后，政局并不稳定，军阀争斗频繁，大小战事不计其数。据数据显示，自1925至1930年，战区绵延每年平均14省，农民直接或间接都成了受害者。农村受战火蹂躏，破坏生产，而农民又要负担大量兵饷军费，饱受双重打击。至于其他的剥削、欺诈方式更层出不穷，重租重赋重税重利等等，逼得农民透不过气来。若然生不逢年，遇上天旱水患那境况就更凄惨了。据30年代赈灾委员会的调查统计，1928年受水旱之灾的县数有202个，灾民4000余万；1929年灾区841个，占全国4成多；1930年灾区831个，灾民5000万。而1931年的大水灾最严重，遍及18省，淹没农田12700余万顷。此次大水，作家丁玲（1904—1986）和夏衍（1900—1995）便曾经分别创作了中篇《水》（1931）和电影剧本《狂流》（1933）来反映灾情。

与此同时，30年代初期爆发了世界性的经济衰退恐慌。资本主义大国为了转嫁经济危机，大力开拓国外市场，把生产过剩的货品，以低价倾销到较落后地区或殖民地。当时中国正处于次殖民地的位置，自然也成为倾销的对象。低廉的洋货不断输入，直接冲击中国本土出产的货物，特别是棉、米及粮食的进口，对农民打击最严重。1929年中国农业荒歉，1931年大水灾，稻米价格同样高昂是常态之事；到了1932年农产丰收，米价却低贱不堪，原因是大量进口粮食充斥市场，价廉味美，米谷自然滞销，于是出现丰收却谷贱伤农的怪现象。

国内外的严峻形势，加上世界性经济衰退的祸延，农民被逼得走投无路，农村经济岌岌可危，陷于崩溃的边缘。对于30年代农村破产的事实，作家与广大群众一样，不会视若无睹的。洪深（1894—1955）的话剧《香稻米》（1931），丁玲的短篇《水》（1931），茅盾（1896—1981）的小说三部曲《春蚕》（1932）《秋收》（1932）《残冬》（1933），叶紫（1910—1939）中篇《丰收》《火》（1933），叶圣陶（1894—1988）短篇《多收了三五斗》（1933），吴组缃（1908—1994）《一千八百担》和《天下太平》（1933），都及时地从不同角度反映了这个农村"丰收成灾"的现象，为中国农民的惨痛经验留下印记。[2]

众位作家不约而同以农村"丰收成灾"为题材，自然与他们留意局势、关注农村、同情农民的心意有关。此外30年代左翼文艺思潮的号召，对他们也有直接的影响。1931年11月左翼作家联盟执委会通过《中国无产阶级革命文学的新任务》的决议，并作出呼吁：

"作家必须描写农村经济的动摇和变化，描写地主对于农民的剥削及地主阶级的崩溃，等等。只有这些才是大众

---

[2] 参考邝中秋：《三十年代反映"丰收成灾"的文学作品述评》，《天津师大学报》1983年1期（1983年2月20日），第72-76页。

的，现代中国无产阶级革命文学所必须取用的题材。"[3]

检视上述作家，洪深、丁玲、茅盾、叶紫都是左联成员，而叶圣陶据说是为了方便开展文艺工作，冯雪峰（1903—1976）劝他不要加入左联的行列；[4] 其实他与左联成员关系密切，思想也接近。只有吴组缃当时仍在求学，不属左联之列，但他对于时代和社会的变化感受甚深，也因而促使他走上书写家乡皖南农村的创作道路。[5] 所以，他们不约而同地创作农村"丰收成灾"现象的文本，便不足为奇了。

二、《农村三部曲》主题与"丰收成灾"的成因

"丰收成灾"著作之中，以茅盾的三部曲最为触目，原因是他对这现象背后的底蕴挖掘得较同类作品深广，而小说的

[3] 参见《中国无产阶级革命文学的新任务》，《三十年代左翼文艺数据选编》，成都：四川人民出版社，1980年11月，第181页。

[4] 参考陈辽：《叶圣陶传记》，《不参加"左联"的左联成员》，南京：江苏教育出版社，1986年12月，第120-124页。

[5] 吴组缃在《吴组缃小说散文集·前记》中回忆道："我大约从一九三〇年开始发表作品。那时我在学校读书，在日常见闻中，对当时剧烈变动的现实有许多感受。尤其关于我的切身境遇，我所熟悉的人和事，那巨大而深刻的变化，更使我内心震动。我努力想了解这变化的实质，认识它的趋向，慢慢从自己的小天地探出头来，要看整个的时代和社会。在这过程中，因受师友的鼓励，我经常抽暇学习写作，这一时期，出版了一个集子。"北京：人民文学出版社，1954年，第1页。又参考黄书泉：《乡土皖南的书写者——吴组缃创作论》，第二章《乡土经验的独特叙述》，合肥：安徽大学出版社，2011年12月，第26-55页。

艺术成就也充分体现茅盾的精湛演绎。以下将作详细的分析。

《农村三部曲》分别由三个短篇组成——《春蚕》《秋收》和《残冬》，讲述了农民一年劳动生活的故事。[6] 根据茅盾的回忆，他之所以创作农村题材的三部曲，缘于1932年8月他返回家乡乌镇奔丧而触发的。《我走过的道路》说：

"（1932年）八月份，我又第二次回乡，因为我的祖母去世了，我和德沚带了两个孩子全家奔丧。……丧事用了一周时间，亲朋故友来祭奠的络绎不绝，这些故旧都是从附近的市镇和乡村来的，有的已多年不见，有的似相认识。在大家的叙谈中，我听到了不少这几年来周围农村和市镇发生的变故，大家都在叫苦。这当然比前两年我回乡时听到的故事要丰富得多，尤甚是关于蚕农的贫困和茧行不景气的故事。那时，为了写《子夜》，我曾研究过中国蚕丝业受日本丝的压迫而濒于破产的过程，以及以养蚕为主要生产的农民贫困的特殊原因，即丝厂主和茧商为要苟延残喘，便操纵叶价和茧价，加倍剥削蚕农，结果是春蚕愈熟，蚕农却愈贫困。这就是一九三二年在中国农村发生的怪现象——'丰收灾'。……这次奔丧回乡的见闻，又加深了我对'丰收灾'的感性认识，于是我就决定用这题材写一短篇小说。十月份写成，取名《春蚕》。"[7]

茅盾耳闻目睹农村面临动摇、破产的形势，加上自己的

---

[6] 《春蚕》，初刊载《现代》2卷1期（1932年11月1日）；《秋收》，见《申报月刊》2卷4—5期（1933年4月15日、5月15日）；《残冬》，载《文学》创刊号（1933年7月1日）。

[7] 茅盾：《我走过的道路》（上），北京：人民文学出版社，1997年12月北京第2版，第528页。

研究知识，于是便开始创作相关题材的小说。第一部曲《春蚕》以老通宝一家养蚕"丰收成灾"，刻画了资本主义和阶级剥削下农村经济崩坏的景象。其后，茅盾又以老通宝一家为主线，创作《秋收》和《残冬》两部曲。前者讲述老通宝即使秋收谷米丰盛，却因谷贱伤农，老通宝反而欠了债；《残冬》则写到急景残年，农民饱受地主压榨、苛税盘剥，走投无路之下，年青一辈被逼走上反抗之路。

《农村三部曲》之所以较其他"丰收成灾"作品挖掘得更深广，主要是茅盾能在小说中揭示资本主义入侵的祸害，以及农民走上反抗之路的必然趋势。一般作家都会关注到天灾人祸对农村的威胁和伤害，但茅盾却洞察社会情势，书写了资本主义入侵农村社会所带来的经济灾难，这是罕见的笔触。首先，作家写到外来商品的影响，《春蚕》开篇即提及老通宝的境况：

"……自从镇上有了洋纱、洋布、洋油——这一类洋货，而且河里更有了小火轮船以后，他自己田里生出来的东西就一天一天不值钱，而镇上的东西却一天一天的贵起来。他父亲留下来的一份家产就这么变小，变做没有，而且现在负了债。老通宝恨洋鬼子不是没有理由的！"[8]

老通宝是一名保守封建的农民，自然看不惯洋货取代国货，而且令到自己的农作物失去价值，依靠种田维生的日子一去不复返了。所以小说刻画老通宝看到洋货，就像见了七世冤家似的。类似老通宝的感觉，现实中茅盾曾在散文《故乡杂记》提及一位"艾姑老爷"有相同的遭遇：

---

[8] 《春蚕》，见《茅盾全集》第八卷，《小说八集》，北京：人民文学出版社，1985年，第315-316页。

"'你是自己的田，去年这里四乡收成也还好，怎么你就只够吃到立夏边呢？而且你又新背了几十块钱债？'……'有是应该还有几担，我早已当了。镇内东西样样都贵，乡下人田地里种出来的东西却贵不起来，完粮呢，去年又比前年贵，——一年一年加上去。零零碎碎又有许多捐，我是记不清。……今年蚕再不好，那就——'"[9]

茅盾家乡一带农民主要依靠春蚕、秋种的收入维持生计，作家笔下的老通宝也不例外。一年之计在于春，老通宝一家在初春便以养蚕作为一年开始的希望。几经努力和捱过不少折腾，养蚕终于得到了丰收。可是老通宝满以为大量蚕茧可以为全家带来丰厚利润，谁知收蚕茧的工厂给外资打垮倒闭，加上手工丝织业不景气，蚕茧乏人问津，最终老通宝只能把货物贱价卖去三十多里水路远的蚕厂，结果血本无归。老通宝养蚕"丰收成灾"的事实，展示资本主义商品及外来投资对中国农村经济的冲击。这现象是真实而值得国民警醒的。茅盾在《故乡杂记》中也曾刻意地指出：

"把蚕丝看成第二生命的我们家乡的农民，做梦也没想到他们这第二生命已经进了鬼门关！他们不知道上海银钱行正对着受抵的大批陈丝皱眉头……他们不知道日本丝在纽约抛售，每包给关平银子五百两都不到，而据说中国丝成本少算亦在一千两左右啊！"[10]

丝绸外销是国家一大收入来源。如今中国丝受到日本丝的威胁而价格大跌，不仅影响国家经济，还打击蚕农和丝织

---

[9] 《故乡杂记》，见《茅盾散文速写集》，北京：人民文学出版社，1980年12月，第114-115页。

[10] 同上，第112-113页。

厂的生计，《春蚕》只揭露了冰山一角而已。

另一方面，天灾人祸始终是农村社会的隐忧，千古不易。《秋收》便借老通宝一家种田来反映旱灾和地主压迫带给农民不少磨难。即如《秋收》写到老通宝一家满怀希望插秧种田，期待秧苗长大之际，却面对天旱的威胁，老通宝只得向现实低头，无奈地要租用"洋水车"抽水灌溉，使用洋货"肥田料"来抢救稻田。小说便透过老通宝的焦虑、矛盾心态，把自然灾害困扰农民的情况不经意地展示。

至于阶级压迫的书写则明显得多。《春蚕》里蚕茧厂的压价收购，《秋收》中米店老板高息放贷、贱价买米等欺诈行为，都是着意的描述。即如老通宝儿子阿四向吴老爷借了三斗米救急，回家向父亲诉说道：

"吴老爷说没有钱。面孔很难看。可是他后来发了善心，赊给我三斗米。他那米店里囤着百几十担呢！怪不得乡下人没饭吃！今天我们赊了三斗，等到下半年田里收起来，我们就要还他五斗糙米，这还是天大的情面，有钱人总是越拌越多。"[11]

及后种田丰收，米商伙同谋取私利，以低价收买谷米，农民又再血本无归，难怪老通宝儿媳四大娘埋怨道：

"还种什么田！白辛苦了一阵，还欠债！"[12]

养蚕"丰收成灾"主因在于资本主义打击农民生产；想不到种田也会"丰收成灾"，这回却是阶级剥削所做成。如是故事发展至《残冬》，阶级矛盾达至白热化，而抗争的主题也在篇中得以确立。

---

[11] 《秋收》，见《茅盾全集》第八卷《小说八集》，第347-348页。

[12] 同上，第368页。

一年将尽，农民经历春秋两番的努力，却是劳而无功，甚至酿成丰收"灾"，害得农民妻离子散，饥寒交迫。《秋收》已出现农民"吃大户、抢米囤"的阶级矛盾风潮；即使如老通宝这般乐天知命的守旧农民，也不禁心里支持年轻一代的抗争行为。到了《残冬》，农村死寂一遍，农民走投无路，年青的暗中群起抢掠地主富户。小说结尾写到多多头击退保卫团，也识破所谓"真命天子"其实只是妖言惑众，最后作家有意预示道：

"多多头放下洋油灯，笑着说道：'哈哈！你就是什么真命天子么？滚你的罢！'这时庙门外风赶着雪花，磨旋似的来了。"[13]

"真命天子"代表了封建势力，如今被识破是伪冒，落荒而逃，象征百姓不再遭受威权蒙骗，新生活就像"风赶着雪花，磨旋似的来了。"

三、《农村三部曲》的艺术特色

1. 叙事结构

《农村三部曲》的结构是经过悉心铺排的。表面上《春蚕》《秋收》《残冬》分别在不同时间完成，它们看起来都是独立的文本，故事情节也各自成篇。但三篇其实是一个有机的组合，展示了中国江浙一带农民一年的基本作息模式：春天窝蚕茧，秋天种谷米，冬天歇息过年。年复年、月复月，作息定时，这就是农村生活的循环常态。可是世道无常，农民的生活受到干扰，出现了"丰收灾"的变异情况，

---

[13] 《残冬》，见《茅盾全集》第八卷，第389页。

打破了农村社会的恒常规律,激发起骚乱和抗争。三部曲便把30年代农村变天的怪现象及其底蕴逐步显现。《春蚕》和《秋收》一再刻画老通宝等农民即使如何辛劳,最后还是迎来"丰收灾",农民的噩运并不能单靠努力就可以扭转,逆来顺受的传统观念更无法赖以闯出生机,于是《残冬》篇中,村民不再任由命运摆布,抗争成了他们唯一的出路。

由此看来,三部曲春、秋、冬的叙事结构有着一般旧小说起、承、转、合的性质。《春蚕》是起,是农民一年之始,也写了第一回的"丰收灾",为下文埋下伏笔。《秋收》具有承和转的两重特质,它承接第一回"丰收灾",老通宝和其他农民又再遭遇第二回丰收成灾的苦痛;而在此阶段,年青的村民不再奢望徒劳无功地挣扎过活,于是群起"吃大户、抢米囤",阶级矛盾变得紧张,这也是农民改变噩运的转折点。《残冬》是农村一年生活的终结,村民走上抗争之途是两次"丰收灾"惨痛教训所促成,小说虽然以开放形式作结,但它已暗示了农民未来应走的路向,那是故事的合。至于夏天生活没被写及,大抵因农民一般都在炎夏歇息避暑,活动与小说的"丰收成灾"及"抗争"主题关系不大,所以并没有被书写提炼。

2. 人物形象

三部曲故事以老通宝一家为主线,他们的形象塑造必然影响到小说的真实性和感染力,因此,作家于刻画人物方面,自然会分外着力。主角老通宝和儿子多多头代表着两辈农民,前者是顽固守旧、勤劳乐天的老农;后者则是不甘因循,企图改变命运的小伙子。两者之中,作家花在老通宝身上的笔墨更多，可能是他较熟悉老一辈的农民，且有家乡熟悉的"艾姑老爷"给他当模特儿所致。很明显，茅盾有意借老通宝这个角色反映老农民的一般性格特质，让人感到亲切眼熟。如老通宝守旧迷信、顽固偏执：

"'世界真是越变越坏！过几年他们连桑叶都要洋种了！我活得厌了！'老通宝看着那些桑树，心里说，拿起身边的长旱烟管恨恨地敲着脚边的泥块。"[14]

老通宝看不惯转变快速的现象，所以气急败坏地自怨自艾。又如：

"'那母狗是白虎星，惹上她就得败家，'——老通宝时常这样警戒他的小儿子。"[15]

把守寡苦命的荷花看成是克夫的灾星，警戒他的家人不要与荷花交往。甚至荷花一番好意送烧饼给孙子小宝充饥，他也感到愤愤不平：

"小宝嘴里塞满了烧饼，说不出来。老通宝却已经明白，他的脸色更加难看了。他这时的心理很复杂：小宝竟去吃'仇人'的东西，真是太丢脸了！而且荷花家里竟有烧饼，那又是什么'天理'呀！老通宝恨得咬牙跺脚，可又舍不得打这可怜的小宝。"[16]

作家便是透过老通宝的言行态度，以至心理描写，把这位老农朴实、落后却善良的性情刻画得入木三分。

多多头虽然出场较少，但经叙事者的描画，他那不甘本分、反叛不羁的个性也得以呈现。如《春蚕》叙述多多头的

---

[14] 《春蚕》，见《茅盾全集》第八卷，第316页。

[15] 同上，第321页。

[16] 《秋收》，见《茅盾全集》第八卷，第344页。

生活态度：

"阿多咬住了嘴唇暗笑。虽然在这半个月来也是半饱而且少睡，也瘦了许多了，他的精神可还是很饱满。老通宝那种忧愁，他是永远没有的。他永不相信靠一次蚕花好或是田里熟，他们就可以还清了债再有自己的田；他知道单靠勤俭工作，即使做到背脊骨折断也是不能翻身的。但是他仍旧很高兴地工作着，他觉得这也是一种快活，正像和六宝调情一样。"[17]

多多头生性乐观，也不甘因循上一代的守旧观念，但他又不至于奢谈理想，保持着农民较殷实的品性，在未有找到改变生活的方法时，仍能顺应时势，于艰困里苦中作乐。试看他因加入"吃大户、抢米囤"行列，与老父针锋相对的情态：

"而且多多头也在其内！而且是他敲锣！而且是他猛的抢前一步，跳到老通宝身前来了！老通宝脸全红了，眼里冒出火来，劈面就骂道：'畜生！杀头呕！……''杀头是一个死，没有饭吃也是一个死！去罢！阿四呢？还有阿嫂？一伙儿全去！'多多头笑嘻嘻地回答。老通宝也没听清，抬起拳头就打。"[18]

作家生动地把多多头的反叛坚持，与老通宝的朴实守法，透过二人对事件的矛盾冲突对照着描写。正因多多头具有乐观不妥协的品性，及后《残冬》写到他秘密参加群众运动便显得顺理成章了。

茅盾便是借老通宝和多多头两代农民的对比，象征了两类存在：老一辈是过去在现实之中结束；新一代是未来在

---

[17] 《春蚕》，见《茅盾全集》第八卷，第389页。

[18] 《秋收》，见《茅盾全集》第八卷，第354页。

现实之中成长。老一辈顺天知命、辛勤作业的旧路是走不通了，新一代与封建势力抗争才是农民的出路。突显两辈人性格上的新旧差异，对深化主题有很大作用。

除了主角之外，茅盾也没有忽略次要角色的形象塑造。只是碍于短篇小说的限制，他往往利用这些人物出场的机会，便抓紧描写，把角色的个性或形象特征稍作点染，让读者留下较难忘的印象。例如老通宝口中的白虎星荷花，《秋收》形容道：

"从丫头变做李根生老婆的当儿，荷花很高兴。为的她从此可以当个人了。然而不幸，她嫁来半个月后，根生就患了一场大病，接着是瘟羊瘟鸡；于是她就得了个恶名：白虎星！她在村里又不是'人'了！但也因为到底是在乡村，——荷花就发明了反抗的法子。她找机会和同村的女人吵嘴，和同村的单身男人胡调。只在吵架与胡调时，她感觉到几分'我也是一个人'的味儿。"[19]

了了数语，便将荷花的底细和被以为是白虎星的原因，以及荷花本人内心的苦痛，形象任性又可怜等交代得一清二楚。又如《春蚕》写到村姑六宝出场：

"'不要脸的！'忽然对岸那群女人中间有人轻声骂了一句。荷花的那对细眼睛立刻睁大了，怒声嚷道：'骂那一个？有本事，当面骂，不要躲！''你管得我？棺材横头踢一脚，死人肚里自得知：我就骂那个不要脸的骚货！'隔溪立刻回骂过来了，这就是那六宝，又一位村里有名淘气的大姑娘。"[20]

---

[19]　《残冬》，见《茅盾全集》第八卷，第374页。
[20]　《春蚕》，见《茅盾全集》第八卷，第320页。

借着六宝与荷花互相对骂的几句话，作者便把一位活生生的淘气姑娘推到读者面前。其他人物如俭朴老实的阿四，处事老成的四大娘，招摇撞骗的黄道士，欺压村民的何八爷、李三爹等，嘴脸不一，也都形象鲜明，活灵活现。

3. 语言精确

农村三部曲是写实主义的作品，加上题材以江浙农民生活为对象，叙事语言自然相对地冷静朴实，且富有浓厚的地方色彩，这点学者钟桂松已有具体的文章论述，可作参考，不再重复。[21] 故事以全知角度讲述，纵使叙述者中间不免有现身介入的情况，如上引介绍荷花和六宝的文句，主观的感情还是隐然可辨。整体来说，叙述仍是客观生动，人物对话也切合各人的身份和性格特征。然而值得注意，文本虽力求写实逼真，措辞用语也根据题材和角色而尽量克制，但作者毕竟是艺术家，他在描述一些片段时，不期然会用上一点艺术性语言，以增强文本的美感和思辨性。如《残冬》开篇写道：

"全个村庄，一望只是死样的灰白。只有村北那个张家坟园独自葱茏翠绿，这是镇上张财主的祖坟，松柏又多又大。"[22]

以生人的村庄一片死寂，对比死人的坟园生气勃勃，讽刺意味在具象征性的描绘中弥漫。又如上文引及的："而且河里更有了小火轮以后，他自己田里生出来的东西就一天

---

[21] 钟桂松：《乌镇与〈春蚕〉的创作》《〈秋收〉〈残〉》的乡土味》，见《茅盾与故乡》，成都：四川文艺出版社，1991年8月，第139-142及143-148页。

[22] 《残冬》，第369页。

一天不值钱……"及"这时庙门外风赶着雪花，磨旋似的来了。"等语句，都具有强烈的象征性指涉，给予读者更辽阔的想象空间。

4. 气氛营造

小说展现农民的艰苦生活，目的是让读者能对30年代的农村有所认知。而为了进一步增加大家的切身体会，作者于故事情节的气氛营造方面也显得非常讲究。三部曲同样重视气氛渲染，令读者如在现场，跟故事中人忧戚与共。试看三部曲情节铺排与气氛营造的配合紧密，扣人心弦：

	情节	气氛
《春蚕》	一家大小窝蚕茧	紧张忙碌
	盼望丰收	焦急兴奋
	蚕茧销售无门	愁苦凄清
《秋收》	老通宝全家挨饥病苦	阴冷凄惨
	"吃大户、抢米囤"风潮、种田车水	紧张热闹
	丰收米贱，血本无归	愁苦凄清
《残冬》	黄道士招摇撞骗，"真命天子"谣言四起	肃杀惶恐

《春蚕》《秋收》二部曲的氛围均先扬后抑，配合"丰收灾"的主题十分适切。而《残冬》全篇气氛阴冷肃杀，不仅与急景残年的形势谐调，也为山雨欲来的群众运动设下了铺垫。

四、结语

茅盾的农村三部曲确实是兼具社会性和艺术性的写实文本。作家在农村成长，又在上海都市从事文艺活动多年，十分熟悉城乡的发展和状况；对于城乡不仅有感性的爱惜，同时也具备理性的认知和分析。他在《故乡杂记》中便说出了自己的亲身感受：

"一九三二年的中国乡镇无论如何不可与从前等量齐观了。农村经济的加速度崩溃，一定要在'剪发旗袍的女郎'之外使这市镇涂染了新的时代的记号。……记得十年前是除了叫化子以外就不太看见衣衫褴褛的市民，但现在却是太多了。街道上比前不同的，只是在记忆中的几家大铺子都没有了，——即使尚在，亦是意料外的潦倒。女郎的打扮很摹拟上海的'新装'，可是在她们身上，人造丝织品已经驱逐了苏缎杭纺。农村破产的黑影重压着这个曾经繁荣的市镇了！"[23]

二三十年代的中国社会，饱受内外困扰，身为文学研究会的创会成员，茅盾一直高举"为人生而文学"的旗帜，以文艺反映社会现实为己任，[24] 自然不会对百姓的灾难视若

---

[23] 《故乡杂记》，见《茅盾散文速写集》，第110-111页。

[24] 茅盾在《介绍外国文学作品的目的——兼答郭沫若君》中（1922）说："对于文学的使命的解释，各人可有各人的自由意见；……我是倾向人生派的。我觉得文学作品除能给人欣赏而外，至少还须含有永存的人性，和对于理想世界的憧憬。"（见《茅盾全集》第十八卷，第249页。）又于《答谷凤田》强调："文学家是观察而且批评人生的，所以他或有意或无意，对于人生总得取一个态度；这态度可说就是他的人生观。"（见前，第400页。）因此，《农村三部曲》是茅盾反映、批评农村现象的文本，并蕴含作家对农民未来的憧憬。

无睹。在此期间创作的长篇《子夜》和连续短篇《农村三部曲》便是对资本主义入侵，中国农村面临破产的最真切的写照。尤其三部曲生动地揭示"丰收灾"的农村特殊现象，将中国农民的苦况因由进一步挖掘，并尝试在文本中预示群众未来的出路。小说的社会性和艺术成就兼备，难得没有半点政治宣传味，这在左翼小说之中，实属难得的佳品。

参考书目：

1.《茅盾全集》1—40卷、补遗2卷，北京：人民文学出版社，1984—2006年北京第一版。

2.金轮海：《中国农村经济研究》，上海：中华书局，1937年10月。

3.邝中秋：《三十年代反映"丰收成灾"的文学作品述评》，《天津师大学报》1983年1期（1983年2月20日），第72-76页。

4.孙中田、查国华编：《茅盾研究资料》，北京：中国社会科学出版社，1983年5月。

5.赵耀堂、傅冰甲：《略论茅盾对农村题材的开拓及其他》，《茅盾研究》（复印报刊资料）1981年2期，第28-32页。

6.黄梓荣：《试论〈农村三部曲〉中的农民形象》，《上海师范学院学报》（社会科学版）1981年2期（1981年6月

25日），第126-132页。

7.吴奔星：《茅盾小说讲话》，成都：四川人民出版社，1982年8月。

8.钱林森：《论茅盾的"农村三部曲"的现实意义》，《文艺论丛》17期（1983年4月），第258-277页。

9.周若金：《论〈春蚕〉中的几个问题》，《东方论坛》1997年2期，第17-21页。

10.钟桂松：《茅盾与故乡》，成都：四川文艺出版社，1991年8月。

11.钟桂松：《与茅盾养春蚕》，杭州：浙江文艺出版社，2004年8月。

12.邱文治、韩文庭编著：《茅盾研究六十年》，天津：天津教育出版社，1990年10月。

穆时英《夜总会里的五个人》的
"新感觉派"艺术

一、中国"新感觉派"的出现及其创作特点

在中国现代小说发展史上，擅长书写都市人生活的作家，非要数30年代新感觉派的几位骨干刘呐鸥（1905—1940）、穆时英（1912—1940）和施蛰存（1905—2003）不可。苏雪林（1897—1999）在《二三十年代作家与作品》中回忆道：

"以前住在上海一样的大都市，而能作其生活之描写者，仅有茅盾一人，他的《子夜》写上海的一切，算带着现代都市味。及穆时英等出来，而都市文学才正式成立。"[1]

茅盾(1896—1981)的《子夜》虽然写到上海都市的金融贸易，但也着墨不少于上海的农村生活，严格来说，《子夜》不能看成是都市小说。[2] 到了穆时英等人学习并借鉴

———

[1] 苏雪林：《二三十年代作家与作品》，第四十四章《新感觉派穆时英的作风》，台北：广东出版社，1980年6月再版，第423页。

[2] 茅盾自己也说过，他是想把《子夜》写成为"都市——农村交响曲"，后来计划缩小，"只写都市而不再正面写农村"。（见《我走过的道路》(上)，《〈子夜〉写作的前前后后》，北京：人民文学出版社，1997年12月北京第2版，第482-503页。）话虽如此，小说并非只书写都市各阶层的矛盾斗争，还写到了农村城镇的变化。

日本新感觉派小说的技巧，以崭新的艺术形式来描写都市现象和市民心态，勾勒了一幅幅五光十色的都市风景图，才真正成为现代都市文学的先驱，后来穆时英更被称为中国"新感觉派文学圣手"。[3]"新感觉派"最先崛起于20世纪20年代的日本，是西方现代主义文学思潮的流支。"新感觉派"这名称是日本评论家千叶龟雄于1924年给创办《文艺时代》杂志及发表相类作品的作家横光利一（1898—1947）、川端康成（1899—1972）、中河与一（1897—1994）、片冈铁兵（1894—1944）等人的统称。横光利一的《感觉活动》、川端康成《新进作家新倾向解说》和片冈铁兵《告诉年轻读者》等文章，是这一派的理论宣言。[4]

　　日本"新感觉派"是由刘呐鸥介绍到中国的。刘呐鸥曾经留学日本（1920—1927），1929年在上海创办《无轨列车》，于该刊第4期上便介绍了影响日本"新感觉派"的法国作家穆杭（Paul　Morand，1888—1976），以及翻译了他的两个短篇作品。稍后，刘呐鸥又译介了横光利一等人的小说集

———————

[3] 杨之华在《穆时英论》中说："在中国近代文坛上被称为中国新感觉派文学圣手的穆时英这个优秀作家的名字，……"（见《中央导报周刊》1卷5期，1940年9月1日，第28页。）

[4] 有关日本新感觉派的出现及其理论主张，可参考何乃英：《日本新感觉派文学评析》，《河北大学学报》（哲学社会科学版）1994年3期，第67-74页；张国安：《日本新感觉派初论》，《日本研究》1995年2期，第62-65页；宿久高：《片冈铁兵的"新感觉派"文学理论》，《吉林大学社会科学学报》2003年3期，第111-116页；宿久高：《川端康成的"新感觉派"文学理论》，《社会科学战线》2003年5期，第125-127页；王艳凤：《从横光利一的作品看日本新感觉派的特点》，《集宁师专学报》2003年1期，第30-34页。

《色情文化》，把此派作品正式介绍给中国读者。1930年，刘呐鸥出版了他本人的小说集《都市风景线》，充分显示作品所受日本"新感觉派"的影响。[5] 及后，他又和穆时英、施蛰存等编辑《新文艺》和《现代》，当中他们发表了不少有着西方现代派和日本"新感觉派"特点的创作。后来结集出版的有刘呐鸥《都市风景线》，施蛰存《将军底头》《梅雨之夜》《善女人行品》和穆时英《公墓》《白金的女体塑像》。渐渐他们便被称为"现代派"或中国"新感觉派"。[6]

但正如很多学者指出，日本"新感觉派"受现代主义思潮影响，本身成员的创作主张不尽相同；及至传入中国，中国作家对其认识和接受程度又各有差异，做成中国"新感觉派"其实与日本的有颇大分别，[7] 不能简单地把穆时英等人的小说创作，完全视为日本"新感觉派"的横移。话虽如此，即使中、日两派有异，但从日本及中国"新感觉派"作者的文

———————

[5] 参考王志松：《刘呐鸥的新感觉小说翻译与创作》，《中国现代文学研究丛刊》2002年4期，第54-69页；杨迎平：《刘呐鸥与日本新感觉派》，《江西社会科学》2000年6期，第37-40页。

[6] 中国新感觉派的研究，可参考黄献文：《论新感觉派》，武汉：武汉出版社，2000年3月；金舒莺：《日本新感觉派在中国的译介及影响》，《上海海关高等专科学校学报》2006年2期，2006年6月，第70-74页；王志松：《新感觉文学在中国二三十年代的翻译与接受——文体与思想》，《日语学习与研究》2002年2期，第68-74页。

[7] 参考王向远：《新感觉派及其在中国的变异——中日新感觉派的再比较与再认识》，《中国现代文学研究丛刊》1995年4期，第46-62页；及吴艳：《从"误读"到创造——论中国新感觉派的创作策略和文体特点》，《江汉大学学报》17卷5期，2000年10月，第34-37、44页。

本来分析概括，他们的创作特点大抵还是有着相同的倾向：

1. 强调主观的直觉、感受。认为感觉即是存在，以主观感觉指向客观事物，才能体会生命和现实。作品是感觉到的生活和印象，而非纯客观的社会现实。

2. 作家要再现或描摹人物对客观事物瞬间、细微的感觉和心理变化，尽量展现人物内在的精神世界。

3. 为了突出和呈现人物的主观感觉，作家有意将感觉外化，创造出与感官对应的形象、声音、气味、色彩等客体事物，让读者的触觉、听觉、视觉、嗅觉、味觉产生联系刺激，达到主客交融的效果。感觉的客体化或具象化，甚至能达至"通感"的立体艺术功能。

4. 采用现代派小说技巧，如象征、隐喻、联想、意识流等，加强作品描写主观感觉的错幻感和缥缈感程度，更可把人物内在心理的瞬息万变特质透露。

5. 捕捉及再现瞬间感觉和心理变化，描述性的逻辑语言未能满足书写作用，由是跳跃性或节奏性强的语言便成了小说的特点；而电影中的镜头运用如蒙太奇等技术，也切合小说特质而经常被采用。

中国作家之中，穆时英被誉为"新感觉派的圣手"，小说著作最受注目。作品《公墓》是他写作都市小说的开端，及后随着《上海的狐步舞》《夜总会里的五个人》等文本面世，更进一步巩固了他的新感觉小说的地位。穆时英的作品有着鲜明的现代主义色彩，他擅于运用新感觉派和意识流等现代派手法来营建都市意象，表现都市生活的快速紧逼与物质功利，并以电影技法展示作家支离破碎的感觉，突显出上海这五光十色的大都会，繁华背后那颓丧堕落的一面，令读者感到荒谬而唏嘘！穆时英都市小说之中，《夜总会里的五个人》的题材和叙述技巧，最能体现"新感觉派"及现代派技巧的特色，可以借此窥探30年代中国作家接受现代主义思潮所作出的实践和成就。

二、《夜总会里的五个人》的主题：都市人的欲望与焦虑

《夜总会里的五个人》最初发表在《现代》2卷4期(1933年2月1日)，后收进《公墓》之内。[8] 穆时英喜欢用文字给20世纪30年代的上海造像，描绘出一幅幅天堂与地狱并存的洋场社会奇观。他的小说大多由街道、高楼、夜总会、舞厅、咖啡厅、跑马场为背景，加上爵士乐、火车、跑车、霓虹灯、广告招牌、摩登女郎等都市文化元素构成的，这些现代化城市的产物，营造了丰富多姿的都市生活意象，再现都市人的情态与气息，同时也寄寓了作家对都市生活以至人生的无奈。穆时英在《公墓》自序中曾经提及他的创作动机道：

"当时的目的只是想表现一些从生活上跌下来的，一些没落的pierrot。在我们的社会里，有被生活压扁了的人，也有被生活挤出来的人，可是那些人并不一定，或是说，并不必然地要显出反抗、悲愤、仇恨之类的脸来；他们可以在悲哀的脸上戴了快乐的面具的。每一个人，除非他是毫无感觉的人，在心的深底里都蕴藏着一种寂寞感，一种没法排除的寂寞感。每一个人，都是部分地，或是全部地不能被人家了解的，而且是精神地隔绝了的。每一个人都能感觉到这些。生

---

[8] 《公墓》，上海：现代书局，1933年6月初版。

活的苦味越是尝得多，感觉越是灵敏的人，那种寂寞就越加深深地钻到骨髓里。"[9]

稍后又在《白金的女体塑像·自序》中透露自己对生活的感受道：

"人生是急行列车，而人并不是舒适地坐在车上眺望风景的假期旅客，却是被强迫着去跟在车后，拼命地追赶列车的职业旅行者。以一个有机的人；和一座无机的蒸汽机车竞走，总有一天会跑得精疲力尽而颓然倒毙在路上的吧！我是在去年突然地被扔到铁轨上，一面回顾着从后面赶上来的，一小时五十公里的急行列车，一面用不熟练的脚步奔逃着的，在生命的底在线游移着的旅人。二十三年来的精神上的储蓄猛地崩坠下来，失去了一切概念，一切信仰；一切标准，规律，价值全模糊了起来；于是，像在弥留的人的眼前似的，一想到'再过一秒钟，我就会跌倒在铁轨上，让列车的钢轮把自己辗成三段吧'时，人间的欢乐，悲哀，烦恼，幻想，希望……全万花筒似的聚散来，播摇起来。在笔下就漏出了在这本集子里边的八篇没有统一的风格的作品。为了纪念自己生活上的变迁，我把这八篇零落的东西汇印了。"[10]

两篇《自序》分别写于1934及1935年。1933年穆时英父亲去世，他自己刚从大学毕业还在找工作，境况不佳，意志大受打击。自序里的感受绝非实时萌生的，必然是他经过一段颇长时间生活在城市里的体会，而亲人离世及经济压力成了触发感受的催化剂，于是在序言里发出无奈的感喟。1934年

---

[9] 见《穆时英小说全编》，附录《〈公墓〉自序》，上海：学林出版社，1997年12月，第614-615页。

[10] 同上，第615-616页。

上海《摄影画报·文艺界》有一则《穆时英的抑郁》报导说：

　　"穆时英跨出了学校生活，跨进了社会，不幸他的父亲死了，家庭的负担，重起来了，社会的甜酸苦辣也尝着了，这都能使他刻烈的刺激，而感无限的悲哀的，因此他常常沉沦在咖啡店跳舞场等等，借此消愁，有时朋友和他谈谈，当他触起了身世之悲，会不管在那里，可以放声大哭的。"[11]

　　可见现实生活的打击的确影响着穆时英对人生的观感。事实上，穆时英对城市人的寂寞，以及自己对城市的体会，在《夜总会里的五个人》篇中有很深刻的描述。小说是都市人的生活奇观，折射了作家对生活本质的疑虑。故事主要有五个角色，分别是：

　　胡均益——金业投机失败者

　　郑　萍——失恋年青学生

　　黄黛茜——年华老去交际花

　　季　洁——神经失常研究家

　　缪宗旦——尽忠职守政府秘书

　　五个人代表了城市常见的五类界别或行业角色：金融、教育、娱乐/色情、学术、政府，他们全是普通市民，思想行为也就具有普遍性的象征意义。纵使来自不同界别，他们在现实生活中同样免不了各自的追求与挫败，如是客观的遭遇和主观的意愿产生了矛盾，致令他们陷于欲念与焦虑之中，痛苦地挣扎。弗洛伊德（Sigmund　Freud，1856—1939）在《弗洛伊德心理学入门》中指出：

　　"当人无法消除使他感到痛苦或不愉快的刺激时，他就遇到了挫折。换言之，挫折就是快乐原则受到阻碍而无法实

————
[11] 见《摄影画报·文艺界》10卷12期，1934年，第7页。

施。人们可能因为在周围环境中不能找到达到目的所需要对象而受挫，这叫作'匮乏'（privation）。或者，达到目的所需要的对象尽管存在，但是已被其他人占有或拿走，这就叫作'被剥夺'（deprivation）。"[12]

无论"匮乏"或"被剥夺"，都会带来困扰和不安。如何消除这种焦虑或挫败感，主要有两种途径：移置作用（displacement）和升华作用（sublimation）。前者寻求其他的替代，以弥补所匮乏或缺失的，称为对象性发泄（object cathexis）。而"升华作用"则指寻求替代的对象，是一个较高文化层次的目标。[13] 但人们若仍然无法消除焦虑，那恐怕只能一直生活在烦恼之中，又或只能以死亡来彻底地自我解脱了。篇中五个人都有着自己的烦恼和焦虑，不约而同地走到夜总会消遣，寻找短暂的释放。

夜总会的舞厅是醉生梦死的娱乐场所和精神发泄口，透过舞厅的爵士乐、美酒、歌舞表演、魅力四射的舞女等，让都市人暂时脱下伪装，投入疯狂的节奏和动感之中，自我麻醉又或肆意地宣泄一己欲望和压抑。因此以舞厅作为小说的焦点背景，既能切实地表现城市的夜生活，又能透视现代都市人的堕落一面及其异化的精神状态。五个人买醉寻乐，意图摆脱现实生活的困扰。当中面临破产、身败名裂的胡均益思前想后，感觉苦无出路，孤立无援，最终以自杀的方式结

---

[12] 参考霍尔（C.S.Hall）著，陈维正译：《弗洛伊德心理学入门》（*A Primer of Freudian Psychology*），第二章《人格的组织结构》，北京：商务印书馆出版，1985年10月，第63页。

[13] 参考《弗洛伊德心理学入门》，第四章之二《移置和升华》，第69-74页。

束了生命。其他四个人的烦恼和焦虑又如何解决？正如他们各人心中也明白"No one can help"，[14] 而小说的尾声也有一段象征性的暗示：

> "一长串火车驶了过去，驶过去，驶过去，在悠长的铁轨上，嘟的叹了口气。
>
> 辽远的城市，辽远的旅程啊！
>
> 大家叹息了一下，慢慢儿地走着——走着，走着。前面是一条悠长的，寥落的路……
>
> 辽远的城市，辽远的旅程啊！"[15]

四人到万国公墓送别自杀的胡均益，离开时只觉"前面是一条悠长的，寥落的路……"，预示着他们还是各自要背负沉重的生活包袱走下去。城市人的前途，寂寞、漫长而寥落、身心疲累、精神困惑，无法自拔！

三、《夜总会里的五个人》的艺术技巧

1. 背景烘托与气氛渲染

穆时英擅于展现都市繁华面貌及都市人生活情态，一方面基于他能抓住代表都市的标志建构小说背景，另一方面运用"新感觉派"等崭新的叙述技巧，把都市那五光十色、节奏快速的特质，以及都市人绷紧的精神状态刻画得活灵活现。《夜总会里的五个人》的主要场景当然是夜总会的舞厅：

> "白的台布，白的台布，白的台布，白的台布……白的——白的台布上面放着：黑的啤酒，黑的咖啡，……黑

---

[14] 《夜总会里的五个人》，见《穆时英小说全编》，第266页。

[15] 同上，第267页。

的，黑的……白的台布旁边坐着的穿晚礼服的男子：黑的和白的一堆：黑头发，白脸，黑眼珠子，白领子，黑领结，白的浆褶衬衫，黑外褂，白背心，黑裤子……黑的和白的……白的台布后边站着侍者，白衣服，黑帽子，白裤子上一条黑镶边……白人的快乐，黑人的悲哀。非洲黑人吃人典礼的音乐，那大雷和小雷似的鼓声，一只大号角呜呀呜的，中间那片地板上，一排没落的斯拉夫公主们跳着黑人的踺跶舞，一条条白的腿在黑缎裹着的身子下面弹着：——得得得——得达！又是黑和白的一堆！为什么在她们的胸前给镶上两块白的缎子，小腹那儿镶上一块白的缎子呢？跳着，斯拉夫的公主们；跳着，白的腿，白的胸脯儿和白的小腹；跳着，白的和黑的一堆……白的和黑的一堆，全场的人全害了疟疾，疟疾的音乐啊，非洲的林莽里是有毒蚊子的。"[16]

作家绘影绘声地展示了夜总会舞场的狂欢气氛；而"全场的人全害了疟疾"一句更把场内都市人的病态和疯狂形象地再现。

夜总会是现代都市物质化的一大标志，是消费者的公共空间，场内如斯狂野热闹，外面的世界同样也璀璨缤纷：

"厚玻璃的旋转门：停着的时候，像荷兰的风车；动着的时候，像水晶柱子。五点到六点，全上海几十万辆的汽车从东部往西部冲锋。可是办公处的旋转门像了风车，饭店的旋转门便像了水晶柱子。人在街头站住了，交通灯的红光潮在身上泛滥着，汽车从鼻子前擦过去。水晶柱子似的旋转门一停，人马上就鱼似地游进去。"[17]

---

[16] 同上，第251-252页。

[17] 同上，第249页。

繁忙街道充满动感、速度和激情。人流、车流、旋转门大楼等纷然杂陈，象征着现代文明给都市人带来生活节奏上的变化。都市之夜更是眩人耳目，铺天盖地的霓虹灯、广告招牌映照出现代化大都市特有的迷人景观：

"红的街，绿的街，蓝的街，紫的街……强烈的色调化装着的都市啊！霓虹灯跳跃着——五色的光潮，变化着的光潮，没有色的光潮——泛滥着光潮的天空，天空中有了酒，有了烟，有了高跟儿鞋，也有了钟……请喝白马牌威士忌酒……吉士烟不伤吸者咽喉……亚历山大鞋店，约翰生酒铺，拉萨罗烟商，德茜音乐铺，朱古力糖果铺，国泰大戏院，汉密而登旅社……回旋着，永远回旋着的霓虹灯——" [18]

声色俱全的描写，把30年代前后十里洋场的上海都市夜景呈现，也将在场人士和读者的情绪渐渐推向顶峰，之后大家进入夜总会舞厅的迷离境地，设身处地体味都市那天堂与地狱一线之差的荒诞与虚无。场景的布置和氛围的渲染，实在逼真慑人！

2. 感觉书写（意识客体化）

"新感觉派"认为现实就是主观感觉的印象，所以极力捕捉、再现人物主观意识与客观事物的对应关系。角色的感觉描摹成了他们的熟习技巧。穆时英深受此派影响，在刻画人物感觉方面甚为精到，而且通过主观意识客体化的手段，把主客之间的微妙关系细致地展示，加深了读者对小说中人事的理解和感受。《夜总会里的五个人》有不少这类感觉客

---

[18] 同上，第250页。

体化的书写，如开篇描绘金业交易所内的情况：

"标金的跌风，用一小时一百基罗米突的速度吹着，把那些人吹成野兽，吹去了理性，吹去了神经。胡均益满不在乎地笑，他说：

'怕什么呢？再过五分钟就转涨风了！'

过了五分钟，——

'六百两进关啦！'

交易所里又起了谣言：'东洋大地震！'

'八十七两！'

'三十二两！'

'七钱三！'

（一个穿毛葛袍子，嘴犄角儿咬着象牙烟嘴的中年人猛的晕倒了。）

标金的跌风加速地吹着。

再过五分钟，胡均益把上排的牙齿，咬着下嘴唇——

嘴唇碎了的时候，八十万家产也叫标金的跌风吹破了。

嘴唇碎了的时候，一颗坚强的近代商人的心也碎了。"[19]

炒金者的精神状态随着黄金的升跌瞬息转变，把金价跌风与人们失控的情绪紧扣一起，人们的内在心理反应，便可从现实的金价上有更具体的表明。

又：

"人在街头站住了，交通灯的红光潮在身上泛滥着，汽车从鼻子前擦过去。水晶柱子似的旋转门一停，人马上就鱼似地游进去。"[20]

---

[19] 同上，第245页。

[20] 同上，第249页。

人们处身繁华的街头感受都市生活节奏的急速，他们那刻的心情，通过客体事物予以众人视觉、触觉等特别的滋味而彰明。人们站在街上，竟会感到身上泛滥着红光潮，汽车又擦鼻而过，闹市之中危机四伏，难怪旋转门一停，人们就像鱼群般涌进饭店。

又：

"深夜在森林里，没一点火，没一个人，想找些东西来依靠，那么的又害怕又寂寞的心情侵袭着他们……"[21]

以处身黑暗森林、无所依靠来再现人们孤独寂寞的感觉，主客交融，增强读者对人物精神心态的认知。

又如前引：

"白人的快乐，黑人的悲哀。非洲黑人吃人典礼的音乐，那大雷和小雷似的鼓声，一只大号角呜呀呜的，中间那片地板上，一排没落的斯拉夫公主们跳着黑人的跸跶舞，一条条白的腿在黑缎裹着的身子下面弹着：——得得得——得达！又是黑和白的一堆！为什么在她们的胸前给镶上两块白的缎子，小腹那儿镶上一块白的缎子呢？跳着，斯拉夫的公主们；跳着，白的腿，白的胸脯儿和白的小腹；跳着，白的和黑的一堆……白的和黑的一堆，全场的人全害了疟疾，疟疾的音乐啊，非洲的林莽里是有毒蚊子的。"[22]

这一片段的描写重点显然不是对现场的描摹，而是舞场给人的感觉刺激。穆时英以电影镜头般的剪接方式，将形体、声音、色彩、气味、动作、表情等意象通过幻觉、听觉、视觉、嗅觉等各种感受具体化，组成变化无定、节奏快

---

[21] 同上，第260页。

[22] 同注3。

速的镜头，再以蒙太奇的手法叠合在一起，制造动感和节奏感，鲜明地传达了现代都市舞场中热烈的情绪与身在其中的感觉。

诸如此类的例子甚多，把主观的感觉与客观的描写融为一体，使现代都市人复杂、独特的感受形之于各种感官，将抽象化为具象，在不断交换视角过程中构筑成小说的艺术效果。此外，通感（Synaesthesia）亦是穆时英常用的一种展示感觉的手法。他将视觉、听觉、嗅觉、味觉、触觉等感觉汇通、复合起来，突破感官各自的体验，给读者带来新奇而微妙的感受。如：

"'《大晚夜报》！'忽然他又有了红嘴，从嘴里伸出舌尖儿来，对面的那只大酒瓶里倒出葡萄酒来了。"[23]

又：

"时间的足音在郑萍的心上悉悉地响着，每一秒钟像一只蚂蚁似的打他的心脏上面爬过去，一只一只的，那么快的，却又那么多，没结没完的———"[24]

事实上，通感的运用在穆时英的作品中比比皆是。他将人的主观感觉渗透融合到客观的都市景象描写中，人物的幻觉、欲望、联想、焦虑等复杂情绪得以外化，角色形象从而显得丰满、立体又生动。

3. 意象运用

穆时英描摹和再现角色的感觉，很多时会借助意象（image）、象征（symbol）或譬喻（metaphor / simile）来

[23] 《夜总会里的五个人》，见《穆时英小说全编》，第250页。
[24] 同上，第263页。

把人物那些瞬息万变的感受或心理展示，一方面把感觉具象化，较易理解，另一方面能将感觉的游移流动的本质，通过联想空间辽阔的修辞展露。因此，穆时英的小说，有不少意象、象征或譬喻等联想性修辞，具象地呈现了人物的情绪和心理反应。如写到郑萍追求林妮娜：

"郑萍坐在校园里的池旁，一对对的恋人从他前面走过去。他睁着眼看；他在等，等着林妮娜。　昨天晚上他送了只歌谱去，在底下注着：如果你还允许我活下去的话，请你明天下午到校园里的池旁来。为了你，我是连头发也愁白了！

林妮娜并没把歌谱退回来——一晚上，郑萍的头发又变黑啦。

……

林妮娜拉了长腿汪往外走，长腿汪回过脑袋来再向他装鬼脸。他把上面的牙齿，咬着下嘴唇：——

嘴唇碎了的时候，郑萍的头发又白了。

嘴唇碎了的时候，郑萍的胡髭又从皮肉里边钻出来了。"[25]

以"嘴唇碎了"、头发变白及胡髭生长来刻画郑萍的痛苦与失望心情，十分具象化并唤起文学史上"一夜白头"的意象联想，而郑萍的憔悴落寞的形态也就得以建立。又如：

"时间的足音在郑萍的心上悉悉地响着，每一秒钟像一只蚂蚁似的打他的心脏上面爬过去，一只一只的，那么快的，却又那么多，没结没完的——"[26]

---

[25]　同上，第246页。

[26]　同注21。

以蚂蚁爬走窜动比拟郑萍及其他四人的焦躁心情，设喻贴切，深刻传神。而篇中的蛇、风景线、大青蛙、爆破的汽球、断了的弦线、手帕、年红灯等意象或比喻，同样各有指涉，引发无穷的联想。

4. 电影手法——蒙太奇（montage）及其他

众所周知，穆时英擅于运用电影手法来建构小说，令人耳目一新。学者严家炎于上世纪80年代便指出穆时英作品"有异常快速的节奏，电影镜头般跳跃的结构"。[27] 后来李欧梵亦认为"他的小说几乎都是可视的而且浸染了电影文化"。[28] 的确，穆时英的作品借助电影艺术手法，打破传统小说叙事模式的时空延续性，将一些看似无甚关连的都市意象或片段并列拼凑，互相渗透，从而展示节奏快速的现代都市生活、都市人的畸形和病态，借此带出都市予人的跳跃、破碎感。

穆时英采用的电影手法，以"蒙太奇"（montage）最为人所熟悉。电影是由镜头组成的文本，而镜头的不同组合，会产生不同的叙述效果。"蒙太奇"一词来自法语"monter"，意思是拼贴，后来被借用为电影的一种剪接方式。这种手法最初由美国电影导演葛里菲斯（David W. Griffith, 1875–1948）发明使用。他通过分镜（shot）制作了一部电影，以崭新的表述形式，打破西方传统以来电影不分镜头，一个场面用一个固

---

[27] 严家炎：《论新感觉派小说》，见《论现代小说与文艺思潮》，长沙：湖南人民出版社，1987年3月，第172页。

[28] 李欧梵著、毛尖译：《上海摩登：一种新都市文化在中国1930—1945》，北京：北京大学出版社，2001年12月，第234页。

定镜头的拍摄方法，给西方电影界带来新景象。[29] 他又提出蒙太奇的三种元素：平行蒙太奇（或平行剪接，parallel alternate montage）、特写close-up）和汇聚蒙太奇（convergent montage），三者融合为有机体，把拍摄技术推向理论的层面。[30] 及后苏联导演爱森斯坦（Eisentein，1898—1948）提出"吸引力蒙太奇"（montage of attraction）和"对比蒙太奇"（montage of opposition）等理念，把没有任何联系的画面拼贴，又或把有强烈对比的形象组接，刺激观众联想形象以外和对比之间的含义。[31] 这显然是一种新颖的电影叙述语言，引起了电影界和文艺界的重视。

　　中国学者最早把"蒙太奇"电影及理论引入，应是南国电影社的田汉(1898—1968)和洪深(1894—1955)。1926年南国电影剧社放映了爱森斯坦导演的《战舰波将金号》；[32] 到了1928年，洪深翻译了爱森斯坦等人的宣言《有声电影之前途》，进一步把苏联的蒙太奇理论介绍到中国。[33] 由此推想，喜爱看电影的穆时英极有可能是在1930年左右受到启发，把一些电影技巧包括蒙太奇运用到小说创作之中，形成了个人的书写风格。事实上，穆时英的小说不止采用了蒙太

[29] Gazetas, Aristides (ed.), *An Introduction to World Cinema*, Jefferson, N.C.: McFarland & Company, 2000, pp.27–35.

[30] Gilles Deleuze, "Montage: The American School and the Soviet School," Dalle Vacche, Angela (ed.), *The Visual Turn: Classical Film Theory and Art History*, New Brunswick, NJ: Rutgers University Press, 2003, pp.56–65.

[31] 同上。

[32] 王晓玉主编：《中国电影史纲》，上海：上海古籍出版社，2003年10月，第46页。

[33] 《有声电影之前途》，《电影月报》8期，1928年12月5日，第1–3页。

奇手法，他同时也参考了其他的电影表达方式。所以准确地说，穆时英的小说有着强烈的"电影感"，而《夜总会里的五个人》便是一个很好的范例。

一般而言，蒙太奇以平行、特写和汇聚三种方法叙述。《夜总会里的五个人》的蒙太奇色彩很是触目。小说的叙事结构就如一出镜头多变的电影：

（1）开篇便展示"五个从生活里跌下来的人"——描写了胡均益、郑萍、黄黛茜、季洁和缪宗旦各自在一同时间内，进行不同的活动，这是叙事者着意铺排的叙述方式（平行剪接）。

（2）第二节"星期六的晚上"——描写大背景（广角镜）后插入特写，如写到闹市街道即紧接《大晚夜报》的头条报导，简省了社会情势的文字叙述。

（3）第三节"五个快乐的人"和第四节"四个送殡的人"——分别叙述了五个人在夜总会的寻欢及于万国公墓送殡的聚合，体现了葛里菲斯的汇聚蒙太奇手法。五人各不相干，并不产生对比或矛盾，汇聚却抓住了五人的共同性，突出他们都是在上海都市生活，饱受折腾的失落的一群。当中又不时以特写和长镜（long shot）交替转换，把舞场内各人的活动展示。小说收结又以渐渐驶去、不知休止的火车淡出各人视线，画面由实转虚，由明转暗（fade out），紧扣全篇人生无奈的主题。

《夜总会里的五个人》的叙事结构使人想起刘呐鸥在电影理论文章《俄法的影戏理论》介绍俄罗斯导演维多夫（Dziag Vertov，1896—1954，今译维尔托夫）拍摄《摄影的人》（今译《携着摄影机的人》）所提到的"影戏眼"

（kinogla）的原理：

"'影戏眼'是事实的'影戏的'记录，是主唱着记录的(documentatire)影片的运动。它不定有故事和主演者的必要。影戏眼是要浸入外观上纷乱着的人们的生活里，从生活中心找出课题的解答来的。影戏眼只靠着个摄影机用着总括的组织法，由森罗万象中，提出最最有个性合目的的东西，而把它们归纳入最视觉的节律和形式中去。所以它虽然建出montage上，但不组织有故事的影戏。它只求着现实的事实和它的机械的忠实的再现记录的完成。它是比人们的眼睛更完全的一种机械眼，它要像人们造文字来创造文学一样，造出记录的影片文字来描写人们的集团生活。……这里（《摄影的人》）有两个重要的要素：对象和村里的人们的集团，和主宰着这集团的'摄影的人'，一是物体（自然，材料），一是具有'Cine-Oeil'的人。他表示集团生活同时也要表示自己。因为没有自己，集团生活不能完全成立。这个影片的内容便是从那两者的关系中生出来的。"[34]

《携着摄影机的人》是维多夫1929年摄制的无声纪录片，呈现了俄罗斯城市生活的众生相。电影运用了跳接(jump cut)、分割画面、二次曝光等剪辑手法；又创造了"自我暴露"的表现方式，即摄影者出现在影片之中，他和摄影对象都成了影片的角色。穆时英在《被当作消遣品的男子》里提到主角"喜欢刘呐鸥新的话术"，[35] 显然是夫子自道，对友人刘呐鸥输入的"新感觉派"手法和电影艺术理论有所认

[34] 《俄法的影戏理论》，见康来新、许秦蓁合编：《刘呐鸥全集·增补集》，台北：国立台湾文学馆，2010年7月，第187-188页。
[35] 《被当作消遣品的男子》，见《穆时英小说全编》，第104页。

123

同，所以他的创作不免也受到启发和影响。[36]《夜总会里的五个人》的建构，颇像《携着摄影机的人》，文本同样"是描写人们的集团生活"；稍有不同的是"影戏眼"在电影中现身支配镜头，"忠实的再现记录"，而小说则采用全知的视角，叙述者隐藏幕后再现各人的动静。然而从故事的建构和情节的铺排，全知叙述者支配大局的"影戏眼"还是能感觉到的。

除了运用"蒙太奇"技巧之外，《夜总会里的五个人》还有不少电影技巧，如分割画面的瞬间闪现：

"妮娜浅浅儿的笑了笑，便低下脑袋和冲郑萍瞪眼的长脚汪走出去了，走到门口，开玻璃门出去。刚有一对男女从外面开玻璃门进来，门上的霓虹灯反映在玻璃上的光一闪——

一个思想在长脚汪的脑袋里一闪：'那女的不正是从前扔过我的芝君吗？怎么和缪宗旦在一块儿？'

一个思想在芝君的脑袋里一闪：'长脚汪又交了新朋友了！'

长脚汪推左面的那扇门，芝君推右面的一扇门，玻璃门一动，反映在玻璃上的霓虹灯光一闪，长脚汪马上扠着妮娜

---

[36] 有关刘呐鸥在上海时期的文艺及电影理论，可参考康来新、许秦蓁合编：《刘呐鸥全集·理论集》《刘呐鸥全集·电影集》，台南：台南县文化局，2001年3月；彭小妍：《五四文人在上海：另类的刘呐鸥》，见《海上说情欲：从张资平到刘呐鸥》，台北："中央研究院"中国文哲研究所，2001年1月，第145-188页；李晨：《跨界的摩登：刘呐鸥的文学与影像探索实践》，《福建论坛》（人文社科版）2015年8期，第119-125页。

的胳膊肘，亲亲热热地叫一声：'Dear! ……'

芝君马上挂到缪宗旦的胳膊上，脑袋稍微抬了点儿：'宗旦……'宗旦的脑袋里是：'此致缪旦君，市长的手书，市长的手书，此致缪宗旦君……'

玻璃门一关上，门上的绿丝绒把长脚汪的一对和缪宗旦的一对隔开了。"[37]

同步叙述被玻璃门分隔的一进一出的两对男女，各自不同又相关的意识一并刻画，很有戏剧性及充满动感，是同一镜头声画分立的技术，能以文字表达，实在难得。

5. 语言的音乐性与绘画美

为了展示都市繁华生活多姿彩、节奏快的特质，《夜总会里的五个人》的语言也相对地显得精练和跳脱，交织成一幅幅有声有色的都市风情画。换言之，它的语言充满音乐感和绘画美，这由于作家擅用重复（repetition）技巧、诗化句式、拟声词、色彩词等编织文本，带给读者视觉和听觉上的刺激和享受。

句式重复或段落复沓，读起来都会使人感到语意逐步增强，以及回旋荡漾的冲击力。如小说第一节以相似的片段模式，叙述五个人在同一时间、不同场所各自的活动情态：

"一九三二年四月六日星期六下午……

嘴唇碎了时候……

时间的足音在……"[38]

---

[37] 《夜总会里的五个人》，见《穆时英小说全编》，第256-257页。

[38] 同上，第245-248页。

五人代表着不同的社会角色，重复各人的生活片段，汇聚起来，便把都市人的各式生活及面对的不同问题展现。"重复"扩大了书写容量，也加深了读者对都市人的生存状态质感的认知。同样地，结构相类的几个片段：

"时间的足音在郑萍的心上悉悉地响着，每一秒钟像一只蚂蚁似的打他的心脏上面爬过去，一只一只的，那么快的，却又那么多，没结没完的……"[39]

当中只把郑萍改成黄黛西、胡均益、缪宗旦，以及揭示他们内心的烦恼和焦虑。重复的片段模式，反复回荡，自然对各人的苦痛有更深刻的挖掘。另外，篇中也有不少如此重复的句式：

"缪宗旦站在自家儿的桌子旁边——'像一只爆了的气球似的！'

黄黛茜望了他一眼——'像一只爆了的气球似的。'

胡均益叹息了一下——'像一只爆了的气球似的！'

郑萍按着自家儿酒后涨热的脑袋——'像一只爆了的气球似的！'

季洁注视着挂在中间的那只大灯座——'像一只爆了的气球似的。'"[40]

狂欢过后，各人又将要面对现实而感到沮丧、气馁。"像一只爆了的气球似的！"反复地预示各人的颓唐和等待被宰割的未来。又如写到星期六晚上是都市人放下束缚，狂欢失控的日子：

---

[39] 同上，第263-264页。

[40] 同上，第264-265页。

"星期六的晚上，是没有理性的日子。

星期六的晚上，是法官也想犯罪的日子。

星期六的晚上，是上帝进地狱的日子。"[41]

又如：

"黄黛茜——'我随便跑那去，青春总不会回来的。'

郑萍——'我随便跑那去，妮娜总不会回来的。'

胡均益——'我随便跑那去，八十万家产总不会回来的。'"[42]

重复句式把各人无法改变现实的绝望心情彻底倾诉。

另一方面，《夜总会里的五个人》也有不少诗化的句子或片段，令作品的节奏更明快，切合小说书写的都市生活方式和节拍。如：

"标金的跌风，用一小时一百基罗米突的速度吹着，把那些人吹成野兽，吹去了理性，吹去了神经。"[43]

又：

"嘴唇碎了的时候，八十万家产也叫标金的跌风吹破了。

嘴唇碎了的时候，一颗坚强的近代商人的心也碎了。"[44]

又：

"亚历山大鞋店，约翰生酒铺，拉萨罗烟商，德茜音乐铺，朱古力糖果铺，国泰大戏院，汉密而登旅社……

回旋着，永远回旋着的霓虹灯——

---

[41] 同上，第249页。

[42] 同上，第265页。

[43] 同上，第245页。

[44] 同上。

忽然霓虹灯固定了：

'皇后夜总会'。"[45]

又：

"玻璃门开了，一对男女，男的歪了领带，女的蓬了头发，跑出去啦。

玻璃门又开了，又是一对男女，男的歪了领带，女的蓬了头发，跑出去啦。

舞场慢慢儿的空了，显著很冷静的，只见经理来回的踱，露着发光的秃脑袋，一回儿红，一回儿绿，一回儿蓝，一回儿白。"[46]

篇中写到郑萍的单思恋情，甚至以诗歌来渲染气氛：

"陌生人啊！

从前我叫你我的恋人，

现在你说我是陌生人！

陌生人啊！

从前你说我是你的奴隶

现在你说我是陌生人！

陌生人啊……"[47]

上述例子的句子大都短小精悍，铿锵有力，节奏自然爽朗明快。

至于拟声词及色彩词语在《夜总会里的五个人》里更是

---

[45] 同上，第250页。

[46] 同上，第261页。

[47] 同上，第246页。

普遍。像第三节“五个快乐的人”开首：

“白的台布，白的台布，白的台布，白的台布……白的——白的台布上面放着：黑的啤酒，黑的咖啡，……黑的，黑的……白的台布旁边坐着的穿晚礼服的男子：黑的和白的一堆：黑头发，白脸，黑眼珠子，白领子，黑领结，白的浆褶衬衫，黑外褂，白背心，黑裤子……黑的和白的……白的台布后边站着侍者，白衣服，黑帽子，白裤子上一条黑镶边……白人的快乐，黑人的悲哀。非洲黑人吃人典礼的音乐，那大雷和小雷似的鼓声，一只大号角呜呀呜的，中间那片地板上，一排没落的斯拉夫公主们跳着黑人的跸跶舞，一条条白的腿在黑缎裹着的身子下面弹着：——得得得——得达！

又是黑和白的一堆！为什么在她们的胸前给镶上两块白的缎子，小腹那儿镶上一块白的缎子呢？跳着，斯拉夫的公主们；跳着，白的腿，白的胸脯儿和白的小腹；跳着，白的和黑的一堆……白的和黑的一堆，全场的人全害了疟疾，疟疾的音乐啊，非洲的林莽里是有毒蚊子的。”[48]

通过黑白的变幻及鼓角鞋跟的声色混杂书写，把舞场中人们迷失自我的情态展现得淋漓尽致，也刺激起读者的视觉和听觉神经，从而陷入现场的氛围之中，领略一下都市人寻欢作乐的狂态。又如接近故事尾段：

“‘最后一支曲子咧！’大伙儿全站起来舞着，场里只见一排排凌乱的白台布，拿着扫帚在暗角里等着的侍者们打

[48] 同上，第251–252页。

着呵欠的嘴，经理的秃脑袋这儿那儿的发着光，玻璃门开直了，一串串男女从梦里走到明亮的走廊里去。

咚的一声儿大鼓，场里的白灯全亮啦，音乐台上的音乐师们低着身子收拾他们的乐器。拿着扫帚的侍者们全跑了出来，经理站在门口跟每个人道晚安，一回儿舞场就空了下来。剩下来的是一间空屋子，凌乱的，寂寞的，一片空的地板，白灯光把梦全赶走了。"[49]

由黑暗到明亮，由音乐鼓声到寂静一片，把曲终人散，璀璨归于平淡的现场细致地再现，读者也会因凌乱空虚的舞场而生发失落的感觉。

四、结语

毫无疑问，阅读《夜总会里的五个人》就像看一部电影。电影主要是诉诸视觉和听觉的艺术品，它会带给观众官能上的刺激，从而达至传递主题讯息的效果。《夜总会里的五个人》便是一篇充满官能刺激的小说。穆时英把"新感觉派"的叙事方式，加上熟习的电影技术及现代派小说技巧，有意识地把小说写成电影，引领读者进入感官世界，与上海都市人一同生活、一起呼吸，体验上世纪30年代繁华都市背后的阴暗与悲哀。小说中人物是与作家及读者共同感受现实生活的真相，胡均益等五人追求的金钱、恋爱、青春、事业，何尝不是现今世人的欲望与烦恼？他们的际遇和对生活

---

[49] 同上，第264页。

的孤寂无力感，无疑也是作家自己经验的折射，[50] 读者看后自然也会受到不同程度的官能刺激，堕进人物的感觉世界之中，甚至产生共鸣。

参考书目：

1. 穆时英：《穆时英小说全编》，上海：学林出版社，1997年12月。

2. 康来新、许秦蓁合编：《刘呐鸥全集·理论集》《刘呐鸥全集·电影集》，台南：台南县文化局，2001年3月。

3. 严家炎：《论新感觉派小说》，见《论现代小说与文艺思潮》，长沙：湖南人民出版社，1987年3月，第154-191页。

4. 黄献文：《论新感觉派》，武汉：武汉出版社，2000年3月。

5. 金舒莺：《日本新感觉派在中国的译介及影响》，《上海海关高等专科学校学报》2006年2期（2006年6月），第70-74页。

6. 王志松：《新感觉文学在中国二三十年代的翻译与接受——文体与思想》，《日语学习与研究》2002年2期，第

---

[50] 穆时英在《〈公墓〉自序》道："在我们的社会里，有被生活压扁了的人，也有被生活挤出来的人，……每一个人，除非他是毫无感觉的人，在心的深底里都蕴藏着一种寂寞感，一种没法排除的寂寞感。每一个人，都是部分地，或是全部地不能被人家了解的，而且是精神地隔绝了的。每一个人都能感觉到这些。生活的苦味越是尝得多，感觉越是灵敏的人，那种寂寞就越加深深地钻到骨髓里。"显然他便是把自己体会的寂寞感投射在《夜总会里的五个人》的角色身上。（见《穆时英小说全编》，第614页。）

68-74页。

7. 王向远：《新感觉派及其在中国的变异——中日新感觉派的再比较与再认识》，《中国现代文学研究丛刊》1995年4期，第46-62页。

8. 吴艳：《从"误读"到创造——论中国新感觉派的创作策略和文体特点》，《江汉大学学报》17卷5期（2000年10月），第34-37、44页。

9. 李欧梵著、毛尖译：《上海摩登：一种新都市文化在中国1930—1945》，北京：北京大学出版社，2001年12月。

10. 何乃英：《日本新感觉派文学评析》，《河北大学学报》（哲学社会科学版）1994年3期，第67-74页。

11. 张国安：《日本新感觉派初论》，《日本研究》1995年2期，第62-65页。

12. 王晓玉主编：《中国电影史纲》，上海：上海古籍出版社，2003年10月。

13. 洪志强：《论穆时英的电影化小说》，《作家》2012年6期，第28-29页。

14. 赵雪君：《论穆时英都市小说中的舞场意象》，《名作欣赏》2017年3期，第66-67页。

15. 阮佩仪：《穆时英小说的艺术研究》，香港大学哲学硕士论文，1999年。

16.Gazetas, Aristides (ed.), *An Introduction to World Cinema*, Jefferson, N.C.: McFarland & Company, 2000.

17.Gilles Deleuze, "Montage: The Ameri can School and the Soviet School," Dalle Vacche, Angela (ed.), *The Visual Turn: Classical Film Theory and Art History*, New Brunswick, NJ: Rutgers University Press, 2003, pp.56-65.

论萧乾短篇小说的反宗教意识

一

萧乾（1910—1999）在回忆文章《〈萧乾短篇小说选〉序言》中说：

"从童年起，我就同宗教打交道。这个主题反映到我早年的写作是很自然的事。"[1]

事实上，如果拿萧乾的作品来印证一下，便会发觉在数目不多的短篇小说里，就有《皈依》《昙》《鹏程》《参商》和《蚕》等5篇，内容是涉及宗教问题的，其他篇章就只有零星的书写。[2] 对于宗教，萧乾自小便有切身的体会。他在《忧郁者的自白》中（1936）便详细忆述道：

"照理说，我没有理由爱人类，为了当时我看到的人皆是阴险的，双面的。白天，在一个教会学堂里，我看的是一班奴性十足的法利赛人，捧着金皮《圣经》，嫖着三等窑

---

[1] 萧乾：《一本褪色的相册·一次难忘的旅行》香港：生活·读书·新知三联书店，1981年5月，第44页。

[2] 根据湖北人民出版社出版的《萧乾全集》第一卷《小说卷》（2005年10月），所收萧氏短篇小说共27篇，其中5篇以宗教作题材，都是早年（1933—1936）的著作。

子。晚上我寄居在一个信佛的人家，我吃着糊涂的素，每晚还要随了大家叩三十六个头。……逢到初一、十五，我还得去庙里烧香。……学校呢，每星期要点名排队去礼拜堂，听那个由美国新回来的牧师用不自然的嗓子指着我们小鼻子尖颤巍巍地说：'魔鬼附着你了！'于是我身上打了一个冷战。晚上那巫婆的姑姑又用狐仙的话震威我。……在我幼稚心灵里，他们替我安排了太多的恐怖。直到近年我才知道宗教给予外国儿童的原是信赖，勇敢，在中国，他们散播的却是一种原始的恐惧。在我小心坎上，撒旦和阎王是没有差别的，他们同样使我窘促得不敢行动。"[3]

童年生活在传统佛教和西洋基督教的阴影下，促成萧乾对宗教产生负面的感受，挥之不去。但他也明白到宗教也是因应人类的需要或弱点乘虚而入的。因此他认为：

"人贫困到一点没有着落时，倘若又没知识，就总要在人间以外找点依靠。"[4]

宗教给予这类无所依靠的人们一种生活上或心灵上的凭借。即如萧乾幼年时，便目睹他的姑姑讹称是狐仙的代理人而得以维生过活；三堂兄也是靠信佛来坚持失业的日子；甚至乞丐也可佯称菩萨附体，招来众多善男信女供奉自己。[5]这些固然是萧乾所亲见宗教导人迷信却又能救援穷人的例子，但最令他震惊的还是宗教引致信徒走向极端的可怖现象：

"来自远至山东、河南的信男信女，有的是替自己求

―――――
[3] 《忧郁者的自白》，见李辉主编：《萧乾自述》，郑州：大象出版社，2003年3月，第15-16页。

[4] 见注1，第45页。

[5] 同上，第45-46页。

福，有的是替生重病的家人许愿而来。为了取悦神祇，表达自己的虔诚，他们想尽办法来折磨自己。我看到有隔三两步就跪下磕个头的——从老远老远就这么磕！还有孝子把自己打扮成一只乌龟，在炎日下一路爬行，膝盖磨出了洞，血肉模糊，似乎连骨头都露出来了。最可怕还是跳山涧的。那也是许的心愿：从庙后一个悬崖硬往下面乱石上纵身而跳。"[6]

一切都是那样惊心动魄、不可思议的。纵使萧乾耳闻目睹不少有关佛教的事情，也对佛教表示抗拒和疑惑，但他并没有拿来做小说的题材。他的小说之中也甚少触及佛教思想或人事，仅有《花子与老黄》中描写七少爷的母亲是佛门信徒，经常"烧晚香"[7] 及"妈妈正坐在观世音菩萨像面前闭着眼，举着一串菩提素珠念佛呢"。[8] 作家丁细节处着意点染那母亲的虔诚形象，显然借以对比她后来只担心儿子被传染，无情地驱赶给疯狗咬伤了的忠心仆人。如是，便戳穿了所谓虔诚信徒的真面目，也说明宗教并不能真的导人向善！之外，小说《矮檐》提到主角乐子上私塾，上课地是在一所"荒凉庙宇的后跨院"[9] 白衣庵内。乐子进去时有以下的描述：

"走进过经堂，他听到轻悠的钟响，和着一片清脆沁骨的诵经声，他踮起脚尖，看到佛堂前蒲团上跪了四五个尼姑，打着扣心，正唱着'自归依法'的诵赞呢。他注视到靠木鱼跪着的一个小尼姑，很小，很羞怯，也很可怜。这时她

[6] 同上，第48-49页。

[7] 《花子与老黄》，见《萧乾全集》第一卷，第44页。

[8] 同上，第46页。

[9] 《矮檐》，见《萧乾全集》第一卷，第195页。

正披了袈裟，捏着一串素珠，对着一本经卷歌唱。他对着那细嫩的手指出神。"[10]

叙事者虽然极力以乐子的角度来描述经堂的情景，但"正唱着'自归依法'的诵赞"已泄露了介入的痕迹。跟着对小尼姑的形象摹写和表示"可怜"，不仅是乐子个人的观感，其实也包含了叙事者的同情与思考。

尽管佛教带给萧乾恐惧记忆，但它毕竟在中国已经生根，甚至融入中国文化、社会风习之中传播。一些被视为封建迷信的节日仪式，无形中也成了民间生活不可或缺的心灵寄托，这也是萧乾不得不承认的事实。所以他在小说《俘虏》里，不禁地写到七月盂兰会的习俗，带给民众热闹欢愉的乐趣：

"七月节那天可热闹哪。柏林寺的盂兰盛会糊的是丈七的大龙船，船头探海的夜叉比往年来得都威风。船舱窗户使的是外洋玻璃纸。还不到晌午，'一见大人'吊死鬼脖子上的玉面饽饽就给人偷吃了，惹得出来送施主的方丈看见了直骂馋鬼。领路的，是两只狮子灯。压尾的，自然是那制作多日的松枝灯——繁星似地，孔雀羽似地，那么摆来摆去晃。其余的羊灯，鱼缺灯，飞机灯，鲤鱼灯等都夹在中间。没有灯的，脑瓜上要各顶一张插了红烛的荷叶。打着铜锣，护在两旁。"[11]

上述情节绘影绘声，生动逼真，可见盂兰会留给萧乾的欢愉感觉是那样刻骨铭心。难怪他在一甲子之后(1996)，为这篇小说题写"余墨"，称"《俘虏》，我的仲夏夜之梦"，

---

[10] 同上，第195-196页。

[11] 《俘虏》，见《萧乾全集》第一卷，第88页。

并特别强调"在结构上，这篇东西有头有尾。……中间穿插着那时我最倾心的盂兰盆会。"[12]

从上所见，即使萧乾在文本中不时提及童年对佛教的可怕经验，但他还是对植根传统文化的佛教持有较复杂的观感，并不是全然的否定。或许就是这种矛盾心态，他才不以它来做小说的书写题材。[13] 反之，自萧乾幼年进入崇实学堂读书，接触到佛教以外的另一种宗教——基督教，被逼背诵《约翰福意》《哥林多前书》后，[14] 这种亲身的体验，以及现实社会形势的冲击，让萧乾更了解到作为帝国主义文化入侵中国的工具的基督教，那神圣外衣底下的本质。他回忆说：

"做完礼拜，我们照例要穿过洋牧师们住的大院回学校。院子里是一幢幢两层洋房，周围是绿茵茵的草坪，松木成行。家家门前都有专用的秋千和沙土地，经常有些金黄头发、蓝眼珠的孩子们在玩耍。走过门前，总闻到香喷喷的肉味和奶味，阳台上摆满了盆花，厨师、花匠都穿了洁白的制服。可是我回到堂兄家却得喝杂合面糊糊。我有个妈妈，但是她得去给人使唤，不能留在我身边。我想，天上如真有个神，他为啥这么不公道呢？"[15]

---

[12] 同上，第90页。

[13] 萧乾在《一本褪色的相册·一次难忘的旅行》中说过不写佛教题材的原由道："但是我在小说里不写这些。我写的主要是基督教，因为这里除了思想上的反理性，还有政治上的欺压。"（见注1，第49页。）政治上的因素固然存在，但萧乾本人对传统佛教利民的一些好处还是有所认同的。

[14] 见《一本褪色的相册·祸福的主宰者》，第50-51页。

[15] 同上，第51-52页。

又说：

"没有不平等条约，洋牧师能进来传教吗？……洋牧师们归根结蒂是在洋枪洋炮后头进来的。……一九二五年那场反帝风暴进一步教育了我。那以后，每当牧师在台上用颤抖的声音对我们说：'你们是有罪的人！'我心里就问：究竟是谁有罪呢？"[16]

基督教教义强调博爱、和平、平等，与萧乾体会的有很大的差异，于是造成他那种反基督教的意识，而表现在小说里，更成了反宗教的主题。

二

提起洋人，中国百姓自然联想到帝国主义入侵的暴行，故此一般人都把传教士当作帝国主义的化身。萧乾也不例外，在他笔下，处处显出中国人与洋鬼子的敌对矛盾。即如《皈依》里，当妞妞的母亲看到耶稣被钉在十字架上的画像时，立刻忆起八国联军入京的恶行：

"……这时，呈现在老妇人心目中的是庚子年的事；双臂倒绑，刀把落处，一颗圆圆的脑瓜就热腾腾地滚到路旁。"[17]

而略懂时局的景龙也这样理解外国人：

"他们是帝国主义。他们一手用枪，一手使迷魂药。吸干了咱们的血，还想偷咱们的魂儿。"[18]

---

[16] 同上，第52页。

[17] 《皈依》，见《萧乾全集》第一卷，第119页。

[18] 同上，第121页。

如此透辟的见解，出自一个校役的口，略嫌不切身份，不若说是作者的心意还让人信服。在《昙》里，作家更描绘了洋兵与中国学生对峙的局面，冲突一触即发：

"交民巷的铁门闭上了。那些专门为镇压殖民地叛乱的大炮都摆在巷口。铁门前守了一队姜色制服棕面孔和白面孔的洋兵，个个托着实弹的枪，阖上一只眼，对着群众瞄准。前面还齐整地架了三座机关枪，像演习打靶一样，后面跪着几个等待发令开火的洋兵。一切都似在为游行呐喊的人们扮演着上海方面当时的情景。"[19]

虽然洋人在中国百姓心中是豺狼，但是作者透过小说，尝试指出传教士能够横行中国土地的原因。首先，利诱是一种手段。二三十年代的中国社会，由于内忧外患，民生艰苦，经济便成了民生最棘手的基本问题。西洋传教士看中了这要害，实行利诱，招揽徒众；[20]《皈依》中菊子就成了怀柔政策下的信徒。后来她又故技重施，引诱妞妞加入：

"缝上一打，才两吊二。把两只手缝烂了，一个月出得了三块钱吗？这儿呢，一年两套新衣裳，一个月六块现洋。现在再叫我缝那臭袜口我可不干啦。我的手生来是为上帝作工的——打洋鼓替他传福音。"[21]

如此优容的差事，无怪乎妞妞也禁不住要忏悔入教了。

---

[19] 《昙》，见《萧乾全集》第一卷，第139-140页。

[20] 早在1844年，英国传教士 Miss Alderscy 到中国传教时，即实行施衣施食，施医施药来吸收信徒。参考朱有瓛、钱曼倩：《简论清末的女学——兼评1907年清政府公布的女学章程》，《华东师范大学学报》（哲学社会科学版）1981年第5期（1981年10月30日），第30-31页。

[21] 《皈依》，见《萧乾全集》第一卷，第123页。

而《昙》里启昌和母亲要忍受洋教士的欺侮，纯粹是因为受人恩惠：启昌可以免费读书，母亲可以在教士家当佣工。而洋教士就以施恩手段来控制启昌，甚至意图打击学生的团结力量。其实，类似启昌就读的洋学堂在当时的中国里有很多，萧乾读的崇实学堂，就是一个例子：

"穷学生可以半天读书，半天学点手艺，不但免交学杂费，出了师还可挣上块儿八毛的。"[22]

《鹏程》一篇，作家更描绘了教会以八千元美金作饵，吸引年青知识分子入教学道，以培养宣传人才。在这种利益诱惑下，"复活节那天，请刘牧师施洗的人数打破了历年的纪录。并且，其中不少还真是放下《天演进化论》，改读《创世纪》了的。"[23]

利诱以外，以华制华是一种可怕的手段。《皈依》里作者有扼要的解说：

"堂里'悔改'的仪式是最隆重的。这是入军最初的宣誓，答应把自己献给上帝。宣誓的人，堂里叫作'工作的果子'。这些果子有的是说教后，受了感动的听众，但更多的是由于军中人员的劝导。菊子便是负有此种使命的一个。设若她不能用'果子'的数目来证明她工作的能力，她的地位将如那未结果的花一样凋谢了。所以，每天徐军官讲完了道，她便逡巡于妇女听众之间，用伶俐的口舌劝人'悔改'。她有耐性。当一个中年妇人犹豫不决时，她会用微笑鼓励她，并说着许多好处，管保她'当家男人'也必同意。遇到固执的老妇人提防地摇着头，当面说着'还是灶王爷灵'时，她也只

[22] 见注1，第19页。

[23] 《鹏程》，见《萧乾全集》第一卷，第207页。

微笑地走向旁边的一位，毫不露生气的神色。"[24]

利用中国人来传教，自然收效比洋人来得大；加上例子摆在眼前，很多无知的人便会盲目追随的。其次，又通过婚姻来吸纳徒众，《参商》内容有明显的昭示。故事中萍不信奉基督教，结果终于与爱人婉贞分手，原因正如牧师所说：

"若是本堂教友都和教外人结了婚，背了主，我们的教会还不就散了吗？如果打算谋一门好亲事，在教会里不是也很可以物色得到吗？我们特别希望本堂教友能够以身作则……"[25]

婉贞正因为不敢背主，而萍又不信教，致令这种瓜蔓式的婚姻计策不能成功。至于《昙》里约翰牧师资助启昌、《鹏程》中美国寡妇的捐款，无非是"一石二鸟"[26]之计，一方面收买信徒，另一方面可以离间中国人之间的感情，造成矛盾，分散力量。这正如后来萧乾在《一个乐观主义者的独白》里记述道：

"我曾见过一个九代世袭的天主教徒。她根本不承认自己是中国人，认定生来就是属于梵蒂冈的。宗教就是这样用无形的刀子从东方人的灵魂里把民族感情挖个干净……"[27]

萧乾这种民族的警觉意识，早在他刻画姐姐不顾一切丢下年老的母亲跑到救世军，以及《鹏程》内王志翔、徐之棠等人的斗争里表现得非常透彻，深刻而冷静。

---

[24] 《皈依》，见《萧乾全集》第一卷，第125-126页。

[25] 《参商》，见《萧乾全集》第一卷，第168页。

[26] 《鹏程》，见《萧乾全集》第一卷，第207页。

[27] 《一个乐观主义者的独白》，见李辉主编：《萧乾自述》，第33-34页。

三

萧乾反外来宗教、反帝国主义入侵的立场在小说中十分明显，而他的表达手法可分为两种。其一是正面的描述。洋人的恶行，透过姐姐母亲，启昌的经验道出，前文已有提及；至于洋人伪善的嘴面，作者更通过他们前后态度的转变，充分反映出来。《皈依》里景龙跑到救世军找姐姐，碰到洋牧师雅各布军官。对于这个军官，文本这样写道：

"正要向这陌生人严责的雅各布军官，蓦地明白了这野人和当前'果子'的关系，一只毛茸茸的手就轻拍到校役的肩上，用熟练但带些洋腔的官话和蔼地说：'兄弟，既然这位是您的妹妹，我们就也是朋友了。'"[28]

一副友善、仁爱的模样跃然纸上。然而当景龙动粗，把雅各布推倒后，雅各布便大动肝火，"欠着身子喊：'老徐。去叫巡警来。说有土匪！'"[29]伪善丑陋的面孔表露无遗。同样，《昙》故事中的约翰牧师，当要笼络启昌时，便好言相对；后来知道启昌参加罢课游行，"昨早的慈祥温和早不见了。那曾经抚摸过他脊骨的手，现在握成了硬硬的拳头，那红的鼻头，那狰狞的眼睛……"[30]十足是恶魔的化身。其他如《参商》里的李牧师、李天民，《鹏程》的刘牧师、王志翔等，无不是伪善的宗教信徒。

为了揭破传教士的虚伪本质，作家除了正面刻画了他们丑恶的面貌外，更塑造了一些与他们相对的角色，借以突

---

[28] 《皈依》，见《萧乾全集》第一卷，第127页。

[29] 同上。

[30] 《昙》，见《萧乾全集》第一卷，第142页。

出小说的反宗教意识。景龙、启昌，以及萍和婉贞都是明显的例子。景龙虽然是一名校役，却因经常接触学校内的新气息，晓得洋人侵犯中国，也学会一些流行的革命歌。在他心内已孕育了反洋人的民族情绪。故此当他知悉姐姐跑到救世军，便亲自寻上门，即使面对雅各布军官也毫不退让：

"当前他觉得是一个极严重的局势。白面书生天天所喊打倒的帝国主义似乎就立在他面前了。他眼睛里迸起火星。他感到极大的侮辱。他看到了复仇的机会。抓在姐姐肩头的那两只毛茸茸的手，像是掐着民族喉咙的一切暴力。他一把给拽开，随着，狠狠地在那姜黄制服的前胸推了一掌。"[31]

双方发生冲突，后来景龙推倒雅各布军官跌下讲台，象征着中国人不再畏惧强权，誓死反抗。如此着墨，小说的反宗教意义呈现得更为透彻。

又《昙》之中，启昌最初因顾着自己的教育与母亲的工作，被逼忍受同学们喊他"洋孙子"的耻辱。后来他参加游行，目睹洋兵的凶恶模样，激起了他潜藏的民族感情，于是毅然离开约翰牧师的家，并向母亲解释说：

"妈，咱们不是苦命人！中国革命了。鬼子再不敢欺负咱们啦。妈，您也辞工。咱们不能给鬼子支使。他早晚要害人的。"[32]

启昌的觉醒，其实是作家对中国国民的期望。假使人人像启昌一样，敢于向洋鬼子挑战，那么民族解放事业必定会成功的。

至于《参商》里的婉贞，原本是个虔诚的教徒。她坚

---

[31]　《皈依》，见《萧乾全集》第一卷，第125-126页。

[32]　同注30。

信"爱"，甚至认为可以用它来打动萍的心。然而萍却有坚定的原则，对于宗教，一直抱着不信服的态度；最后更因不愿入教而与婉贞分手。作家塑造婉贞和萍这个"叛逆"青年，无非想说明宗教所谓"爱"是让人怀疑的。既然基督教强调博爱、平等，何以不能容纳一个没宗教信仰的人与自己的徒众成婚？所以，在作家笔下，婉贞也变得动摇矛盾，陷于迷茫的境地：

> "她不吃东西，也不说话。她要——要撕《圣经》《哥林多前书》的一章！……她说她不信'爱'的力量了。她说——爱没有用处！"[33]

婉贞的举动，仿如撕开了宗教虚伪的外衣，富有讽刺、思辨的意味，足见作者反宗教情绪的浓烈。[34]

四

如果说《皈依》《昙》是站在民族主义立场来反西方宗教，而《参商》《鹏程》分别指出了宗教教义的虚妄，以及毒害人们的心灵，那么，《蚕》的故事，可说是从本质上怀疑上帝主宰人类的力量。萧乾在《一本褪色的相册》里说：

> "宗教的前提是宇宙间有一位祸福的主宰者。在《蚕》里，有一段我想说的是，即便有这么一位主宰，他也束手

---

[33] 《参商》，见《萧乾全集》第一卷，第173页。

[34] 萧乾曾经接受访问，说及当时对宗教的意见道："我对传教士是很厌恶的。当洋鬼子在台上讲：你们都有罪啦！我想，我有甚么罪呀？中国已经给欺侮成那个样了，还说人要打你左脸就得把右脸也给他打，这岂不是强者越强，弱者注定灭亡了吗？"见《一本褪色的相册·访问记》，同注1，第349页。

无策。祸福主宰在人与自然手里，人凭智力，向自然那里夺福。"[35]

而在另一篇接受访问的文章里，他也有同样的说法：

"这篇《蚕》是直接写我那时的宗教哲学，老是神啊神啊，我说在这地球上有这么多贫苦，有这么多灾难，有这么多愚盲，神呢？他甚么也管不了，救不了，全得靠人，即便有那么一个神，他也是束手无策的。"[36]

在《蚕》的故事里，蚕儿没有桑叶，尽管它们向主人祈祷，主人也没有办法：

"啊，孩子们，你们想我是全能的主宰，是拥有一切的主人，便将命运交给我摆布。其实，我只不过是一个大于你们的一个生物，忙得自己都顾不过来。你们信托我，其实我外行得懂得给你们把叶子剪成月亮，却忘记了准备该接济的食料。"[37]

作者以那自顾不暇，忘记准备食料的男主角，代表了宗教主宰人类的神。神既非全能，人的命运自然不能交托给他了。宗教不能作为人生的依归，那么作家的人生哲学又如何？过去有些学者论及萧乾的反宗教小说，往往说它们只是"焦点集中在外国和中国的宗教伪善者身上，而不是对基督教本身"。[38] 或谓"作者并非反对宗教，只是不满于现状

---

[35] 《一本褪色的相册·祸福的主宰者》，第52-53页。

[36] 见注34，第348页。

[37] 《蚕》，见《萧乾全集》第一卷，第14页。

[38] （美）罗宾逊著，傅光明、梁刚译：《萧乾：一位反基督教作家》，见傅光明、孙伟华编：《萧乾研究专集》，北京：华艺出版社，1992年5月，第187页。其后许正林撰写《泪进与温和：萧乾非宗教小说透视》一文，也持相同的意见。（同前，第210-217页。）

罢了。"[39]后一说法有点勉强，不辩自明；前一说法是美国学者刘易斯·罗宾逊（Lewis S. Robinson）根据萧乾1981年给他的回信所下的结论。萧乾的信说：

"基督教徒读了这些小说可能会感到不快。我不是在教义的立场反对宗教，我是用个人经历的遭遇来向宗教挑战。我准备写一个长篇来全面揭露宗教的伪善，只有长篇才能记录下我的痛苦经历。现在我只是写了一点皮毛而已……"[40]

信中萧乾颇有保留地说他自己的短篇只写了"一点皮毛"，而希望用一个长篇来"全面揭露宗教的伪善"。言下之意，他的短篇小说集中针对宗教的伪善者，只是"皮毛"而已，其实他不仅对"神"的存在有所怀疑，即使对基督教教义所宣扬的"爱"也同样感到疑惑。《祸福的主宰者》指出：

"基督教教义的中心是一个'爱'字。它还不是'己所不欲勿施于人'的爱，而是'如果你的敌人打你左脸，就把右脸也给他打'的爱。倘若这样，19世纪那些信奉基督教的国家为什么逼中国赔款割地呢？他们报复起来要凶狠多少倍啊！为什么却在一个受尽欺凌的国家里，宣扬这种他们自己根本不准备实行的奴才哲学？"[41]

换言之，萧乾批评基督教信徒的小说是他亲身体会的折射，而他那怀疑"神"的存在及基督教的"爱"却一直萦绕心间，只是这思想未能充分得到验证，所以《蚕》里只是借主角提出质问，并无明确的展示，但篇中进化论的辩证意味

---

[39] 朱维之：《中国基督教黑暗面的几个镜头——读萧乾的〈栗子〉》，见上，第201页。

[40] 《致罗宾逊》，见《萧乾全集》第七卷《书信卷》，第517页。

[41] 《一本褪色的相册·祸福的主宰者》，第52页。

仍是读者所能感受得到的。1934年萧乾在《给自己的信》剖白道：

　　"在人生中，托靠天命有如政治上仰赖国联。……每晚那悠悠的赞美歌及为各个贴身戚友祈求幸福的祷文是窄狭自私的，那只足用来自慰。上帝是没有那么多收音机来谛听各地小心坎里那些私愿的。勇敢的蚕，纵在桑叶罄尽时，也不抬起颈项谄媚主人的。"[42]

　　这是当时作家已有的想法，并非后来几经风雨后才萌生的怀疑。所以刘西渭（李健吾，1906—1982）在《咀华集·篱下集》中也感到：

　　"《蚕》有所昭示。这些蚕，不正象征着生性良善的人吗？优胜劣败的天择是人类行动的根据，也是自相原宥的借口。"[43]

　　而萧乾稍后（1947）在《〈创作四试〉前记》再重申：

　　"蚕的生存不在神的恩泽，而在自身的斗争。这是用达尔文进化论否定了命运。"[44]

　　物竞天择，适者生存。人要生存下去，就得靠自己的努力，所谓"福祸主宰在人与自然手里，人凭智力，向自然那里夺福"，[45] 这就是萧乾的人生观：依靠人类自己的奋斗，不必把命运交托给"神"。[46] 他给罗宾逊的回信，恐怕是有

----

[42] 《给自己的信》，见《萧乾全集》第五卷《生活回忆录·文学回忆录》，第334—335页。

[43] 刘西渭：《咀华集》，上海：文化生活出版社，1936年12月，第102页。

[44] 《〈创作四试〉前记》，见《萧乾全集》第五卷，第374页。

[45] 见注35，第53页。

[46] 1990年萧乾曾就罗宾逊的论著《两刃之剑——基督教与20世纪中国小说》（Double-edged Sword: Christianity and 20th Century Chinese Fiction, 1986）中的一章"萧乾：一位反基督教作家"，写

点保留的，尤其是信的最末一句："我喜欢许多《圣经》中的章节，尤其是《哥林多前书》第十三章。"[47] 更加值得我们注意。《哥林多前书》第十三章是讲述"爱"的重要，是无可比的。萧乾刻意提及此章，说明他一直对"爱"这个基督教核心理念与现实之间的落差分外关心；究竟是信靠还是质疑？颇堪玩味！

五

萧乾三番四次强调，他自己是个"未带地图的旅人"，[48] 然而分析了他那些以宗教作题材的小说后，便会发觉他不但带着地图，而且有明确的目标：就是要揭露当时帝国主义借宗教实行文化、思想侵略的企图。他在30年代已计划写一部长篇来表达，而且得到斯诺（Edgar Snow，1905—1972）的支持，[49] 可惜最终未能实现。不过，反外来宗教的小说创作，已足以显示萧乾的觉醒意识；而《皈依》之入选斯诺编译的《活的中国》（Living China），[50] 传到海外，更使西方

———

了一篇题为《在十字架的阴影下》的长篇文章来回应，解释自己反的不是基督教本身，"而是历史上这些在十字架的阴影下发生的不愉快的事。"（见《萧乾全集》第五卷《生活回忆录·文学回忆录》，第546页。）查实罗宾逊书内并没有说他是反基督教的，而且他对信徒行为与教义的疑惑也不表示他完全反对宗教本身。

[47] 见注40，第517页。

[48] 参考萧乾：《未带地图的旅人——〈萧乾散文特写选〉代序》，见《萧乾全集》第十五卷《生活回忆录·文学回忆录》，第382-422页。

[49] 《一本褪色的相册·祸福的主宰者》，第52-53页。

[50] Edgar Snow (ed.), *Living China: Modern Chinese short stories*, London: George G. Harrap & Co., Ltd., 1936.

人认知中国国民不容欺侮及反抗不平等的民族精神。及后萧乾背上相机，踏进欧洲战场，报导侵略者的罪行，都体现了作家笔下"蚕的生存不在神的恩泽，而在自身的斗争"的勇毅精神。

参考书目：

1.《萧乾全集》1—6卷，武汉：湖北人民出版社，2005年10月。

2.萧乾：《一本褪色的相册》，香港：生活·读书·新知三联书店，1981年5月。

3.《萧乾自述》，郑州：大象出版社，2003年3月。

4.王嘉良、周健男：《萧乾评传》，北京：国际文化出版公司，1996年6月。

5.（美）罗宾逊著，傅光明、梁刚译：《萧乾：一位反基督教作家》，见傅光明、孙伟华编：《萧乾研究专集》，北京：华艺出版社，1992年5月，第187页。

6.许正林：《泪进与温和：萧乾非宗教小说透视》，同上，第210-217页。

7.朱维之：《中国基督教黑暗面的几个镜头——读萧乾的〈栗子〉》，同上，第196-202页。

8.傅光明、孙伟华编：《萧乾研究专集》，北京：华艺出版社，1992年5月。

9.盛琥君：《夹缝中的叙事——论萧乾小说与基督教文化的关系》，《名作欣赏》2011年4期，第84-86页。

10. 柏钰：《萧乾小说的诗性与基督教文化》，《湖北大学学报》（哲学社会科学版）2006年1期，第105-108页。

11. 温敏卓：《信主耶稣与信自己——论萧乾小说与基督教的暧昧关系》，《山东文学》（下半月）2011年12期，第63-65页。

12. 傅光明、梁刚译：《两刃之剑：基督教与二十世纪中国小说》，台北：业强出版社，1992年。

13. 李倩卿：《萧乾小说和京派的关系》，香港大学哲学硕士论文，2001年8月。

14. 朱有瓛、钱曼倩：《简论清末的女学——兼评1907年清政府公布的女学章程》，《华东师范大学学报》（哲学社会科学版）1981年第5期（1981年10月30日），第30-31页。

自然主义？叙事文？——论夏丏尊的小说创作

一、前言

清末民初中外交通频仍，西学风气盛行，而有意译介外国文学以作为启迪民智、改革中国文学的大不乏人，鲁迅（1881--1936）兄弟早年的《域外小说集》便是在这种借鉴意识驱使下的产物。[1] 夏丏尊同样抱有这种"他山之石，可以攻玉"的心态。他在1928年出版的《文艺论ABC》里仍然强调：

"在当世与本地找不到好文艺，虽然不免失望也是无可如何的事。我们不妨去求之于古典或外国文艺。……中国在世界之中，不特产业落后，军备落后，在文艺上也是世界的落伍者。……为输入新刺激计，外国文艺不但可为他山之石，而且是对症之药。……白话文学运动原也是受了西洋文艺的洗礼而生的，但可惜运动只在文艺文字的形式上，尚未到文艺的本身上。我们更该尽量地接近外国文艺，进一步来

---

[1] 鲁迅《域外小说集·序》："我们在日本留学时候，有一种茫漠的希望，以为文艺是可以转移性情，改造社会的。因为这意见，便自然而然的想到介绍外国新文学这一件事。"（见《鲁迅全集》第十卷《译文序跋集》，北京：人民文学出版社，1981年，第161页。）

作文艺本质的改革运动。"[2]

学习外国文学，当然能阅读原文所写的著作最理想，但不是每种文字大家都能掌握，所以通过阅读译本，也不失是好方法。《文艺论ABC》便认为：

"要读外国文艺，最好熟通外国文。但翻译的也不要紧，大多数也只好借径于翻译本。……至于一种外国语都不熟通的，那就只好用本国文的译本来读了。只要有好的翻译本，用本国文也没有什么两样。近来常有人觉得看翻译本不如看原文本好，其实这是错误的。……借了翻译本读外国文艺决不是可愧的事，所望者只是翻译的正确与普遍罢了。我盼望国内翻译事业振兴，正确地把重要的外国文艺都介绍进来。"[3]

基于以翻译来传播外国文艺的信念，夏丏尊也成了五四时期较积极的一位文学翻译者，尤其是他译介日本自然主义文学到中国，更是值得重视。事实上，学者关于夏丏尊翻译日本文学的论述相对来说较具体，即如傅红英《夏丏尊评传》中便有一节《重点译介日本自然主义文学》，以及王向远的《二十世纪中国的日本翻译文学史》中也有《夏丏尊等对国木田独步的翻译》和《夏丏尊对田山花袋〈棉被〉的翻译及其反响》两节的讨论，[4] 然而专篇的论文至今仍较

———————
[2] 《文艺论ABC》原由上海世界书局1928年9月初版，现参考《夏丏尊文集·文心之辑》，杭州：浙江文艺出版社，1983年12月，第136-138页。

[3] 见上，第138-139页。

[4] 《夏丏尊评传》，北京：中国社会科学出版社，2012年12月，第30-31页；《二十世纪中国的日本翻译文学史》，北京：北京师范大学出版社，2001年3月，第115-121页。

罕见。前述两位学者都集中介绍了夏译的短篇小说集《国木田独步集》和田山花袋（1872—1930）的长篇小说《绵被》（王著误作《棉被》）。大抵国木田独步（1871—1908）与田山花袋都是日本著名的作家，他们对中国现代小说，特别是对自然主义小说或私小说的创作，有一定的影响和借鉴作用，所以他们的汉译著作一直以来也较受重视。略嫌不足的，《夏丐尊评传》的介绍语焉不详；而王向远则主要引用了两书的序言（夏丐尊《关于国木田独步》和方光焘《爱欲》），然后因应序文所述，叙说了国木田独步的三篇小说和作家本人恋爱悲剧的关系，并指出方光焘的序言，一方面肯定了《绵被》描写情欲的大胆、率真，同时也揭示了日本自然主义作家与中国作家"对待自我情欲的游戏的、或者虚伪的态度"[5]的差异。之后又以施蛰存（1905—2003）的小说《娟子》（1928）为例，简单说明《绵被》对它的影响。无论如何，《夏丐尊评传》和王著的介绍虽嫌简括，但已关注到夏丐尊译介日本自然主义文学的价值和贡献。

至于自然主义文学与夏丐尊本人小说创作的关系，深入的讨论文章就更加稀有，即使有所触及，也多从小说取材及文本的叙事方式两方面作比较，略嫌简单化和片面，[6] 未能

---

[5] 第120页。

[6] 探讨夏丐尊的小说与自然主义文学的关系的论评极少，傅红英和王向远二人的专书也只简介了夏氏《国木田独步集》和《绵被》两个译本而已。只有商金林编辑夏氏作品集《白马湖之冬》时，才于《编后记》里就题材和叙事方式论述了夏丐尊小说受到自然主义的影响，可是论评仍是简括且有点不甚切当。（参考《白马湖之冬》，南京：江苏文艺出版社，2009年1月，第302-304页。）

充分辨明两者的异同及夏丏尊小说创作的特色和整体倾向。因此，下文将就夏丏尊译介国木田独步及《绵被》的情况略作补充，并深入分析夏氏小说的特点，说明它们与自然主义的关系。

二、日本自然主义文学的译介——
《国木田独步集》和《绵被》

国木田独步和田山花袋二人都被视为日本自然主义作家，他们的作品体现了西方自然主义的风格特征。夏丏尊翻译的《国木田独步集》和《绵被》，前者是国木田独步小说的第一个中译本结集，而《绵被》则是初次被译介到中国，二书均具有开创性意义。笔者在此不再详述这两个译本的内容，而集中讨论一些相关但之前不为人在意的讹误，以及自然主义文学对夏丏尊小说创作的影响情况。

《国木田独步集》中收有小说五篇，当中《女难》发表在《小说月报》12卷12号（1921），《疲劳》登在《一般》一卷一号（1926）。其实还有《夫妇》曾收载东方杂志社编印的《近代日本小说集》（1924）内。不少资料都把《近代日本小说集》作为夏丏尊的译作，实误。查《近代日本小说集》[7] 是东方杂志二十周年纪念刊物之一，共收短篇小说译作6篇，夏译国木田独步的《夫妇》排首，之后顺序铃木三重

---

[7] 东方杂志社编，上海：商务印书馆，1923年12月初版，1924年10月再版。《民国时期总书目·外国文学》著录是书，注明"1924年4月初版"（第6页），有误。

吉著、周作人译《金鱼》，石川啄木著、周作人译《两条的血痕》，武者小路实笃著、韫玉译《久米仙人》，有岛武郎著、周作人译《潮雾》和菊池宽著、仲持译《投票》。书后附录了原作者的略传。推测可能因夏译是书中的第一篇，若不详阅全书内文，便可能误会整部书是夏丏尊所译。以上虽是小问题，但对研究夏丏尊或探讨日本翻译文学的传播历程有重要意义。

国木田独步小说多以自我的经验为题材，抒发主观的感受，并对客观的自然环境的描写十分细致，启导了日本自然主义文学的风潮。[8] 而田山花袋于1907年出版的"私小说"《绵被》，在其时的日本便引起哄动。郁达夫（1896—1945）留学日本期间，曾受到影响，人所共知他的短篇小说集《沉沦》（1921）便有着私小说的痕迹。《绵被》以一中年老师竹中时雄暗恋年青女学生为题材，描述了主角灵与欲的内心矛盾和挣扎，赤裸裸地揭示了人性的暗阴面和本能渴求，带给读者莫大的震撼。田山花袋显然是把自然主义那种反映事实本相的特质进一步推向暴露自我的大胆尝试。夏丏尊把它译介到中国，无疑对当时封建意识还是非常浓厚的社会是一大挑战，也给生活其中而感到苦闷彷徨的读者一次精神上的冲击和解放。夏丏尊译的《绵被》，是第一个中译本，与《国木田独步集》同样具有重大意义。原因国木田独步是日本早期自然主义的一个代表性人物，而《绵被》则是日本"私小说"的开创

---

[8] 有关国木田独步的小说特点，本文不再详述，可参考刘光宇：《论国木田独步的短篇小说》，《日本学刊》1994年2期，第108-119页。

性经典著作，两者反映日本自然主义文学的演变和趋势。夏丏尊之所以译介它们，显然看中自然主义小说叙事的冷静客观及其解剖人性、心理的深致，中国读者和作家或许从中可以得到启迪，于是便选取国木田独步和《绵被》作尝试了。我们虽然没有看到夏丏尊对自己译介动机的解释，但他在《关于国木田独步》中对独步的小说有如下评说，有助我们了解个中原委：

"独步眼中的自然，不只是幽玄的风景，乃是不可思议的可惊可怖的谜，同时就是人生的谜。他的小说的于诗趣以外具有自然主义的风格，和他的热烈倾心宗教，似都非无故的。"[9]

换言之，独步小说的特点不仅在其客观自然的描绘，主要还是它们对"不可思议的可惊可怖"的人生的呈现，这是夏丏尊认为它们能体现自然主义风格的原因。而在另一篇介绍日本作家坪内逍遥（1859—1935）的文章《坪内逍遥》开首，夏丏尊即把坪内逍遥和国木田独步及二叶亭四迷（1864—1909）、夏目漱石（1867—1916）等视为近代日本文学的先驱，并强调："这几个人在各方面给予青年以新刺激，树立了文艺上的各种新基础，可以说是日本文艺的恩人。"[10]

夏丏尊以"新刺激""新基础"来概括这批作家对日本文艺界的意义，这无疑也是他译介独步小说和《绵被》到中

---

[9] 《国木田独步集》，上海：文学周报社，1927年8月出版，1928年4月再版。

[10] 见《夏丏尊文集·平屋之辑》，杭州：浙江文艺出版社，1983年2月，第209页。

国的愿景。[11]

事实上，夏丏尊本人的小说创作便受到自然主义的影响。自然主义的一个重要艺术特质是追求绝对的客观性，崇尚单纯地描摹自然，着重对现实生活作记录式的写照，并企图以自然规律特别是生物学规律来解释人和人类社会。体现在文学作品中，自然主义文学力图事无巨细地描绘现实，给人一种实录生活和照相式的印象。法国自然主义大家佐拉（1840—1902）在《实验小说》中便强调：

"一部作品，只是一种记录，再没有别的。它的功劳只是观察的正确，分析的深入，事实的连贯，合乎逻辑。"[12]

又在《自然派小说家》中指出：

"用不着铺张，用不着什么突出的表现，只要事实，值得夸奖或者值得指责的事实。一个作家并不是一个道学先生，他只是一个满足于说出他在人类尸体中所发现的东西的解剖学家。"[13]

———

[11] 坪内逍遥在名作《小说神髓》中，强调文学理想首先是表现"真实"。在此意义上，不回避人类生活的任何层面，包括丑陋与罪恶。坪内逍遥的理论已经体现出自然主义或"私小说"文学观念中的一些观点。（参考刘振瀛译《小说神髓·小说总论》，北京：人民文学出版社，1991年7月，第21–46页）而夏丏尊在《坪内逍遥》内显然也欣赏坪内的看法："坪内氏又发表了一本《小说神髓》，主张小说的主眼在人情的描写，排斥从来劝善惩恶宣传政治的主义。"（《夏丏尊文集·平屋之辑》，第122页）。由此足见夏丏尊对日本自然主义文风是认同的，而译介独步小说和《绵被》便顺理成章了。

[12] 转引自金满成（1900—1971）：《佐拉》，哈尔滨：黑龙江人民出版社，1983年6月，第46页。

[13] 同上。

而私小说由自然主义衍生而来，它取材侧重于作者自身经验，再现私人生活，同时着意描述人物经历时的心境，写实与抒情并存。然而它的写实意在抒情，因此私小说一般不太注重外部事件的描写，也不注重情节结构，而是聚焦于刻画个人心境，抒发角色的忧郁、苦闷、彷徨、感伤等等不同感受，具有浓郁的抒情成分。[14] 可见，自然主义小说的叙述近于白描，显得细致详尽，甚至有点琐碎。即使人物的对话和心理，也只作客观的陈述，角色的情绪显得克制，整个故事尽力维持在一种纪录、再现的状态。而私小说则倾向主观感受的书写，较多大胆袒露的自白，田山花袋甚至主张露骨的描写，无所顾忌。[15] 以下从题材、叙事方式、人物描写、语言、情节等方面来分析夏丏尊的小说创作，探讨文本呈现的自然主义特色。

三、自然主义、叙事文和夏丏尊的小说

夏丏尊的小说创作数量不多，在他生前或死后也没有专门的小说集出版。而且夏氏小说的叙述方式有类散文，学者为了稳妥计，也不敢轻言哪几篇是小说创作，这可能便是研究论著不多的原因了。即如上世纪80年代浙江人民出版社编辑的、较完备的《夏丏尊文集》三册：《平屋之辑》《文心之

---

[14] 参考陈秀敏：《论日本"私小说"的特质》，《文艺争鸣》2013年7期，第160-163页。

[15] 田山花袋著、唐月梅译：《露骨的描写》，见柳鸣九主编：《自然主义》，北京：中国社会科学出版社，1988年8月，第541-545页。

辑》和《译文之辑》，当中也只是把夏氏的一些"小说"作品收进《平屋之辑》，不敢轻率地判别哪些是散文，哪些是小说。及至商金林编辑《白马湖之冬》，书的第一辑虽然编者定名为"自叙之一"，其实他已有意把这部分的作品视为夏丏尊的小说，然而也仅有七篇。而编者把它们概称为"自叙"，可见他也察觉到这些作品的自叙特点，多少有着"私小说"的痕迹。商金林在《编后记》中指出：

"夏丏尊酷爱日本文学，他的作品受日本文学的影响很深，《怯弱者》《长闲》《流弹》等作品类似"私小说"，而《猫》《钢铁假山》《整理好了的箱子》《命相家》等散文则用了小说的描写手段，也有日本"私小说"的风味。"[16]

可见，商金林认定《怯弱者》《长闲》《流弹》三篇类似"私小说"，而《猫》《钢铁假山》《整理好了的箱子》《命相家》四篇则是用了小说描写手段创作的"散文"。可惜商金林未能进一步展开他的论述，跟着只谈了这七篇作品的叙述"人称"和故事大要而已。[17]

夏丏尊在《文艺论ABC》中曾对第一人称的小说有如下的看法：

"告白文学，第一人称的小说，抒情诗等直写作家自己的作品，不必说了。一切文艺作品，广义地说，都是作家的自传。我们只要先查悉了作家的生涯，再去读他的作品，就随处都可发见作家的面影。"[18]

---

[16] 《白马湖之冬》，第302页。

[17] 见注6。

[18] 《文艺论ABC》，第160-161页。

夏丏传强调文学作品与作家的紧密关系，与郁达夫的"自叙传"小说理念是相类的，[19] 他们显然同是受到了日本自然主义文学的影响而有近似的看法。如果仔细阅读夏丏尊七篇作品，从取材角度观察，无论用第一人称或第三身叙事，它们的确与作家生活经验有关，颇有夫子自道的况味。然而再深入分析，《怯弱者》《长闲》《整理好的箱子》和《流弹》四篇，叙事者像在述说身边的事情，自我经验和感受并不是直接的着墨点。而其他三篇故事以第一身叙述，叙事者的情绪虽较浓郁，但内容主要还是生活细节的陈述，行文仍然冷静、克制，没有私小说那股主观的炽烈的激情。所以商金林说它们有私小说的"风味"，实在有点不太准确。另外，《钢铁假山》一篇，记述性为主，应视为记事散文，性质与其他六篇有异，不应被看成是小说（下文比较七篇作品再加说明）。

描摹和记录人情世态、生活实况是自然主义文学的特点，而夏丏尊的所有小说都具有相同的内容及处理手法。他

────────

[19] 郁达夫《五六年来创作生活的回顾》说："我觉得'文学作品，都是作家的自叙传'这一句话，是千真万确的。客观的态度，客观的描写，无论你客观到怎样的地步，若真的纯客观的态度，纯客观的描写是可能的话，那艺术家的才气可以不要，艺术家存在的理由，也就消灭了。佐拉的文章，若是纯客观的描写的标本，那么他著的小说上，何必要署佐拉的名呢？……所以我说，作家的个性，是无论如何，总须在他的作品里头保留着的。所以我对于创作，抱的是这一种态度，起初就是这样，现在还是这样，将来大约也是不会变的。我觉得作者的生活，应该和作者的艺术紧抱在一块，作品里的individuality决不能丧失的。"（见《郁达夫全集》第五卷《文论》，杭州：浙江文艺出版社，1992年12月，第340-342页。）

在《文艺论ABC》谈及创作的意义道：

"文艺上对于自然人生的处理，须具象的，不该是抽象的。……作家的任务，在乎从复杂的自然人生中选取出富于有意义的一部分，描写了暗示世人以种种的意义。毫无意义地把任何部分的自然人生来描写固不可，完全裸露地单把所见到的意义来描写也不可。作者所当着眼的是具象的实世间，所当取材的也是具象的实世间。能在具象的邻家夫妇或同船旅客之中发见出某物来，仍用了这邻家或同船旅客作了衣服，把所发见的某物暗示世人，才是文艺作家的手腕。"[20]

作家从现实世间中取材，描写的必须具有启迪（暗示）意义，而处理题材时，夏丏尊认为具象地描写，尽量避免介入去说明或议论是最佳方法：

"就一般的原则说，文艺的文字彻头彻尾应以描写为正宗，说明或议论的态度务须竭力地排除。因为描写是具象的，而说明或议论是抽象的缘故。能具象地处理自然人生，在文字上自不得不是描写的，若抽象地概念地去写，结果终究逃不出说明或议论的范围。"[21]

由上所见，夏丏尊有关文学创作的意义、小说的取材，以及描写的手法等理念，大抵与日本自然主义作家很大程度上是契合的。尤其是他强调的文学必须要具体地描写、表现，就是自然主义文学的重要原则，难怪他在一篇评论叶绍钧（1894—1988）的长篇著作《倪焕之》的文章里，便大为欣赏小说能够描写了辛亥革命前后"知识阶级思想行动变迁的路径"和当时中国社会各种"世态人情"，认为它描写"一切

---

[20] 《文艺论ABC》，第158页。

[21] 见上，第160页。

都逼真，一切都活跃有生气"[22]，"很收着表现的效果"。[23]
事实上，夏丏尊自己的小说创作，也贯彻了描述、表现的方
式。试看他的《怯弱者》，小说记叙了"他"对弟弟老五的
忆念和回避的矛盾态度，直到弟弟死前也不愿见面。及至老
五死了，才鼓起勇气去他的棺柩前鞠躬落泪，兄弟之情似
淡实浓。小说内容是最普通不过的人情世事，写来却巨细无
遗，没有刻意铺排，只是不厌繁琐去陈述事情经过，客观而
冷静，人物的情绪因应事件发展而自然流转。例如下列一段：

"穿过圆洞门，就是一弄一弄的柩厂。厂中阴惨惨地
不大有阳光，上下重叠地满排着灵柩，远望去有黑色的，有
赭色的，有和头上有金花样的，两旁分排，中间只有一人可
走的小路。他一见这光景，害怕得几乎要逃出，勉强大着胆
前进。……他才踏进弄，即吓得把脚缩了出来。继而念及今
天来的目的，于是重新屏住了鼻息不旁瞬地进去。及将至末
尾，才去注意和头上的木牌。果然找着了。棺口湿湿的似新
封未干，牌上写着的姓名籍贯年龄，确是老五。"[24]

这种细笔逼真的叙述方式也体现在其他的小说中，即使
写到人物的对话、主观心理或反应也是尽量克制却不惜笔墨
的，因而使人有如观看一段写实纪录片而隐隐有所体会和感
触。但也因小说行文力求再现人情世态、自然实况，作品便
有类于夏丏尊本人在《文章作法》中所谈到的"叙事文"，
而一般小说讲究的情节结构或人物形象塑造，并非他所关注
的了。例如《长闲》《猫》和《钢铁假山》，说它们是叙事

[22] 《关于〈倪焕之〉》，见《夏丏尊文集·平屋之辑》，第116页。
[23] 同上，第117页。
[24] 《白马湖之冬》，第10页。

文（后者甚至是记事文）相信大家也无异议。

夏丏尊在《文章作法》第三章论及"叙事文"有四个要素：主体、事实、时间、场所；[25] 即文本中的人、事、时、地，而小说也属叙事文的一种。[26] 以此来衡量夏氏本人的七篇作品，它们全都包含这四个要素。

文本	主体	现象	时间	场所
《怯弱者》	他(老三)	老五的死	阴历七月中旬	上海
《长闲》	他(作家)	家居创作生活	春蚕时节	家中
《猫》	我、小猫	小猫之死	暑期前后	白马湖新居
《命相家》	我、刘子岐	同学重逢叙旧	晚饭	南京
《钢铁假山》	我	钢铁假山的制成背景	"一二、八"	上海江湾
《整理好了的箱子》	他、她	战争阴影下逃难	日军侵华	上海闸北
《流弹》	我、兰芳、张某	张某与兰芳的爱情纠葛	吉子迁葬前后	上海

夏丏尊进一步解说叙事文的行文特点道：

"叙事文的对象是事物的现象的展开，这展开的情形被叙述成文字的时候，就成了文字上的流动。……一件事的展开虽有一定的速度，但叙述这件事的文字，它的流动却有快慢。将事件展开的情况绵密地叙述，把事件中各方面详细地描写的，是慢的叙事文，只述事件的概要，和各方面的大意的，是快的叙事文。"[27]

---

[25] 《文章作法》，见《夏丏尊文集·文心之辑》，第28页。

[26] 同上。

[27] 见上，第38页。

由上看来，夏丏尊的小说创作，其实采用的手法便是"将事件展开的情况绵密地叙述"的"慢的叙事文"，只有《钢铁假山》内容是叙事者对钢铁假山的记忆片段，没有事件的展开（动态）陈述，可归入他自己所谓"静"的"记事文"之内。[28]然而在夏丏尊眼中，叙事文也不就等于是小说，他曾辨析道：

"叙事文的本质是事情，叙事便是它的目的；小说的本质却是从人生中间看出来的意义，叙事只是它的手段。……叙事文好比照相，只须把景物照在上面就完事了；小说却是绘画，画面上的一切全由画家的意识、情感支配着的。"[29]

换言之，小说比叙事文还蕴含作家的情感意识在文本中，即上面所谈及的暗示或启迪意义，只不过此种意识需要读者透过人情世态的自然描写去体会。综合来看，夏丏尊小说的描写，不管事件巨细轻重，也力求脉络通畅，表现逼真；写人物感情也显得客观克制，尽可能冷静描摹，让情绪自然流露，不作干扰；又或采用人物的话语及对话让角色自我呈现感受和叙事。现再以《命相家》一篇为例，看看作家如何通过人物的对话来"表现"人情世态。

故事讲述一对老同学偶然重逢，把酒聚谈的情况。本来二人毕业后都从事教师工作，而今多年后相见，一个做了作家，一个当上命相家，小说大部分内容便是叙述二人的相逢

---

[28] 《文章作法》说："将人和物的状态、性质、效用等，依照作者所目见、耳闻或想象的情形记述的文字，称为记事文。"（第12页）又："叙事文原和记事文一样，同是记述事物的文字；不过记事文以记述事物的状态、性质、效用为主；而叙事文以记述事物的动作、变化为主。所以记事文是静的，空间的；叙事文是动的，时间的。"（第25页）

[29] 《文心·小说与叙事文》，见《夏丏尊文集·文心之辑》，第316页。

和把酒谈心的动态过程，当中不少是两人的对话：

"'命相学当真可凭吗？'

'当然不能说一定可凭。不过在现今这样的社会上，命相之说，尚不能说全不足信。你想，一个机构中，当科长的，能力是否一定胜过科员？当次长的，能力是否一定不如部长？……这种情形除了命相以外，该用什么方法去说明呢？有人说，现今吃饭全靠八行书。……'

'你的营业项目有几种？'

'命，相，风水，合婚择日，什么都干。……'

'你对于这些可怜的顾客，怎样对付他们？有什么有益的指导呢？'

'还不是靠些江湖上的老调来敷衍！我只是依照古书，书上怎么说就怎么说。准不准连我自己也不知道。好在顾客也并不打紧，他们的到我这里来，等于出钱去买香槟票，着了原高兴，不着也不至于跳河上吊的。……花一两块钱来买一个希望，虽然不一定准确可靠，究竟比没有希望好。在这一点上，我们命相家敢自任为救苦救难的希望之神。至少在像现在的中国社会可以这样说。'话愈说愈痛切，神情也愈激昂了。

他的话既诙谐又刺激，我听了只是和他相对苦笑，对了这别有怀抱的伤心人，不知再提出什么话题好。彼此都有八九分醉意了。"[30]

对话如播放录音，一问一答，友人诉说了命相家的工作情况、社会现象及个人的感受，如实地反映了命相家在乱世之中生存的机遇。结尾写了"我"的观察，也是一种客观的描摹。反而末句"彼此都有八九分醉意了"有少许点睛之

---

[30] 《白马湖之冬》，第24-26页。

效，具有写实和抒情的双重作用。其实人物的话语或角色之间的对话在夏氏小说中占了不少篇幅和有着重要的功能，这与他喜欢借助人物语言去自我呈现及叙事的手法有关。《文章讲话·文章中的会话》指出：

"会话可以说是文章中描写人物最重要的工具。人物的感情意志，要想用文字来表现，最适切的手段是利用人物自己的话。"[31]

夏丏尊的六篇小说（《钢铁假山》除外），情节淡化，只把人情世态自然地描摹叙述，事情巨细彼此"脉络相通，互不脱节"[32] 即构成了整个文本。而每篇小说的结尾也承接全篇的动态叙述，戛然而止却隐含玩味的余地。试看《命相家》之外的五篇小说的收结：

1.《怯弱者》："船已驶到几乎看不到人烟的地方了，他还是靠在栏杆上向船后望着。"（第10页）

2.《长闲》："携了灯回到卧室去。才出书斋，见半庭都是淡黄的月色，花木的影映在墙上，轮廓分明地微微摇动着。他信步跨出庭间，方才画上的句不觉又上了他的口头：'明日事自有明日，且莫负此梧桐月色也！'"（第16页）

3.《猫》："妻和女孩进去了。我向猫作了最后的一瞥，在黄昏中独自徘徊。日来已失去了联想媒介的无数往事，都回光返照似地一时强烈地齐现到心头来。"（第22页）

4.《整理好了的箱子》："打破里内黄昏的寂寞的仍旧还只有晚报的叫卖声。晚报上用枣子样的大字列着的标题是：'日兵云集榆关。'"（第30页）

---

[31] 见《夏丏尊文集·文心之辑》，第470页。

[32] 坪内逍遥：《小说神髓·小说情节安排的法则》，第116页。

5.《流弹》："'总之是流弹，如数上在流弹的账上就是了。'老四笑着说。"（第40页）

故事虽然告一段落，但结尾的情绪还是萦绕流转的。读者如何从人情世态的描述，以及小说结尾的余音中体会文本寓意或暗示，则要因应读者个人不同程度的理解和感受了。

四、结语

正因夏丏尊译介及阅读日本自然主义文学而受到"感染"，他的小说创作呈现出与自然主义相类的风格倾向。他的作品大都以自身经验为题材，截取生活的某个片段作描写对象，有明显的自叙特色；然而文本力求客观地展现自然人生，并不着意于人物内心的暴露或露骨的描写，所以不能简单地视之受到私小说的影响。当然，他的作品侧重人情世态的详细描述和再现，不讲究情节结构，只以人物面对事情的情绪反应给予适度的描摹，让读者从中体察自然社会、人生百态的实况，毫无疑问地符合了自然主义文学的审美追求。夏丏尊曾在《文学的力量》一文中指出，文学的力量源于文学本身的"具象"和"情绪"，他认为：

"文学的作品并不告诉人家如何如何，只把客观的事实具象的写下来，使人自己对之发生一种情绪，取得其预期的效果。"[33]

又强调：

"文学的力量是感染的力量，不是教训。……文学并非

---

[33] 《文学的力量》，见《夏丏尊文集·平屋之辑》，第147页。

全无教训，但是文学所含的教训乃系诉之于情感。文学对于世界，显然是负有使命的。文学之收教训的结果，所赖的不是强制力，而是感染力。"[34]

文学之能感染读者，是透过作家如实地、具象地描写人情世态，文本中的事件和情绪愈生动真切，读者的印象必然愈深刻而被打动。基于此种信念，夏丏尊的小说创作，便是以叙述具体和描摹情绪来书写他的事和人，这是他的小说的共同特点，也形成了作品倾向于表现而非剖析的自然主义文风。然而也由于他的小说偏于铺陈描述，不避繁琐，故事以顺时序开展，又不讲究小说一向所重视的人物形象塑造及情节结构、语言技巧等问题，以致作品有着散文化的倾向，说它们是介乎小说和散文之间的一类文体相信会较为恰当。难怪夏丏尊当年（1935）把这类作品编入《平屋杂文》时，也意识到自己写的虽是小说，但又担心读者会感觉它们"小说不像小说"，与其解释，不如把所有文字，"有评论，有小说，有随笔"，全都视为"杂文"了。[35] 夏丏尊这个为书取名的方便法，结果引致后人大都以为他只是散文家，而没有从事小说创作。

---

[34] 同上，第148页。
[35] 《平屋杂文·自序》，上海：开明书店，1935年12月初版，1940年7月4版，第1页。

参考书目：

1.《夏丏尊文集·文心之辑》，杭州：浙江文艺出版社，1983年12月。

2.《夏丏尊文集·平屋之辑》，杭州：浙江文艺出版社，1983年2月。

3.夏丏尊：《平屋杂文》，上海：开明书店，1940年7月4版。

4.商金林编：《白马湖之冬》，南京：江苏文艺出版社，2009年1月。

5.夏丏尊译：《国木田独步集》，上海：文学周报社，1928年4月再版。

6.夏丏尊译：《绵被》（田山花袋著），上海：商务印书馆，1927年1月。

7.傅红英：《夏丏尊评传》，北京：中国社会科学出版社，2112年12月。

8.葛晓燕、何家炜编著：《夏丏尊年谱》，北京：中国文史出版社，2012年11月。

9.夏弘宁主编：《夏丏尊纪念文集》，上虞：上虞市文学艺术界联合会，2010年10月。

10.王利民：《平屋主人——夏丏尊传》，杭州：浙江人民出版社，2005年7月。

11.王向远：《二十世纪中国的日本翻译文学史》，北京：北京师范大学出版社，2001年3月。

12. 田山花袋著、唐月梅译：《露骨的描写》，见柳鸣九主编：《自然主义》，北京：中国社会科学出版社，1988年8月，第541—545页。

13. 坪内逍遥著、刘振瀛译：《小说神髓》，北京：人民文学出版社，1991年7月。

14. 陈星：《白马湖作家群》，杭州：浙江文艺出版社，1998年8月。

抗战的后方与前线

——张天翼《华威先生》和姚雪垠《差半车麦秸》

一

1937年抗日战争全面爆发，中国人民进入抗日救亡的洪流之中，作家也不例外。无论之前抱着什么的政见或思想，到了民族存亡关头，大家也就摒弃成见，一同站在统一战线之上，为国家和民族抗敌。1938年3月27日，"中华全国文艺界抗敌协会"在汉口正式成立，以示齐心抗日，报效国家。[1]1939年6月，文艺界以王礼锡（1901—1939）为团长领队，组成"作家战地访问团"到前线慰问采访及撰写报导，大力宣传抗战。[2] 战争期间，文艺创作主要以抗日救亡为题材，描写前线或后方的著作大量涌现。不论诗歌、小说、散文（报导）或戏剧，宣传的动机明确；至于作品艺术上的好

[1] 参考苏光文编著：《中国抗战文学纪程》，重庆：西南师范大学出版社，1986年4月，第25—26页；邓牛顿编著：《文协档案过眼录》，香港：香港世纪风出版社，2007年10月。

[2] 有关作家战地访问团的成立及访问前线详情，可参考《作家战地访问团史料选编》所收文章，成都：四川省社会科学院出版社，1984年1月。

坏，并不是所有作家和读者所关注的。然而即使是抗战宣传品，文学创作的思想深度和艺术素质仍是决定它们能否收到感染民众，提升宣传效果的重要条件，同时也决定作品可否于众多的相类著作之中突围，被记载于文学史典册之内流传后世。综观抗战期间的短篇小说创作，张天翼（1906—1985）的《华威先生》和姚雪垠（1910—1999）的《差半车麦秸》，无疑是较触目的两个作品。诗人、作家林林（1910—2011）便指出：

"抗战之后，我们在文学作品上，一般人认为比较优秀者，描写前线的有姚雪垠的《差半车麦秸》，描写后方的有张天翼的《华威先生》。前者是描写一个参加游击队的朴实的农民，后者是描写一个整天开会，挂着好几个救亡团体的理事的徽章的佑识阶级，这和前者不同，它不是颂扬而是带着深严讽刺的意味的。"[3]

一篇描绘战时后方，一篇述及战斗前线，主题虽然一致，但取材角度有异，风格各具特色，都值得仔细欣赏。

二

1.《华威先生》引起的争论

张天翼，湖南湘乡人。1931年加入左联，长期从事小说和儿童文学创作。抗战爆发后，即加入上海市文艺界救亡协会，担任《救亡日报》编委。稍后返回家乡活动，1938年2月

———
[3] 林林：《谈〈华威先生〉到日本》，原载1939年2月22日《救亡日报》，现见苏光文编选：《文学理论史料选》，成都：四川教育出版社，1988年5月，第240页。

出任湖南抗敌总会宣传委员会委员，积极参与抗战的宣传工作。此时在《文艺阵地》1卷1期（1938年4月16日）上发表了名作《华威先生》，及后联同之前和后来的《谭九先生的工作》与《新生》，合编为《速写三篇》出版。[4]

《华威先生》是张天翼在抗日时期最有影响力的代表作。而它的出版，更引起文艺界连番的论辩。小说讲述一个活跃于抗战后方的要人的日常生活故事。作家笔下把要人塑造成打着抗日招牌，不事实务，却又拼命争夺领导权的一号人物，借以揭露当时抗日统一战线中存在的一股歪风。小说发表后，随即引来文艺界一场关于"讽刺与暴露"问题的讨论。首先，小说刊出后8天，林焕平就在《读〈文艺阵地〉》中肯定文本的意义，指出《华威先生》描绘一位不做实际工作，专做"救亡要人"的典型。而这类人在抗战时期是有不少的，作品加以讽刺很有必要。不久，李育中发表《幽默、严肃和爱——读张天翼的〈华威先生〉》，提出不同的意见，以为小说有损抗战的严肃性和救亡工作的信心，主张类似文本不宜创作。如是，正反意见不断出现，各有自己的角度和观点，十分激烈。[5] 最后，文艺界大抵一致认同"讽刺与暴露"于抗战有利，也不妨害统一战线，《华威先生》值得肯定。

争议风波稍息不久，1938年11月，日本《改造》杂志译载了《华威先生》，而编者更恶意借题诬蔑，把华威先生

---

[4] 《速写三篇》，上海：文化生活出版社，1943年1月。

[5] 参考苏光文：《关于〈华威先生〉所引起的论争》，原载《重庆师范学院学报》1981年3期，见《中国现代当代文学研究》1981年15期（缺日期），第79-85页。

这人物说成是中国抗日工作者和人民的代表，借以鼓励日本人的"士气"。此次《华威先生》的"出国"，再触发国内文艺界的争论：部分人认为小说有损国体，并给予日本人反宣传的材料；部分人则认为文本侧重"讽刺与暴露"，不会产生消极影响。小说引起风波，作者张天翼不得不站出来解释。他在《关于〈华威先生〉赴日——作者的意见》强调，华威只不过是中华民族身上的一颗小疮，把它揭出来，说明中华民族健康、进步，不必恐惧被日本人利用。[6] 经作家解说之后，加上细心检视文本的立意和修辞，文艺界大致放下疑惑，肯定《华威先生》之余，也乐意接受一些揭露抗战黑暗现象的作品。即如茅盾《暴露与讽刺》一文指出：

> "现在我们仍旧需要'暴露'与'讽刺'。暴露的对象应该是贪污土劣，以及隐藏在各式各样伪装下的汉奸——民族的罪人。我们要用艺术的手腕描画出他们的面目行径，使得他们在广大民众前无可遁形，使得广大的民众能够在种种暗角里抓住他们来示众！……讽刺的对象应该是……一些'风头主义'的'救国专家'，报销主义的'抗战官'，'做戏主义'的公务员，……对于丑恶没有强烈憎恨的人，也对于美善没有强烈的执着；他不能写出真正的暴露文学。同样，没有一颗温暖的心的，也不能讽刺。"[7]

---

[6] 张天翼：《关于〈华威先生〉赴日——作者的意见》，见《张天翼文集》第九卷，上海：上海文艺出版社，1991年11月，第83-85页。这次风波的前因后果，可参考苏光文：《关于〈华威先生〉所引起的论争》，见注5及林林：《关于〈华威先生〉到日本》，见苏光文编选：《文学理论史料选》，第240-242页。

[7] 参见苏光文编选：《文学理论史料选》，第235页。

茅盾虽无直接道出《华威先生》便是属于他文中所说的暴露与讽刺的范本，但字里行间已有此暗示。而且他对一些作家能够采取讽刺的手法来暴露现象，显得非常欣赏和支持。

　　2.《华威先生》的主题及华威形象的塑造
　　《华威先生》的主题十分明确，便是暴露和讽刺华威这类沽名钓誉，不事实务的人物，用以警醒民众提防他们对抗战带来负面的影响。小说的着墨点在刻画华威的形象，透过角色引起反思。张天翼曾经在《论缺点——习作杂谈之四》提到：

　　"一个学习写作的人，总有这么一个讨厌的坏习惯，就是专爱留心人家一些不相干的事情。……于是看到了有几位先生，在抗战期间的工作，都有那么一种特别作风。所谓'都有'者，是说他们这几位先生共同有这么一种作风，在这几位先生说来，这种作风是有一般性的。所谓'特别'者，是说这种作风仅只是这几位先生一类的人物所具有，而有别于其他的先生们。"[8]

　　换言之，华威是一类作风不良的分子，具有一定的普遍性。作者显然尝试从一般之中概括典型，有类鲁迅（1881—1936）塑造阿Q。后来他又在文中谈及华威的作风问题：

　　"我原意是企图提醒一般在抗战中做工作的朋友们：在我们的进步之中还留下了些许缺点。我们一定要勇于承认我们自身上这些缺点，而努力克服它，要是发现我们中间有华威先生这种作风的，那就得指出来，好生批评他，说服他，使他健全起来，要是发现自己也有那种毛病，就得反省一

―――――
[8] 《论缺点——习作杂谈之四《，见《张天翼文集》第九卷，第90-91页。

下，切实加以改正。原来的企图就是这样。"[9]

责己诲人是小说的主旨，因而主角华威的形象刻画便成为作品得失的关键。

小说写人为主，所以一切的情节、结构、语言等元素也都为突显角色形象服务。张天翼在《谈人物描写》中明确地指出：

"我所看到的写活人的好作品，也并不是绝对不许有'故事'。……但那故事——是要因人而有的故事，是为了表现那个人物的为人：性格、思想、情绪、生活、欲望、活动等等，以及他这种人和他的环境的关系，因而他有了怎样一个命运，诸如此类，有这样的人，才有这样的故事，要是换了这个人呢，这个故事就用不着，就不合理，就不恰当。人物总是居于主动地位：是人物自己在活动而有故事，人物第一。"[10]

既然人物是中心，《华威先生》的主角华威便是费心营造的角色。单看"华威"的取名便显出作家的心思，所谓：

"一个人物的名字、称呼，都得合他的身份。"[11]

姓"华"有代表中华民族的含义；名"威"则暗示这人有好出风头的品性。之后作家便以肖像描写、场景烘托与对比，以及幽默讽刺的语言来建构形象，并传达了对华威言行的不屑与否定。

（1）肖像描写（勾勒法）

从主角华威一出场，作家便为他造像，不时以勾勒方

---

[9] 同上，第92页。

[10] 见《张天翼文集》第九卷，第169-170页。

[11] 《答编者问》，同上，第266页。

式，把华威外形展示：

"他把帽子一戴，把皮包一挟，瞧天花皮点点头，挺着肚子走了出去。"[12]

又道：

"他永远挟着他的公文皮包。并且永远带着他那根老粗老粗的黑油油的手杖。左手无名指上带着他的结婚戒指。拿着雪茄的时候就这根无名指微微地弯着，而小指翘得高高的，构成一朵兰花的图样。"[13]

上述描写，把一个装腔作势、矫揉造作的胖子形象推到读者眼前。即使是社会名流，但观察华威的细微动静，足以让人感觉这人有点讨厌。

（2）场景烘托／对比

为了深入人物的内在本质和性情，作家不再着意铺写曲折情节，反而整个故事只以几个场合中主角的言行来突显他的本来面目。这四个场合包括：

（a）难民救济会；

（b）通俗文艺研究会；

（c）文化界抗敌总会；

（d）华威家。

难民救济会是下属机构。华威到会场后板着面孔，故作严肃，态度嚣张傲慢，甚至打断主席发言：

"主席报告的时候，华威先生不断地在那里括洋火点他的烟。把表放在面前，时不时像计算什么似地看看它。'我

---

[12] 《华威先生》，见《速写三篇》，第50页。

[13] 同上，第45页。

提议！'他大声说。'我们的时间是很宝贵的；我希望主席尽可能报告得简单一点。我希望主席能够在两分钟之内报告完。'"[14]

一副专横无礼的嘴脸显露无遗。

通俗文艺研究会也是下属机构。华威一到场即打断别人的发言，抢着要先讲自己的意见，也只是一些关于文化人工作很重要，要在文研会的领导下团结起来等泛泛之谈，跟着便匆匆离去。

然后华威赶到文化界抗敌总会。它是高级机构，与会者多是官绅要员。华威马上堆满笑容，与众人一一点头示好，又礼貌地向主席递上纸条，要求提早发言。然而讲的都是老生常谈。

整日奔波之后回到家中，华威接见了两位年青人向他汇报情况。得知两人不听从指示，并作出抗辩，便大发雷霆，露出狰狞本相：

"'混蛋！'他咬着牙，嘴唇在颤抖着。'你们小心！你们，哼，你们！你们！……'他倒到了沙发上，嘴巴痛苦地抽得歪着。'妈的！这个这个——你们青年！……'"[15]

通过以上场合的不同表现和前后转变，华威那前倨后恭、表里不一的丑恶品性再也难以掩饰。

（3）幽默讽刺

作家采用幽默讽刺的手法来速写华威，是一种对人物行事作风的取态，也成就了全篇小说的戏谑轻松基调。张天翼

---

[14] 同上，第48页。

[15] 同上，第57页。

在《什么是幽默——答文学社问》解释幽默的源起和作用道：

"从世界上有了些毛病，有了些丑态的时候起的。有了这些毛病和丑态，可是偏要蒙上一层漂亮的东西来哄人，于是产生了幽默。他要破坏那些虚伪，用笑来杀害它。我们假设这个世界要是整个很完全，没有一点儿毛病和丑态，没有一点儿虚伪，那么就不会有幽默。"[16]

又说：

"幽默是貌为冷静的，他满不在乎的样子，像是无意中剥开了那些美丽的壳子，叫你看见那丑恶的真正的内部。那些虚伪的东西也许是你看见过了而想不到内幕的，也许是你看惯了而就不以为奇的；一经道破，你就笑了出来。"[17]

由此看来，作家利用幽默讽刺的语言来叙说，就是要揭穿华威蒙骗世人的外衣，把他的真面目示众。所以文中不少嘲弄华威的文词或片段，让人发出会心微笑。如：

"他反复地说明了领导中心作用的重要，这就戴起帽子去赴一个宴会。他每天都这么忙着。要到刘主任那里去联络。要到各学校去演讲。要到各团体去开会。而且每天——不是别人请他吃饭，就是他请人吃饭。"[18]

又如：

"这么谈判了两次，华威先生当了战时保婴会的委员。于是在委员会开会的时候，华威先生挟着皮包去坐这么五分钟，发表了一两点意见就跨上了包车。"[19]

---

[16] 《什么是幽默——答文学社问》，见《张天翼文集》第九卷，第44页。

[17] 同上。

[18] 《华威先生》，见《速写三篇》，第54页。

[19] 同上，第55—56页。

诸如此类语带揶揄的文字，其实已渗透着作家对华威这种人的否定意识。

3. 小结

《华威先生》展示了一幅抗战后方的荒谬景象，讽刺和暴露是它的立意和企图。作为抗战小说，自然也因应战争的紧张形势而建构文本，于是作家采用连环图式的勾勒技巧，省去情节的铺陈，反以人物四个不同场合的举动来达到暴露的目的。因此全文像是四个场合的拼贴，而且焦点对准华威一人，干净跳脱，形象鲜明。且因行文嘲讽意味洋溢，小说的积极性意义也就不容置疑了。

三

1.《差半车麦秸》与农民的觉醒意识

姚雪垠，河南邓县人。30年代起即以校稿、教书、编辑维生。抗战爆发，姚雪垠辗转由北平到了开封，与友人嵇文甫（1895—1963）、范文澜（1893—1969）等创办《风雨》周刊，进行抗日宣传活动。[20] 他曾经远赴徐州前线采访，出版了报告文学《战地书简》。1938年到武汉，参加第五战区文化工作委员会的抗日文化工作。期间发表短篇小说《差半车麦秸》（载《文艺阵地》1卷3期，1938年5月16日），塑造了一名农民投身游击队伍的故事，引起文艺界重视。小说后来更被翻

---

[20] 姚雪垠：《〈风雨〉周刊·编者的话》，见《姚雪垠文集》第十七卷《文艺论文》，北京：人民文学出版社，2010年，第9页。

译成英、俄等文字传到外国。[21]

《差半车麦秸》是一篇描写抗战前线的作品，但它并没有着墨于炮火轰动的战斗场面，而是刻画了一名原本思想落后的农民，如何觉醒并参加游击队后的转变过程。就像《华威先生》一样，它也是写人为主，而篇名也是以主角的绰号"差半车麦秸"作标题，一下子便吸引读者的好奇和阅读兴趣。学者王瑶（1914—1989）早在他的名著《中国新文学史稿》中说过，《差半车麦秸》是写"农民的落后意识在抗战队伍的新环境中的变化过程。"[22] 他的看法确实点出了文本的立意和积极性，难怪小说一出现便受到各方的肯定了。

事实上，在《差半车麦秸》创作的相约时间，姚雪垠于抗战之初（1938年4月）便在《论现阶段的文学主题》一文里指出：

"写意识落后的人物怎样转向抗日方面，怎样在工作中把自己锻炼成一个很好的战士，这一类的主题在如今也是非常需要的。"[23]

毫无疑问，"差半车麦秸"就是作家有意识地塑造的一个在战火中逐渐觉醒起来的农民。与张天翼塑造华威的形象有所不同，华威的表里不一的品格是作家着意讽刺和暴露的，因而华威的形象扁平，特征明显；但姚雪垠重点在刻画"差半车麦秸"从愚昧落后，转变为觉悟及明白事理的过

―――――――――

[21] 参考杨建业：《姚雪垠传》，第九章《投身抗战洪流》和第十章《成名作》，太原：北岳文艺出版社，1990年10月，第59-74页。

[22] 王瑶：《中国新文学史稿》下册，第十三章《抗战与小说》，上海：上海文艺出版社，1982年修订重版，第456页。

[23] 《论现阶段的文学主题》，见《姚雪垠文集》十七卷《文艺论文》，第27页。

程，若然从性格变化来说，"差半车麦秸"可算是一个圆型人物(round character)。因此，如何书写主角的转变及原由，成了铺排上的重大考验。正如篇中写到"差半车麦秸"之加入游击队，不仅因游击队员待他友好，主要还是他明白到：

"鬼子不打走，庄稼做不成。"[24]

"差半车麦秸"最初是从自己及农民的生活利益出发，萌生加入游击队、打走日本鬼子的念头，虽然想法有些简单，却也合乎他的知识水平和客观形势。后来在游击队里与队员一起共处，加上队员"我"的启蒙，他逐渐了解"同志""革命""战斗"等概念的意义，开始变得积极和认真。这是亲身体验给予个人思想成长的经历，叙述合乎发展规律，颇具说服力，也为后来"差半车麦秸"自告奋勇，当探子深入敌阵，结果受枪伤而退下火线的情节埋下伏笔。

除了表现主角的思想变化外，作家也通过叙事者"我"的角度，倒叙了"差半车麦秸"入伍前后的农民形象特质，使人物更逼真传神。"差半车麦秸"的绰号已教人难以忘记；而他也像一般农民那样热爱庄稼、爱惜家园，他的一些小习性、小动作虽然粗鲁、不文明，却令人感到他的真实存在。例如他喜欢抽烟袋，把鼻涕擤下来抹在鞋底，捻虱子送到嘴里"格崩"一声咬死等等，[25] 都是让人印象难忘的举止特征。另外，对于"差半车麦秸"热爱土地，憨直而节俭的品性，也透过"浅尝垃圾"、打着日本旗挖红薯，以及爱惜灯油和擅自取牛绳等几个片段形象地展示。例如：

---

[24] 《差半车麦秸》，见《差半车麦秸》（新文学碑林第六辑），北京：人民文学出版社，2001年1月，第7页。
[25] 同上，第1页。

"他拭去了眼角上的白色排泄物，向前边挪了几步，从地里捏起来一小块垃圾，用大拇指和食指把垃圾捻碎细细的看一看，拿近鼻尖闻一闻，再放一点到舌头尖上品品滋味，然后他把头垂下去轻轻的点几点，喃喃的说：'这地是一脚踩出油的好地……'"[26]

以上叙述，便把差半车麦秸的认真、朴实又经验老到的农民形象，栩栩如生地呈现眼前。姚雪垠说过：

"作家要想使他描写的人物有血有肉，活跃纸上，第一须把握这人物在生活活动中的许多特点；第二须把握住这人物本身的许多矛盾，这人物和别的人物，以及和周围环境之间的矛盾关系。"[27]

很明显，"差半车麦秸"是他上述观点的演绎。作家抓住了主角的农民特性，以及他与游击队员、抗战环境的关系而产生的思想转变，由落后而至积极，甚至冲破了军民的隔阂，参加了抗日的行列。这人物活生生的，对于宣传抗战及激励军民齐心抗敌，必然会是十分正面和深受欢迎的。

2. 小说的写实风格及瑕疵

由于小说是以农民、游击队的生活为内容，当中致力书写农民的成长和军民和谐共处的情况，照应题材及角色的阶层属性，作家便以较平实的倒叙方式，让叙事者"我"——一名与主角曾经并肩作战的游击队员，去讲述"差半车麦秸"的事迹。叙事者是主角的战友，他的描述自然会增强了

[26] 同上，第2-3页。
[27] 《怎样写人物个性》，见《姚雪垠文集》第17卷，《文艺论文》，第73页。

故事的可信性。而由于叙事者是游击队员，他的叙述语言也相对地朴实自然和贴近大众，让故事更为广大读者所理解和接受。姚雪垠在《我怎样学习文学语言》中便指出：

"真正的文学语言的美，应该是自然的、朴素的、切实的，而不是离开活的口语以故意求美的。"[28]

事实上，《差半车麦秸》的语言确实较切实而朴素，能生动地把农村人物和游击队员的生活和言行描画，写实之中不乏泥土气息。试看以下的叙述：

"有时候他一个人离开屋子，慢吞吞的走到村边，蹲在一棵小树下面，皱着眉头，眼睛茫然的望着面前的原野，噙着他的小烟袋，隔很长的时候把两片嘴唇心不在焉的吧嗒一咂，就有两缕灰色的轻烟从鼻孔里呼了出来。同志们有谁走到他的跟前问他：'嗨，差半车麦秸呀，你是不是在想你的黄脸老婆哩？'于是差半车麦秸的脸皮微微的红了起来。'怎么不是呢？'他说，'没有听队长说俺的屋里人跟小孩子到哪儿啦？'……"[29]

描述传神生动，用语"吧嗒一咂""黄脸老婆""屋里人"等通俗质朴，增强文本的泥土气息。其他如"一泡鸭子尿""喝汤""条子"等方言俚语，也为作品添上浓厚的地域色彩。

然而由于作家在小说中过于宣扬军民一家这意念，好让"差半车麦秸"受到启蒙而融入战斗队伍之中，以至个别情节有点不合情理和莫名其妙。例如写到游击队长盘问"差

[28] 同《我怎样学习文学语言》，见姚北桦等编：《姚雪垠研究专集》，郑州：黄河文艺出版社，1985年8月，第69页。
[29] 见《差半车麦秸》，第2页。

半车麦秸"之后，把他留在队里，小说写道：

"吃饭的时候，同志们都争着要同差半车麦秸蹲在一块儿，几乎把他的棉袄撕破了。"[30]

队员们的疯狂举动有点不知所谓。他们其实早已耳闻目睹"差半车麦秸"被查问及留下来的详情，争着与他共坐有何目的？显然是为了强调游击队员是非常欢迎"差半车麦秸"的加入而已。相类的描述如：

"队长告诉我们说他已经加入了我们的队伍了。我们大家高兴得疯狂的叫着，跳着，高唱着我们的游击队歌。"[31]

游击队员以上狂热反应也是不合逻辑和过火的。另外游击队长让新兵"差半车麦秸"去当探子，同样是不合情理的，大有可能是作家为了给主角一次英勇受伤的机会而刻意安排的吧！

四

《华威先生》和《差半车麦秸》被视为抗战期间两篇触目的小说，它们分别描绘了抗战后方和前线的两个人物，华威是沽名钓誉、混水摸鱼的投机名流，表里不一；差半车麦秸则是由思想落后变得积极前进的农民，难能可贵。前者是抗战的障碍，后者鼓动民心，有助全民抗日。正因作家对笔下人物有不同的感受，所以张天翼以"讽刺与暴露"的技巧来展现人物的丑陋本质；而姚雪垠则以"我"朴实肯定的话语，回忆"差半车麦秸"加入游击队前后及英勇受伤的

---

[30] 同上，第6页。

[31] 同上，第7页。

故事。取态不同，表达技巧也有异，但两篇小说宣传抗战的立意是一致的。若从艺术的角度来审视两篇作品，《华威先生》略胜一筹；《差半车麦秸》的一些情节稍欠稳妥，确实有点美中不足。

参考书目：

1. 沈承宽等编：《张天翼研究资料》，北京：中国社会科学出版社，1982年8月。

2. 沈承宽、吴福辉等：《张天翼论》，长沙：湖南文艺出版社，1987年8月。

3. 袁牧：《辛辣的讽刺、深刻的解剖——读张天翼的〈华威先生〉》，《星火》1980年3期（1980年3月），第50-51页。

4. 吴功正：《生动的讽刺艺术形象》，《北方文学》1980年8期，第59-61、69页。

5. 胡光凡：《〈华威先生〉的讽刺艺术特色》，《文艺生活》1986年1期(1986年1月6日)，第59-60、68页。

6. 苏光文：《关于〈华威先生〉所引起的论争》，《中国现代、当代文学研究》1981年15期（缺日期），第79-85页。

7. 姚雪垠：《学习追求五十年》(二)，《新文学史料》1980年4期(1980年11月22日)，第44-49页。

8. 姚北桦等编：《姚雪垠研究专集》，郑州：黄河文艺出版社，1985年8月。

9. 许建辉：《姚雪垠传》，武汉：湖北长江出版集团、湖北人民出版社，2007年5月。

10．杨建业：《姚雪垠传》，太原：北岳文艺出版社，1990年10月。

11．戴少瑶：《姚雪垠抗战时期的小说创作》，《中国现代、当代文学研究》1983年5期（缺日期），第87-97页。

12．黄俊英编选：《小说研究史料选》（国统区抗战文学研究丛书），成都：四川教育出版社，1988年6月。

论萧红《生死场》的结构与"迫力"

萧红（张乃莹，1911—1942）的长篇小说有点与众不同，她不太讲究故事的完整性和情节脉络，反而重视语言的运用和气氛渲染，以至小说呈现了散文化和诗化的倾向。萧红曾说过：

"有一种小说学，小说有一定的写法，一定要具备某几种东西，一定写得像巴尔扎克或契诃甫的作品那样。我不相信那一套，有各式各样的作者，有各式各样的小说。"[1]

她的前期作品《生死场》便是截取生活片段，串连而成的长篇，其间没有贯彻始终的主角和情节，却满是农村事件的勾勒叙述，以及细致的风俗描写（后来的《呼兰河传》也有相类的特点）。所以过去很多评论家都肯定了萧红这部小说的内容思想，但对它的结构和组织便有所保留。一开始，鲁迅（1881—1936）在《生死场·序言》中便说：

"叙事和写景，胜于人物的描写，然而北方人民的对于生的坚强，对于死的挣扎，却往往已经力透纸背。"[2]

---

[1] 见聂绀弩《萧红选集·序》，北京：人民文学出版社，1981年5月北京第2版，第2-3页。

[2] 《生死场》，哈尔滨：黑龙江人民出版社，1980年5月，第7页。以下征引《生死场》的原文，即用此版本，不再注明，只于引文后标示页次。

而胡风（1902—1985）于《生死场·读后记》则批评道：

"第一，对于题材的组织力不够，全篇现得是一些散漫的素描，感不到向着中心的发展，不能使读者得到应该能够得到的紧张的迫力。第二，在人物的描写里面，综合的想象的加工非常不够。……"[3]

对于鲁迅和胡风的评语，西方学者葛浩文（H. Goldblatt）在他的《萧红评传》中，认为"可以说都非常中肯"。[4] 及后很多研究者便以《生死场》的结构和情节进行探讨，指出小说的组织松散，有散文化特质；有学者甚至认为"文本内容有一定程度的断裂"。[5] 本文试图重新审视《生死场》文本的结构特点，并对胡风所提出的"题材的组织力不够"，以及读者得不到"紧张的迫力"的看法作出讨论。

一、拼图手法与文本的断裂

学者对《生死场》的主题虽然有不同的看法，归纳来说，主要有四种观点：（1）最早出现的抗日小说；（2）表现了生的坚强与死的挣扎；（3）表现女性的身体经验；（4）小说是主题断裂的文本。[6] 当中以表现农民挣扎于生死边缘的痛苦现象这个主题最为读者接受，试看小说取名"生死

---

[3] 同上，第123页。

[4] 郑继宗译：《萧红评传》，台北：时报出版社，1980年6月，第46页。

[5] 摩罗：《〈生死场〉的文本断裂及萧红的文学贡献》，《社会科学论坛》2003年10月期，第41-50页。

[6] 参考方明连《〈生死场〉主题解读述评》，《文学界》（理论版）2010年5月期，第53页。

场"，即具有深刻的寓意。再看作品本身，内容共十七章，大抵可以分为两部分：前十章展示了20年代初期东北农民困苦落后、封建蒙昧的生活惨况，重点写"大片村庄的生死轮回"（第75页）。而后七章则讲述日军侵略下人民加倍艰辛的生活，而开始意识到要起来求生。这部分正是评论者认为小说主题具有抗日意识的原因。骤眼看来，前十章和后七章的侧重点不同，它们没有必然的因果关系或情节上有连续性。但实际上若然我们注意到作者是以拼图式的展示手法，有类电影蒙太奇的方式来表达生与死的命题，便会发觉前后两部分绝非"主题断裂"的。前九章萧红以拼凑的形式来开展小说，陆续写到二里半、赵三、王婆、金枝、李二婶等人的故事，如电影镜头一幕一幕地转换、跳跃，画面与画面之间在情节上没有密切的联系，每章都有其独立场景，但重复的生与死事件在相近的时间、相同的空间（村庄）内一再呈现，便会产生官能上的刺激作用，加深读者印象且带来强烈的震撼力，小说主题便在连串的生死叙事中得以确立和深化。所以第十章开篇即有"山坡随着季节而更换衣裳；大片的村庄生死轮回着和十年前一样"（第75页）的一番看似淡然却有点感慨的话语。

第十一章显然是转换农民生死挣扎的时间的过渡。时间迁移了，但生死轮回就像自然定律般延续下去，不同的是跟着的几章便讲述了各人在另一重（日军）压逼之下生命所承受的苦难。小说在后七章告诉读者，农民的生死轮回不仅源于本身民族的劣根性，同时生命也惨遭异民族的欺侮而雪上加霜。因此，表面无甚关联的主题断裂，实质是作者把农民设置在同一场域、不同时世之下的生死挣扎。很明显，作家是以展示的方式来揭示现象，尽量约束主观的介入。前十章着眼于事件的陈述，有意建构生死轮回的普遍性现象；后七章则较多讲述角色各自的苦难，而死亡的阴影在特定环境下加深了村民的恐惧。所以从生死轮回到死亡威胁，从普遍现象到特殊处境，作品的主题其实并无断裂。但由于拼图的展示和尽量克制的讲述方式，做成了文本在结构上看似松散，实质是有呼应的事件组合，下文将进一步分析。

二、事件编排与主题的深化

民众的生死是萧红关注的主题，为了要突出人民的苦难，生与死的景象重复地出现在《生死场》各个章节中，而且安排得颇有秩序。试看以下第一至九章的表列情况：

章节	时间	事件／情节	象征
一	六月（盛夏）	王婆忆述摔死自己三岁的女儿。	死
二	中秋前后	金枝与成业偷欢，后来怀孕。	生
三	深秋	老马进屠场	死
四	冬天	五姑姑的姐姐李二婶子怀孕。 月英病死。	生 死
五	正月末	小偷被弄死了。	死
六	春天	"暖和的季节，全村都忙着生产"。（第46页） 李二婶子流产。	生 死
	四月	金枝怀孕。 稍后，麻面婆产子。 李二婶子因小产，快要死。	生 生 死

七	五月节	王婆服毒不死。	生
	五月节	小金枝被摔死。	死
八	盛夏	王婆的女儿要为死去的兄长报仇。	死
九		传染病流行，"乱坟岗子，死尸狼藉在那里。"（第71页）	死

　　一幕幕有关生与死的事件不断地上演，而且随着时间的前进，生死也交错地重复，仿佛就是自然的定律。值得特别留意的是，作家对事件的发生时间的铺排很着意：由第一章的盛夏，经秋、冬、春，至第八章复至盛夏，经历一年四季，具有循环不息、普遍性的象征意义。最后在第九章展现全村笼罩着死亡的阴影："人死了听不见哭声，静悄悄地抬着草捆或是棺材向着乱坟岗子走去，接接连连的，不断……"（第74页），这一幅村民步向死亡的场景，触目惊心，把小说的死亡主题推至极点。

　　自第十一章起村民的"生死场"仍旧，而人畜还是"生死轮回着和十年前一样"，但岁月毕竟有较大的跨度，叙述时间与前九章有很明显的断裂。作家如此铺排，笔者认为她是有意把后文的情节与之前的农民苦难事件区别过来，使到"生死场"产生的质变较具说服力，进而把相同的人物设置于日军侵略下惶恐度日，生命要承受多重苦难。如是，死亡便不仅源自村民本身的原始动物性和愚昧落后，又或天然灾害，还有的是外来"王军"的欺压和威逼。

　　第十一章开篇写道："雪天里，村人们永没见过的旗子飘扬起，升上天空。"（第76页），即为以下各章涂上一层阴冷灰色的主调。之后各章同样以拼凑的方式铺陈事件，死亡阴影弥漫整个村庄。农村的破落、中国警察和日本兵到处强抢妇女，村民的饥饿、惶恐与日俱增，难怪王婆宁愿怀念往昔"痛苦的日子"，"因为今日的日子还不如昨日。"（第77-78页）作家在十二至十七章中，大部分的篇幅都在讲述村民窘迫的生存状态，例如王婆知道日本人枪决了一个女学生，"她担心她的女儿，她怕女儿的命运和那个'女学生'一般样。"（第82页）后来她的忧虑成了事实，经历切骨之痛后，王婆才真正对日本军感到恐惧。而第十四和十六章，更是集中聚焦于金枝身上。第十四章述说了金枝到城里当缝婆受辱的遭遇，结果"羞恨又把她赶回了乡村"。（第105页）最后她感慨地说：

"'从前恨男人，现在恨小日本鬼子。'最后她转到伤心的路上去：'我恨中国人呢？除外我什么也不恨。'"

（第107页）

金枝的控诉，反日的不满情绪完全不及她对中国社会中妇女饱受欺凌的感觉那样沉痛。其后在第十六章，则描写金枝想做尼姑，可是庙庵早已空了，她最终也无避难之所，进一步把金枝推向绝望的深渊。事实上若然大家细读文本，这几章中写到日本兵的恶行不多，多是间接的叙述，或是村民的听闻，即使如第十二章直接刻画日本兵和中国警察搜遍全村，借机强拉妇女的情景也是轻描淡写的。而讲到村民的反日举动，也只有第十三章中的两个片段：

（1）李青山领头，与罗圈腿、二里半、老赵三等人商讨反抗日军。可是，"李青山是个农人，他尚分不清该怎样把事弄起来"。（第87页）与会的，也仅有老赵三兴致勃勃，他的

儿子和王婆却毫无感觉，"像是在睡般地"。（第88页）

（2）李青山和老赵三等召开宣誓会，与会的都是"寡妇们和亡家的独身汉"。（第92页）

很明显，由于李青山曾参加过"革命军"，而老赵三之前也加入过"镰刀会"，所以才有较强的反抗意识。其他村民只因在村内无法生活下去，才伙同李青山离村，结果大都一去不返。小说并无只字交代村民去后做了什么事，结果只传来"被打散"（第108页）的死亡讯息。从篇章的着墨轻重来看，可以佐证此部分的主题仍是前十章"死亡"的延续和深化。至于书末写到二里半随着李青山出城，一反过往冷淡的态度，被视为村民觉醒的象征，那是值得商榷的另一问题。

二里半之离村，原因自他的妻儿死后，他感到没有了家，生活也成了问题，死亡随时会降临自己身上。李青山提及的"人民革命军"和老太太给他的"一个纸团"（第117页）彷佛给他一丝渺茫的希望，才促使他离乡别井，寻找生路。他的离村，不是反日觉醒意识的表现，只是一般人求生的自然本能而已，即如第十五章作家写道："爱国军"经过村庄，"人们有的跟着去了。他们不知道怎样爱国，爱国又有什么用处，只是他们没有饭吃啊！"（第112页）面对死亡，求生是本能，也是目的，作者正正把人性的底蕴在家破人亡的阴霾下深刻地揭示。

三、"迫力"的生成与主题的延伸

由于《生死场》是以村民的生活片段串连而成的作品，没有贯彻的故事情节，予人结构松散的感觉，甚至不能让读者感到"紧张的迫力"。正如上节所分析，小说的事件铺排是因应主题而逐步开展的，而作家的用意也很明显。另有一点值得指出，叙事者以全知的观点，叙述几位具名村民如赵三、二里半、王婆、金枝等人的生活片段，目的在增强事件的写实性和可信性，但她也不忘书写一些不具名村民的悲惨遭遇，予人感觉农村的苦难，俯拾即是。如此的实虚相杂，生死频仍，做成文本更富有普遍性意义和震撼力。当然，个别人物的分叙述会引致误读，以为文本欠缺紧张的迫力。事实上，作者是以这些事件或场景中隐含的一些矛盾意识去营造迫力和深化主题的。

1. 现实残酷与麻木不仁

小说中有不少恐怖、逼真却可怖的场面描写，无非想渲染气氛，突出现实的残酷，以及生命的不受尊重。例如第一章王婆述说她女儿死亡的情况：

"一个孩子三岁了，我把她摔死了，要小孩子我会成了个废物。……我把她丢到草堆上，血尽是向草堆上流呀！她的小手颤颤着，血在冒着气的鼻子流出，从嘴也流出，好像喉管被切断了。我听一听她的肚子还有响；那和一条小狗给车轮压死一样。我也亲眼看过小狗被车轮轧死，我什么都看过。这庄上的谁家养小孩，一遇到小孩不能养下来，我就去拿着钩子，也许用那个掘菜的刀子，把孩子从娘的肚子里硬搅出来。孩子死，不算一回事，你们以为我会暴跳着哭吧？我会嚎叫吧？起先我心也觉得发颤，可是我一看见麦田在我眼前时，我一点都不后悔，我一滴眼泪都没有淌下。"（第8-9页）

王婆宁愿种田收割，也不要照顾孩子，人命竟然比不上麦粒，真使人感到不寒而栗！又如第四章写到病中的月英：

"她的眼睛，白眼珠完全变绿，整齐的一排前齿也完全变绿，她的头发烧焦了似，紧贴住头皮。她像一头患病的猫儿，孤独而无望。王婆给月英围好一张被子在腰间，月英说：'看看我的身下，脏污死啦！'王婆下地用条枝笼了盆火，火盆腾着烟放在月英身后。王婆打开她的被子时，看见那一些排泄物淹浸了那座小小的骨盆盘。"（第39页）

又看看羊主人如何对待不小心看羊的平儿：

"一个下雨的天气，在羊背上进的时候，他把小孩撞倒，主人用拾柴的耙子把他打下羊背来，仍是不停，像打着一块死肉一般。"（第47-48页）

还有第三章写到老马被屠宰，屠场四周挂满了血腥的马皮，热腾腾、血淋淋的肠子，予人阴森、窒息的压迫感。一幕幕残酷的现实景象，分布在文本之内，事件的施虐者全无半点人性人情，只如行尸走肉般过日子。作家便是采取自然主义的笔调，冷静地展示了人们在残酷的现实面前的麻木表现，带给读者感官刺激和心理压力。

2. 两性差异的倾斜张力

关于《生死场》中女性意识的讨论已有不少，在此不再详述。毫无疑问，小说中女性的苦难是文本刻画得最透彻而扣人心弦的。纵使只是几个场面的描写，如月英的死亡，妇女们的生育，金枝在城中饱受欺凌等，妇女在封建社会所承受的不合理现象已震动读者的神经线。男尊女卑的集体潜意识，令到妇女凡事都妥协顺从，纵然她们也会口出怨言，如篇中的金枝：

"……她出嫁还不到四个月，就渐渐会诅咒丈夫，渐渐感到男人是严凉的人类！那正和别的村妇。"（第55页）

但抱怨归抱怨，金枝与其他妇女一样，还是过着饱受男性欺压的生活。金枝无疑是封建农村妇女形象的写照，有着作家自我的痛苦经历的折射；但笔者不同意把她扩大为萧红将女性与民族解放战争紧密相连而建构的人物。闫红《时代夹缝中的性别抗争》便说：

"作者通过金枝告诉人们：民族解放战争解放了中国，解放了被压迫阶级，解放了男性，然而女性仍难以找到她们的出路位置。"[7]

试问抗日战争还未取得胜利，上述的推想怎能站得住脚？《生死场》的妇女群像，只是农村社会中忙着生，忙着死的一类例子，相比起男性而言，她们的处境更加恶劣和不幸。活着对她们来说只是生理机能的延续；她们是男性欺凌的对象、泄欲的工具。她们没有起码的人的尊严和价值，就像病重的月英，得不到丈夫的照顾反而惨受折磨：

"你们看看，这是那死鬼给我弄来的砖，他说我快死了！用不着被子了！用砖依住我，我全身一点肉都瘦空。那个没有天良的，他想法折磨我呀！"（第39页）

又如成业对待金枝，只有本能的性欲渴求，并无半点爱怜：

"他丢下鞭子，从围墙宛如飞鸟落过墙头，用腕力搂住病的姑娘；把她压在墙角的灰堆上，那样他不是想要接吻她，也不是想要热情的讲些情话，他只是被本能支使着想要

[7] 见《名作欣赏》2006年20期，2006年10月，第29页。

动作一切。"（第26页）

男性仿似恶魔，如此横蛮、强硬，对妇女施以逼迫。两性的地位差异，形成强弱的失衡状态，唤起读者对妇女惨况的反思，也深化了文本主题的悲剧意味。

3. 自私心态与动物性

人性之中隐含着动物性，这是不争的事实。西方心理学家弗洛伊德（Sigmund Freud, 1856—1939）甚至指出，人格中的本我（id）层有一股称作力比多（Libido）的力量，带有原始的性欲渴求和攻击倾向。随着人类文明进步，这种力量被超我意识（superego）诸如道德、法律等所压抑，人便依循着社会规范而有秩序地生活。[8] 《生死场》展现的东北农村，社会落后，道德意识也很薄弱，人们大抵按照风俗习惯和本身的需求而生活。满足温饱和性欲显然是村民的最基本意识，而在作家笔下，村民动物性的行为描写便十分突出，令人感到可怕的无形压迫力。

首先，村中人与人之间情感十分疏离。篇中虽然也写到父子、母女、夫妻、邻人等关系，他们也不是全都互不关心的。例如第四章月英病重，李二婶子、王婆和五姑姑都去探望她，表现了一点人情味。又或第十七章描写村中老祖因饥饿而领着孙儿们拾麦穗粒的场景，也流露了较温馨的亲情。

---

[8] 有关弗洛伊德人格的学说，可参考弗洛伊德著，贺明明译：《自我与本我》，见《弗洛伊德著作选》，成都：四川人民出版社，1986年5月，第275-304页；弗洛伊德著，吴康译：《精神分析引论新讲》，第三十一讲《心理人格的解剖》，台北：桂冠图书股份有限公司，1998年，第53-75页。

可惜此类人性化的刻画不多，更多的是彼此的冷待和父母、丈夫对妻儿的粗暴打骂及伤害。人与人应有的情义在文本中缺席，而人们对人和动物有着迥异的态度更教人胆战心寒。小说里人们不论亲疏，大都贱视人命，试看母亲对金枝的态度：

"母亲一向是这样，很爱护女儿，可是当女儿败坏了菜棵，母亲便去爱护菜棵了。农家无论是菜棵，或是一株茅草也要超过人的价值。"（第24页）

又如赵三面对服毒却死不断气的妻子时，不单不施援手，反而：

"赵三用他的大红手贪婪着把扁担压过去。扎实的刀一般的切在王婆的腰间。她的肚子和胸膛突然增涨，像是鱼泡似的。她立刻眼睛圆起来，像发着电光。她的黑嘴角也动了起来，好像说话，可是没有说话，血从口腔直喷，射了赵三的满单衫。"（第64页）

此外，王婆摔死三岁小女儿，成业摔死小金枝，无非因怕孩子负累自己；反之，二里半却因走失山羊而紧张得丢了帽受了伤，赵三因卖掉青牛而郁郁不欢等等。人与牲畜、农作物的价值如此颠倒荒谬，充分反映了村民膨胀的本我意识和动物般的生存状态。难怪萧红在文本中刻意指出："在乡村永久不晓得，永久体验不到灵魂，只有物质来充实她们。"（第35页）因此，异化的角色在乡间忙着生、忙着死，使整个村庄如动物农场般，氛围窒息郁闷，构成文本中人性与动物性的错位迫力。

四、结语

"死人死了！活人计算着怎样活下去。冬天女人预备夏季的衣裳；男人们计虑着怎样开始明年的耕种。"（第41页）

以上作家清楚地点明《生死场》的生死轮回主题和它的普遍性特征。小说前十章以反复的生死事件来展示村民的动物般的生存状态，人们即使面对苦难，只凭着求生本能继续活下去，而生理上的温饱和性欲满足便是他们生活的原动力。因此，他们会把牲畜和农作物视为命根，把女人看作泄欲和出气的工具。在封闭自足的生死场内，一切都显得顺理成章，循环不息。但当封闭的场域给外人干扰，秩序被打乱，生老病死已不再规律地更迭时，死亡随时降临的阴影便笼罩全村，威胁着所有人的性命。小说后半部便把原来展现的生死轮回的主题，因应时间的播迁而转移聚焦到死亡阴影下村民的另一重灾难。性命由他人主宰，死亡迫在眉睫，人们的挣扎只加速了死神的降临。二里半之离村出城，与金枝之出城谋生、一些村民跟随爱国军而去，其实性质十分相似，都是求生本能的驱使，逼不得已的行为，不能说成是爱国的觉醒意识，否则便与文本后半部的主调，以及村民思想发展的规律有点不甚配合了。然而，作家书写村民在日本军的死亡威胁下艰苦地生活，她的反日意识是不容否定的。只是萧红并没有把主观意识强加于篇中人物身上，反而让读者从村民面对死亡的焦虑和躁动中去进行反思人性和民族劣根性，作品的意蕴更觉深邃。众所周知，萧红善于绘画素描，她采用连串村中生死事件来展示主题，就如速写一幅幅图象；拼图式的表层结构看起来较松散，但事件的重复呼应，无形中把深层的主题讯息一再暗示，而当中隐含的"迫力"也足够动人心弦。

参考书目：

1．萧红：《生死场》，哈尔滨：黑龙江人民出版社，1980年5月。

2．（美）葛浩文著，郑继宗译：《萧红评传》，台北：时报出版社，1980年6月。

3．（日）平石淑子著，崔莉、梁艳萍译：《萧红传》，北京：中国人民大学出版社，2017年10月。

4．黄晓娟：《雪中芭蕉：萧红创作论》，北京：中央编译出版社，2003年11月。

5．李大为：《女性化的写作姿态：萧红论》，长春：吉林大学出版社，2008年8月。

6．闫红：《时代夹缝中的性别抗争》，《名作欣赏》2006年20期，2006年10月，第29页。

7．摩罗：《〈生死场〉的文本断裂及萧红的文学贡献》，《社会科学论坛》2003年10期，第41-50页。

8．邓益：《女性世界低矮的天空——萧红〈生死场〉底层农村妇女的生存困境与婚姻悲剧》，《小说评论》2011年S1期，第111-114页。

9．苗若素：《"有各种各样的小说"——谈萧红〈生死场〉"越轨的笔致"》，《河南师范大学学报》（哲学社会科学版）1994年1期，第53-56页。

10. 李琦：《论萧红〈生死场〉的叙事模式及其现代意义》，《湖北教育学院学报》23卷4期（2006年4月），第10-12页。

11. 张露晨：《文本的断裂与多重反抗主题的纠葛——谈萧红〈生死场〉的叙事困惑》，《内蒙古大学学报》（哲学社会科学版）46卷2期（2014年3月），第42-47页。

12. 弗洛伊德著，贺明明译：《自我与本我》，见《弗洛伊德著作选》，成都：四川人民出版社，1986年5月，第275-304页。

恋母情结的艺术演绎

——张爱玲《茉莉香片》和《心经》解读

一、张爱玲与聂传庆、许小寒的心理阴影

张爱玲（1920—1995）的小说擅长刻画人物心理，这是众所周知的，尤其对于角色的病态心理描写细致，充分把人性的阴暗面展露无遗，像《金锁记》的七巧、《十八春》的曼璐，看了让人感到可怖！我们不知道张爱玲究竟读过哪些心理学的著作，但她受到弗洛伊德（Sigmund Freud，1856—1939）的影响是不用置疑的。即如大家熟读的《茉莉香片》和《心经》，便是弗洛伊德恋母情结（俄狄浦斯情结，Odepus Complex）的演绎。对于这两个文本，学者袁良骏在著作《张爱玲论》里特辟一章专门谈论，认为：

"按照弗洛伊德'精神分析'学说，'女孩常常迷恋自己的父亲，要推翻母亲取而代之'，此之谓'恋父情结'。聂传庆的'恨父情结'与此不沾边，这是张爱玲自传的变体，是她发挥创造。但她明显受到了'恋父情结'的影响，请看她的《心经》。"[1]

---

[1] 袁良骏：《张爱玲论》，北京：华龄出版社，2010年2月，第15页。

袁氏指出《茉莉香片》中主角聂传庆是张爱玲痛恨父亲苛待自己的切身经验的折射，与恋母情结的心理学说无关。而《心经》完全是一篇"图解'恋父情结'的小说"[2]，并认为它的思想含量及艺术技巧是张爱玲40代作品中稍差的："之所以'稍差'，关键在于它是一种'图解'，艺术生命力比较脆弱。"[3]

　　以上意见，有几点值得讨论和商榷，有助我们理解张爱玲两篇小说的思想性和艺术价值。首先，相信大家都会同意聂传庆对父亲聂介臣的恨意，有着张爱玲痛恨父亲张志沂的影子。但文本是否只是"恨父情结"，而与恋母情结无涉？我看未必。原因聂传庆的表现实际是一位具有恋母恨父病态心理的青年，因此才发生仰慕言子夜、追求言丹朱的异常举动，下文将详细讨论。其次，《心经》是否仅是恋母情结的"图解"，以致思想性和艺术性"稍差"？如果我们仔细分析，小说的主题不只是刻画一个少女的恋父情结的畸型心理，同时也揭示了人的焦虑与渴求，以及颂扬了母爱的永恒意义。换言之，《茉莉香片》与《心经》同样属于恋母情结的文本，分别只在于聂传庆恋母，许小寒恋父而已；两人和张爱玲有着相类的成长经验——亲情的匮乏造成的心理阴影。

---

[2] 同上，第16页。

[3] 同上。

聂传庆 ⊠ 聂介臣(父)　　许小寒 ⊠ 许太太(母)　　张爱玲 ⊠ 张志沂(父)

↓　　　　　　　　　　↓　　　　　　　　　↓

冯碧落(言子夜+言丹朱)　　许峰仪　　　　黄素琼(胡兰成、赖雅)

⊠：仇父(母)　　　　↓：恋母(父)

二、人格心理的结构

根据心理学家弗洛伊德的研究，人的人格结构可分为三个系统：[4]

1. 超我（superego）

2. 自我（ego）

3. 本我（伊特，id）

简单来说，本我是人的内心潜藏的渴求和愿望：

"伊特不受理智和逻辑的法则约束，也不具有任何价值、伦理和道德的因素。它只受一种愿望的支配，这就是遵循快乐原则，满足本能的需要。任何伊特的活动过程只可能有两种情形。不是在行动和愿望满足中把能量释放出来，就是屈服于自我影响，这时能量就是处于约束状态，而不是被立即释放出来。"[5]

本我之内，有一股叫力比多（libido）的力量最活跃，它

---

[4] 参考霍尔（C.S.Hall）著，陈维正译：《弗洛伊德心理学入门》（*A Primer of Freudian Psychology*），第二章《人格的组织结构》，北京：商务印书馆出版，1985年10月，第15-26页。

[5] 见上，第19页。

是驱动人类本能肉欲渴求的原始力量。如果力比多得到适当的满足或约束，人便可正常地生活。

超我主要由"自我理想"（ego-ideal）和"良心"（conscience）构成，[6] 是人的道德准则和是非观念，有着监控人的行为思想的功能。而自我是人格的"行政机构"（the executive），它统辖和协调伊特和超我，让人与外界交往时生活愉快，满足人格长远的需要。[7]

因此，本我（伊特）、自我与超我三者的统一和谐，是一个精神健全的人的正常状态，它们的配合能够有效地使人与外界交往（transaction），以满足人的基本需要和欲望。反之，他们互相冲突，人便会处于失常状态，既不满意自己，也对外界产生愤懑，身心自然发生问题。即如《弗洛伊德心理学入门》指出：

"当人无法消除使他感到痛苦或不愉快的刺激时，他就遇到了挫折。换言之，挫折就是快乐原则受到阻碍而无法实施。人们可能因为在周围环境中不能找到达到目的所需要的对象而受挫，这叫作'匮乏'（privation）。或者，达到目的所需要的对象尽管存在，但是已被其他人占有或拿走，这就叫作'被剥夺'（deprivation）。"[8]

无论"匮乏"或"被剥夺"，都会带来焦虑和不安。如何消除这种焦虑或挫败感，主要有两种途径：移置作用（displacement）和升华作用（sublimation）。前者寻求其他的替代，以弥补所匮乏或缺失的，称为对象性发泄（object

---

[6] 见上，第23页。

[7] 见上，第20-21页。

[8] 见上，第63页。

cathexis）。而"升华作用"则指寻求替代的对象，是一个较高文化层次的目标。[9] 显然，弗洛伊德提出的恋母情结（Odepus Complex）或恋父情结（Electra Complex），是属于移置作用的一种补偿心理倾向。[10] 尤其是那些在儿童成长期缺乏父爱或母爱的孩子，此种病态倾向特别显著。张爱玲童年至少女时代受到父亲苛待，与生母又聚少离多，匮乏的焦虑促使她后来相继与年纪较大、具有父辈稳重形象的胡兰成（1906—1981）与赖雅（1891—1967）结合，当中固然有崇拜对方才情的成分，但说她受潜意识的一种补偿心理驱动所致也无不可。所以，不论胡兰成或赖雅，也可视为是张爱玲的发泄性对象。

三、聂传庆的恋母情结与精神崩溃

张爱玲的童年阴影，一直缠绕着她的成长，甚至令她对亲情、爱情产生怀疑，个性显得孤僻，不喜合群。形诸创作，便产生了《传奇》中一系列的病态人物，以及对人生的唏嘘与无奈。当中《茉莉香片》里的聂传庆，实际是她匮乏焦虑的折射，只不过聂传庆是男生，而张爱玲是女性，相同

---

[9] 参考《弗洛伊德心理学入门》，第四章之二《移置和升华》，第69-74页。

[10] 弗洛伊德在《图腾与禁忌》（Totem and Taboo, 1913）首先提出俄狄浦斯情结（恋母情结，Odepus Complex)的理念，后来在《精神分析引论》（*Introductory Lectures On Psycho-Analysis*）第二十一讲《里比多发展与性的组织》中进一步说明做儿女的恋母情结的心理机制，并认为"伊谛普斯情结确可视为神经病的主因"。参看高觉敷译本，北京：商务印书馆，1984年11月，第253-269页。

的是两人都缺乏父爱（甚至恨父），寻求的对象性发泄其实是大抵相类的。

1. 聂传庆的恋母仇父

小说中聂传庆生母早死，父亲再娶，而父亲和继母对他不好，经常虐待他，令他童年成长阶段缺乏父母之爱。本来欠缺生母之爱不是大问题，只要父亲爱惜他，甚至继母视他如己出，也会弥补他的匮乏。可是聂传庆不仅未能从父亲身上得到补偿，反而受到苛待，更加深他的孤独焦虑感。再加上生母在聂家抑郁而死，父亲再娶，聂传庆便把父亲看成是生母死亡的罪魁，因而产生憎恨父亲的病态心理。《茉莉香片》写道：

"他发现他有好些地方酷肖他父亲，不但是面部轮廓与五官四肢，连步行的姿态与种种小动作都像。他深恶痛嫉那存在于他自身内的聂介臣。他有方法可以躲避他父亲，但是他自己是永远寸步不离的跟在耳边的。"[11]

恨父之深切教他连带对自己体内流着聂介臣的血这事实也怨愤起来，可见他的仇父情绪是经过长久积压而形成的。反之，他对生母更怀念惦挂，渴望从母亲的遗物中找到一点慰藉。意外地，他在母亲的遗物中得知自己大学老师言子夜竟然是生母的恋人，如是他便把渴望母爱的感情转而投放到言子夜身上，这显然是发泄性对象的移置表现了。之前，聂传庆本来对言子夜并无多大印象，可是当他知悉言子夜是母亲的恋人后，他便产生截然不同的感觉：

---

[11] 《茉莉香片》，见《张爱玲短篇小说集》，台北：皇冠出版社，1977年4月，第268页。

"言子夜进来了，走上了讲台。传庆仿佛觉得以前从来没有见过他一般。传庆这是第一次感觉到中国长袍的一种特殊萧条的美。……那宽大灰色绸袍，那松垂的衣褶，在言子夜身上，更加显出了身材的秀拔。传庆不由地幻想着：如果他是言子夜的孩子，他长得像言子夜么？十有八九是像的，因为他是男孩子，和丹朱不同。"[12]

此种感觉，是聂传庆恋母情结的投射，同时也是他缺乏父爱的发泄性对象的移置作用。他甚至幻想如果言子夜是自己生父，那会是十分惬意的。

2. 嫉妒（jealousy）与索偿（compensation）心理

由于聂传庆一厢情愿地以为自己生母如能与言子夜结合，他自己便会是言子夜的孩子，内心顿然觉得是言丹朱抢去了自己作为言子夜孩子的位置，《茉莉香片》写道：

"差一点，他就是言子夜的孩子，言丹朱的哥哥，也许他就是言丹朱。有了他，就没有她。"[13]

正因有此念头，他潜意识便生发出对言丹朱一股敌意和妒忌：

"他对于丹朱的憎恨，正像他对言子夜的畸形的倾慕，与日俱增。"[14]

又：

"传庆相信，如果他是子夜与碧落的孩子，他比现在的

---

[12] 同上，第265页。

[13] 第264页。

[14] 第267页。

丹朱，一定较深沉，有思想。"[15]

这种心理，明显是匮乏意识的一种充满醋意的焦躁反应。如何去除障碍，从对方手中夺回失去的，便成了聂传庆最迫切的渴求，借以补偿"被剥夺"的缺失。文本这样刻画聂传庆敌视言丹朱的心态道：

"他恨她，可是他是一个无能的人，光是恨，有什么用？如果她爱他的话，他就有支配她的权力，可以对于她施行种种纤密的精神上的虐待。那是他唯一的报复的希望。"[16]

事实上，言丹朱是传庆的同学，也是言子夜的亲生女儿，这是难以改变的。聂传庆自然意识到这情况，内心产生焦虑却无可奈何。及后让他想到以婚姻来对言丹朱进行报复，以及弥补自以为"被剥夺"的损失。我们知道，婚姻是男女双方的一种社会契约（social contract），而传统观念里，丈夫是一家之主，妻子往往从属于丈夫，即使妇女解放思想唤醒了不少女性争取平等的权利，但男尊女卑的思想还是未能一下子根除。聂传庆正是以这种传统观念去思考如何在言丹朱身上取回补偿，《茉莉香片》中聂传庆自白道：

"对于我，你不单是一个爱人，你是一个创造者，一个父亲，母亲，一个新的环境，新的天地。你是过去与未来。"[17]

假使传庆成了丹朱的夫婿，他自觉便可名正言顺地"支配"她；同时他也可以通过婚姻，成为言子夜的女婿——

---

[15]　第266页。

[16]　第274页。

[17]　第275页。

即"半"子，拉近和言子夜的关系，补偿失落了的母爱和亲情，这正是聂传庆所说的"我要父亲跟母亲"[18] 的内蕴。因此聂传庆视丹朱是自己的"创造者"，可以弥补过去，开拓未来，改变自己当下的命运。

3. 反向作用（reaction formation）与悲剧命运

其实聂传庆对丹朱并无爱意，纯是满足他索偿心理的一个对象、工具。他心怀不轨地追求丹朱，也体现了一种变态心理学强调的"反向作用"（reaction formation）：

> "一个人如果对他人怀恨在心，他可能因此坐卧不安；这时他的自我为了掩盖其敌意，便会对人激发出一种异乎寻常的爱。……这种以其对立面来掩藏某种本能于无意识之中的机制，叫作'反向作用'（reaction formation）。怀有反向作用的爱的人往往再三表白其情意，而这种表白又常常流于过火、浮夸、装腔作势。这种感情是一种虚假和伪装，很容易被人察觉。"[19]

聂传庆在山上对丹朱的示爱便显得有点"过火、浮夸"，难怪丹朱一口拒绝，因为她也察觉到传庆的感情表白是不真挚的。结果，传庆的意图未能达到，发泄性对象不就范，他原来充满希望的梦也骤然破碎。至此，文本描写他情绪崩溃，失控地向丹朱拳打脚踢，以暴力宣泄他受挫败的绝望意识。他的恋母情结最终无法释放，移置欲望落空，传庆尝试努力去平衡自我的病态人格，改变自己的命运也无从实现，这便

---

[18] 同上。

[19] 《弗洛伊德心理学入门》，第81-82页。

是小说结尾中一句"他跑不了"[20] 的悲剧隐喻了。

毫无疑问，《茉莉香片》是一篇刻画恋母情结的心理小说。张爱玲以细致的笔触，深入到主角聂传庆的内心世界，展示了一个长期受压抑、缺乏家庭温暖的年青人的病态心理和行为，借以折射自我经验和对人生的无奈感。篇中格调低沉，故事底色灰暗，主人翁的下场隐含着作家的消极思想与悲凉心态！

四、许小寒的恋父与小说的母爱主题

张爱玲另一小说《心经》同样是描写恋母情结现象的文本，不同的只是主人翁是一位恋父仇母的少女，而故事除了着意于她的病态心理和行为之外，作家其实还揭示了"母爱永恒"这个过去鲜有学者注意的主题。以下将详细分析。

1. 恋父仇母

故事主角许小寒的恋父仇母心理之所以形成，源于一出生她便被视为与母亲相克，差点儿给送离家庭，结果童年成长阶段与母亲非常生疏，避免接触；如是许小寒只有父爱，欠缺母爱的温暖。小说记述道：

"他（峰仪）又道：'二十年了……你生下来的时候，算命的说是克母亲，本来打算把你过继给三舅母的，你母亲舍不得。'"[21]

---

[20] 《茉莉香片》，第278页。

[21] 《心经》，见《张爱玲短篇小说集》，第414页。

父亲照顾小寒的生活，身兼母职，爱护有加，感情自然亲密。文本中有一段关于父亲许峰仪照片的描写，甚有暗示意味，隐喻了许峰仪阴柔的一面：

"众人见到了许峰仪，方才注意到钢琴上面一对暗金攒花照相架里的两张照片，一张是小寒的，一张是她父亲的。她父亲那张照片的下方，另附着一张着色的小照片，是一个粉光脂艳的十五年前的时装妇人，头发剃成男式，围着白丝巾，苹果绿水钻盘花短旗袍，手里携着玉色软缎钱袋，上面绣了一枝紫罗兰。"[22]

小寒的同学们想不到小照中的艳丽妇人竟是化装后的许峰仪，还误会她是小寒的母亲，可见作家笔下的许峰仪亦刚亦柔，既有事业金钱，又有体贴的温情，难怪小寒那样依恋他了。文本中小寒曾谈及她对男女之间感情的看法道：

"小寒道：'男人对于女人的怜悯，也许是近于爱。一个女人决不会爱上一个她认为楚楚可怜的男人。女人对于男人的爱，总得带点崇拜性。'"[23]

恋父倾向其实便带有崇拜的心理。小寒恋父，一方面是弥补母爱的"匮乏"，另一方面是崇拜父亲的成就的潜意识作祟所致。然而身为父亲的许峰仪，他也应感觉到女儿的病态倾向，如果他能及早作出疏导或纠正，父女便不会发生暧昧的关系。可是由于许峰仪在妻子身上得不到肉欲的满足（匮乏），本能的渴求驱使他不但不疏导女儿，反而把女儿当作发泄性对象，双方有不可告人的情感：

"他们背对着背说话。小寒道：'她老了，你还年轻——

---

[22] 同上，第406页。

[23] 第420页。

这能够怪在我身上？'峰仪低声道：'没有你在这儿比着她，处处显得她不如你，她不会老得这么快。'……峰仪斜倚在沙发背上，两手插在袴袋里，改用了平静的，疲倦的声音说道：'我不怪你。我谁也不怪，只怪我自己太糊涂了。'"[24]

这里，作家把一个人格失衡、本我与超我发生冲突的许峰仪的心理揭示得淋漓尽致。换言之，不单小寒人格不健全，许峰仪同样有着病态的人格。正因为社会道德的规范，乱伦的罪疚感不时浮现于许峰仪和小寒的意识之中，当他们自我冷静下来时，便会感到罪恶和羞愧！《心经》写道：

"他究竟还是她的父亲，她究竟还是他的女儿，即使他没有妻，即使她姓了另外一个姓。他们两人同时下意识地向沙发的两头移了一移，坐远了一点。两人都有点羞惭。"[25]

2. 段绫卿——许峰仪的移置对象

许峰仪其实也意识到自己的罪孽，却始终无法摆脱本能的驱使，长期纠缠于不伦之恋中，直到他碰见女儿同学段绫卿，给予了他把欲念（发泄性）对象另一次移置的机会。文本写到他在家里见到绫卿时那种心不在焉的情态：

"峰仪答非所问，道：'你们两个人长的有点像。'绫卿笑道：'真的么？'两人走到一张落地大镜前面照了一照，绫卿看上去凝重些，小寒仿佛是她立在水边，倒映着的影子，处处比她短一点，流动闪烁。众人道：'倒的确有几分相像。'"[26]

---

[24] 第423-424页。

[25] 同上，第415页。

[26] 第409页。

绫卿和小寒的模样很相似，却不是峰仪的女儿，这正好能填补许峰仪的肉欲渴求又不致令他有道德罪疚感。如是，许峰仪便把心思转移到绫卿身上，并借此疏远小寒，意图摆脱良心上的谴责。适逢绫卿在家中备受压逼，千方百计想得到经济倚靠，尽快脱离家庭，于是便和许峰仪一拍即合，私奔同居去了。有关许峰仪的"移情别恋"，袁良骏有如下的论述：

"经过七八年父女之爱，也许是小寒已到了婚嫁年龄，也许是许峰仪感到了再这样下去的严重性，也许是他玩腻了，在见到了长相酷似小寒而年龄也同样是二十岁的小寒同学段绫卿后，他一下子便移情别恋了。"[27]

以上的三个"也许"分析不甚合理，尤其假设许峰仪"玩腻了"就更莫名其妙。按照情节发展，许峰仪对自己与女儿的乱伦行为，经常感到罪疚，但又难以抑制本能的欲求，以致本我与自我纠缠不清。而绫卿的出现，便提供他一个欲望移置的对象，根本与玩腻不玩腻扯不上半点关系（况且文本中许峰仪也不是玩弄女性的角色）。另一方面，读者或许会对绫卿何以跟从许峰仪有点不可理解，事实上作者早在篇中透过她和小寒有关结婚对象的一段说话埋下伏笔：

"绫卿道：'我倒不是单单指着他的。任何人……当然这'人'字是代表某一阶级与年龄范围内的未婚者……在这范围内，我是'人尽可夫'的！'小寒睁大了眼望着她，在黑暗中又看不出她的脸色。"[28]

正因绫卿在家处境窘迫，对生活前景产生焦虑，所以才

---

[27] 《张爱玲论》，第15页。

[28] 《心经》，第413页。

有"人尽可夫"的无奈打算。而小寒父亲在经济上能够助她离开家庭，纵然彼此年龄差距甚大，亦无爱情存在，她也甘愿跟随许峰仪私奔。

3. 许小寒的焦虑与妒忌

父亲与同学段绫卿私通，小寒顿时产生"被剥夺"的焦虑感，因而对父亲和绫卿生出妒忌，并千方百计想夺回父亲。于是她便积极采取行动：首先，她与不爱的龚海立订婚，目的是刺激和报复父亲另爱别人；跟着她在父亲面前诉说绫卿的坏话，意图离间他们。两番举动均无法挽回父爱，最后她只得借助自己一直敌视的母亲，希望母亲以妻子的身份，名正言顺地干涉丈夫包养情妇。可是母亲却给她一个饶有深意的回答：

"许太太叹息道：'那算得了什么？比这个难忍的，我也忍了这些年了。'小寒道：'这些年？爸爸从来没有这么荒唐过。'许太太道：'他并没有荒唐过，可是……一家有一家的难处。……'小寒道：'他如果外头有了女人，我们还保得住这个家么？保全了家，也不能保全家庭的快乐！我看这情形，他外头一定有了人。'"[29]

小寒找母亲出头，佯装是为了全家的幸福，实际上是希望假借母亲，合法地拆散父亲和绫卿，满足私欲，这显然是一种心理学上的文饰作用（rationalization）：

"人们为了干那些超我所不能容忍的事情，于是到外界去寻找可以证明其行为是正当的理由或借口。"[30]

---

[29] 《心经》，第428页。

[30] 《弗洛伊德心理学入门》，第80页。

很明显，小寒借刀杀人的计策并不生效，从母亲的话语当中，看来她早已知悉丈夫和女儿的不伦关系，只是不敢相信和不想家丑外扬才隐忍多年。如今丈夫另恋他人远去，父女的暧昧关系可以画上句号，正是母亲梦寐以求的。也基于此种想法，当母亲得知小寒欲到绫卿家进行破坏，她中途便把小寒截回，以免女儿继续泥足深陷。

4. 欲望的补偿——永恒的母爱

从上所述，小说把一个少女的病态心理——恋父情结——的成因、本我与超我的冲突，以及父爱被剥夺后的失常举动等等，刻画得生动细致，难怪文本被视为佛洛伊德恋母情结理论的实践佳构。可是评论者往往忽略了小说中母亲的作用和寓意。即如袁良骏对母亲角色的形象，以为"是一位感情的受害者。她的两位亲人（丈夫和女儿）合谋害了她。但她采取了逆来顺受、听之任之、佯装不知的态度，她封住了这个家庭的'火山口'。"[31] 又对她截住女儿到绫卿家闹事，"颇有点武侠小说'说时迟，那时快'的味道。在一篇图解'恋父情结'的小说中，加上这一笔'传统技法'，就显得土洋结合、中西合璧了。"[32]

袁氏只谈到母亲的受害者形象（不明袁氏所谓父女"合谋害了她"的意思），并借她阻截女儿一事而论及作家的叙述特色，实在不够深刻，忽略了作家是通过这个着墨较少的角色，对母爱加以肯定和颂扬。试仔细观看文本中母亲对女儿、对丈夫和对家庭的付出和关爱便明白个中深意。

---

[31] 《张爱玲论》，第16页。

[32] 同上。

正如前文所述，小寒恨母是基于一出生便被视作与母亲相克，差点儿给送到亲友家去。小寒最终没有送人，完全是因母亲舍不得她，甘愿与她保持距离，尽量避免见面相冲，默默地在旁照顾家庭，亲眼看着小寒的成长。纵然女儿一直不谅解，甚至敌视自己，母亲仍旧耐心地做好本分，这显然是出自母爱的苦心。

对于丈夫与女儿发生不伦关系，她是心知肚明的。可是她为了家庭的和谐幸福，也由于她觉得有欠女儿，亦未能满足丈夫的欲求，所以才佯装哑忍，"他并没有荒唐过"及"一家有一家的难处"两句简单的话，已透露了母亲心底的理解和一丝歉意。

文本的前部分母亲大抵是缺席的，钢琴上的父女照片便有所暗喻。但后来小寒产生焦虑和急躁地去夺回父爱的举动，母亲角色的重要意义便得以彰显。当母亲知悉小寒要到绫卿家闹事时立即在途中截阻，避免了家庭丑事公开，重要的是保护了女儿的名誉和前程。母亲的果敢和苦心，不仅令读者眼前一亮，也令一向与她敌对的小寒深深感动：

"小寒哭了起来。她犯了罪。她将她父母之间的爱慢吞吞的杀死了，一块块割碎了——爱的凌迟！……许太太的声音空而远。她说：'过去的事早已过去了。好在现在只剩了我们两个人了。'"[33]

母爱是伟大的，永恒不变。不管女儿怎样，甚至犯了事，做母亲的还是依然爱护怜惜自己的孩子。一句"好在现在只剩了我们两个人了"，顿然令充满焦虑、失落、迷茫的小寒得到支持和倚靠，难怪小寒对过去一直误解母亲、敌视

---

[33] 《心经》，第440页。

母亲感到罪疚而自责了。小说进一步写到母亲表面上看来与小寒关系疏远，其实她对女儿非常关心，十分了解女儿的个性和需要。《心经》写道：

"你的脾气这么坏，你要是嫁个你所不爱的人，你会给他好日子过？你害苦了他，也就害苦了你自己。"[34]

母亲一语道破小寒因赌气才和毫无爱意的龚海立订婚，因而劝她不要误己误人，充分反映母亲对女儿的理解和忧虑。文末小寒听从母亲的劝告和安排，到三舅母家暂住，离开令她身心受创的家，然后再思考自己的出路。临别之前，母亲对小寒的一番叮咛，更突显了作家颂扬永恒母爱的题旨：

"许太太把手搁在她的头发上，迟钝地说道：'你放心，等你回来的时候，我一定还在这儿……小寒伸出手臂来，攀住她母亲的脖子，哭了。"[35]

淡然却坚定的承诺："我一定还在这儿"，把母亲伟大、包容的形象拔高，随之一股母爱暖流渗入心脾。感动的不单只是小寒，相信还有广大的读者及殷切渴求关爱的张爱玲。

五、结语

精神分析学家卡伦·荷妮（Karen Horney）在《我们时代的病态人格》中指出：

"如果一个人需求另外一个人的爱只是为了防止焦虑，那么在他们内心通常是意识不到这一点。……事实上，这种

---

[34]　第441-442页。

[35]　第442-443页。

爱只是个人为满足自己欲望而对他人的一种依附，它不是对真诚关爱的可靠感觉，当它的欲望没有实现时，反叛就会随时随地表现出来。对我们爱的观念来说最为本质的一个因素就是感情的可靠和稳固。"[36]

由此看来，《茉莉香片》中聂传庆对言丹朱的爱，属于一种为满足个人渴求的虚假的依附。《心经》里许峰仪对小寒的父爱则混杂了本能欲望的成分，而小寒依恋父亲也有补偿母爱匮乏的性质，两者都是病态的、有欠真诚的。反观文本中大部分时间缺席的母亲，她对女儿的爱始终纯粹如一，"可靠而稳固"，本质澄明，可说是神圣而无私。

张爱玲自少人格成长便有亲情的匮乏，父亲的虐待、生母聚少离多，都令她产生焦虑和渴求，形成她的孤僻性格，以及对别人感情的渴求欠缺信心。她的两段婚姻，有着一种寻求安稳、依靠的补偿意味。而小说《茉莉香片》和《心经》的建构，显然也是这种病态心理的升华作用（sublimation）[37]。创作让她疏导了恋母恨父、感情匮乏的情绪，无论聂传庆或许小寒，都只是张爱玲潜意识的代言人，诉说着人生的焦虑、渴求、失落和无奈！

---

[36] 卡伦·荷妮著，陈收译：《我们时代的病态人格》（*The Neurotic Personality of Our Time*），北京：国际文化出版公司，2001年1月，第71页。

[37] 《弗洛伊德心理学入门》指出："人类文明之所以能不断发展，就在于人能够抑制自己的原始的对象发泄作用。那些因受阻不能直接发泄出来的能量，便转移到有益于社会活动中或文化创造活动中。"（第73页）张爱玲便是把抑制的能量，升华至文学创作方面，成就了大量出色的作品。

最后，两篇小说的命名也值得玩味。"茉莉香片"是一种花茶，大多以绿茶加上茉莉花而制成，茶味清香却有点苦涩，就如年青的聂传庆的悲剧命运。而"心经"使人想到佛门的《心经》。《心经》导人"照见五蕴皆空"，而"色"正是五蕴之首，所谓"色即是空，空即是色"[38]；执迷色欲，即是不空。切戒切戒！

参考书目：

1. 张爱玲：《张爱玲短篇小说集》，台北：皇冠出版社，1977年4月。

2. 余彬：《张爱玲传》，海口：海南出版社，1993年12月。

3. 水晶：《张爱玲的小说艺术》，台北：大地出版社，1973年。

4. 陈炳良：《张爱玲短篇小说论集》，台北：远景出版事业公司，1983年4月。

5. 卢正珩：《张爱玲小说的时代感》，台北：麦田出版有限公司，1994年7月。

6. 宋家宏：《走进荒凉——张爱玲的精神家园》，广州：花城出版社，2000年10月。

---

[38] 阐释《心经》文义的著作甚多，大可随缘阅读，这里经文参考陈狄平、尚荣译注：《金刚经·心经·坛经》（中华大字经典，北京：中华书局，2010年，第65-66页）。若撇开经内"色"的复杂含义不谈，"色即是空，空即是色"早已成了普罗大众口中的警语，是戒除色欲的箴言。

7. 李掖平：《洞彻人生的悲凉——张爱玲创作论》，北京：五洲传播出版社，2001年3月。

8. 袁良骏：《张爱玲论》，北京：华龄出版社，2010年2月。

9. 子通、亦清主编：《张爱玲评说六十年》，北京：中国华侨出版社，2001年8月。

10. 宋家宏：《〈茉莉香片〉解读》，《中国现代文学研究丛刊》1996年1期（1996年3月），页81-89。

11. 张国祯：《张爱玲启悟小说的人性深层隐秘与人生观照——评〈茉莉香片〉和〈沉香屑——第二炉香〉》，《海峡》1987年1期，第184-186、188页。

12. 闫石：《女性欲望的分裂与张扬——对张爱玲〈心经〉中女性形象的再认识》，《安徽理工大学学报》（社会科学版）8卷2期（2006年2月），第60-65页。

13. 郝文：《论张爱玲〈心经〉中的心理学启示》，《青年文学家》2013年31期，第69、71页。

14. 蒋浩：《沉淀于无声处的灵魂喧嚣——浅析张爱玲〈心经〉》，《湖北经济学院学报》（人文社会科学版）9卷11期（2012年11月），第81-82页。

15. 沈婉蓉　吴素萍：《另类的人性与别样的真情——解读张爱玲〈心经〉》，《济南职业学院学报》2009年5期（2009年10月），第119-121页。

16. 霍尔（C.S.Hall）著，陈维正译：《弗洛伊德心理学入门》（*A Primer of Freudian Psychology*），北京：商务印书馆出版，1985年10月。

17. 卡伦·荷妮著，陈收译：《我们时代的病态人格》（*The Neurotic Personality of our Time*），北京：国际文化出版公司，2001年1月。

徘徊在"围城"内外

——论钱锺书《围城》的心理意象

一、前言

一个有心思的作家，非常在意自己作品的取名，务求书名或篇名能够给予读者暗示或联想空间，加强作品的阅读期待。像老舍（1899—1966）的《月牙儿》、郁达夫（1896—1945）《迟桂花》、张爱玲(1920—1995)《封锁》和《金锁记》、萧红（1911—1942）《生死场》等，篇名寓意深刻，与小说情节、主题紧扣，具有强烈的思辨性和象征性。因此，如想探究文学作品的主题，很多时可从它的名称入手，往往能收事半功倍的效用。钱锺书（1910—1998）的《围城》，名目便具有相类的象征作用，只因作品内容穿插着大量中外的典故、生动尖刻的譬喻，掩埋了语言背后隐含的底蕴，也震慑了读者的神经思维，令人无法定神专注地窥探小说的主旨而已。这是钱锺书作品的一贯特色，不论是小说或散文，都予人堕入迷阵之中的感觉。所以阅读《围城》这本小说时，读者就要如探险家一样，收摄心神，小心翼翼地逐步摸索，钻进迷眩的文字，窥探在动乱时代下一群高等知识分子所展示的复杂人性，从而发掘出它潜藏的具有普遍性意义的象征。这个普遍的人性心理意象，不单是指向主角方鸿渐的人生道路，也是书中各人无法摆脱的命运。小说取名"围城"，它把故事主题封闭着，引诱城外的读者闯进去窥探、领悟复杂人性中内在本能特质的奥秘。《围城》之于读者，就像方鸿渐徘徊在人生"围城"内外，抱着期望与渴求，不断寻觅，力图弥补内心讯息差距（information-gap）所产生的焦虑与匮乏，耐人寻味！

二、好奇心理与"围城"意象

《围城》的故事并不复杂，作者只是把一名留学生方鸿渐从国外回来后的二年多里的生活经历，以全知观点叙述出来。"书中的事实，除了方鸿渐和孙小姐同在火铺里梦魇那一桩有点神秘外，其余全是太阳光底下习闻惯见的。可知作者的兴趣并不在事实和结构上面，而是另有所在了。"[1] 这个"所在"，就是"围城"的象征意义。人生之中，不算出生与死亡，有几个阶段是大多数人必定经历过的：学业、工作、恋爱、婚姻。而这些相关经验，不会自动上门的，都需要人们付出努力去争取和追求，但是付出努力并不表示必有收获，而纵有收获也不一定是惬意的。在追求的过程中，人们的心理状态是极为复杂的，当中主要是本能好奇心（curiosity）起着驱动的作用。好奇心是人格的重要特征之一，是个体渴望弥补讯息差距（information-gap）的本能意

---

[1] 林海：《〈围城〉与Tom Jones》，《观察》5卷14期，1948年11月27日，第12页。

识，它与满足感和快乐的关系密切。若然人们对自我利益、兴趣及未拥有知识持续地追求，源自讯息差距的内在好奇心缺口（Curiosity gap）便会出现，此缺口其实便是心理上的匮乏（privation），让人感到焦虑和挫败。[2] 于是，好奇心本能就成了驱动人们不断地探索、填补这缺口和匮乏，即使得来的可能并不如意，甚至带来肉体上的痛苦。[3] 简单地说，好奇心是个人遇到新事物或处在新的外界条件下所产生渴求的心理倾向。而主要基于好奇心衍生的"围城"心态现象，便成了《围城》所要揭示的人性本能上的盲点。作家在书的《序》中开篇便已暗示：

---

[2] 《弗洛伊德心理学入门》："当人无法消除使他感到痛苦或不愉快的刺激时，他就遇到了挫折。换言之，挫折就是快乐原则受到阻碍而无法实施。人们可能因为在周围环境中不能找到达到目的所需要的对象而受挫，这叫作'匮乏'（privation）。……"（霍尔〔C.S.Hall〕著，陈维正译：《弗洛伊德心理学入门》（*A Primer of Freudian Psychology*），第二章《人格的组织结构》，北京：商务印书馆出版，1985年10月，第23页。）

[3] Evan Polman, Rachel L. Ruttan & Joann Peck, "Curiosity involves positive feelings of interest, as well as feelings of uncertainty due to a perceived lack of knowledge……This feeling of deprivation instills a motivation to seek out the missing information in order to reduce or eliminate the feeling of deprivation （Kang et al. 2009, Maner and Gerend 2007）, even if the missing information is unpleasant （Kruger and Evans 2009）or causes people physical pain when they try to resolve their curiosity (Hsee and Ruan 2015)."（"Using Curiosity to Increase the Choice of 'Should' Options"pp.9–10）摘自：http://www.apa.org/news/press/releases/2016/08/using-curiosity.pdf（9/1/2018）

"在这本书里，我想写现代中国某一部分社会，某一类人物。写这类人，我没忘记他们是人类，只是人类，具有无毛两足动物的基本特性。"[4]

钱锺书交代了故事的背景是现代、人物是高级知识分子，但最重要的，他有意提醒读者，他想突显角色的动物性本能，纵使他们是受过文明洗礼的现代知识分子，也与常人无异。而作家所指的动物的基本特性，无疑便是方鸿渐等人所共有的不满现状和渴求填补讯息差距的本能好奇心意识。

事实上，"围城"作为心理意象，具有普遍性意义，它笼罩着故事角色的命运，贯彻整部小说的发展脉络。或许说，它主要是萦绕着方鸿渐的整体生活遭遇而潜伏，其他人是方鸿渐的映衬和补充，把心理意象的合成功能扩大，令"围城"的象征性意味更突出。小说中"围城"意象最初出现在一群高级知识分子苏文纨、褚慎明、方鸿渐等人的笑谑闲谈中：

"慎明道：'关于菩蒂结婚离婚的事，我也跟他谈过。他引一句英国古话，说结婚仿佛金漆的鸟笼，笼子外面的鸟想住进去，笼内的鸟想飞出来；所以结而离，离而结，没有了局。'

苏小姐道：'法国也有这么一句话。不过，不说是鸟笼，说是被围困的城堡Fortresse Assiegee，城外的人想冲进去，城里的人想逃出来。鸿渐，是不是？'鸿渐摇头表示不知道。"[5]

闲聊期间，这位曾经留学欧洲的混沌"游学生"方鸿

---

[4] 见钱锺书：《围城》，北京：人民文学出版社，1980年11月，第3页。

[5] 同上，第96页。

渐，正喝得"渐渐觉得另有一个自己离开了身子在说话"，[6] 甚么鸟笼、围城，当然也搞不清楚。其实，他一直以来都被现实的"鸟笼"和"围城"所困扰而不自知。到后来他经过与苏文纨、唐晓芙的爱情波折后，似乎明白到自我的弱点，所以在赴三闾大学的途中，他有这样的一番自剖：

"我还记得那一次褚慎明还是苏小姐讲的甚么'围城'。我近来对人生万事，都有这个感想。譬如我当初很希望到三闾大学去，所以接了聘书，近来愈想愈没意味，这时候自恨没有勇气原船退回上海。我经过这一次，不知道何年何月会结婚……狗为着追求水里肉骨头的影子，丧失了到嘴的肉骨头！跟爱人如愿以偿结了婚，恐怕那时候肉骨头下肚，倒要对水怅惜这不可再见的影子了。"[7]

方鸿渐就是这样一个内心迷茫的人：无主见、无明确目标，对现实不满想要有所争取，但又分不清真实（肉骨头）与幻象（水里的影子），始终彷徨踟蹰在人生的路途上，随波逐流，没法填补内心的好奇心缺口（Curiosity Gap），反复地扮演着两种角色；要冲进"围城"内的城外人，要逃出"围城"外的城内人。简直是矛盾的心理、悲剧的人生！

作家把主角方鸿渐围困在人生的城堡里，让他逃出冲入，徘徊颠倒，展示了普遍的人性好奇心态及缺点。"围城"的心理意象一直与方鸿渐共存，不断影响他的行为思维，无论是学业工作、爱情婚姻，甚至前途理想，"围城"意识蠢蠢欲动，可惜因他的自我意志不够坚定，注定摆脱不了命运的播弄。

---

[6] 同上。

[7] 同上，第141-142页。

三、方鸿渐的好奇心理与情爱"围城"

方鸿渐的恋爱和婚姻，几乎都符合"城外的人想冲进去，城里的人想逃出来"的心理象征，最后结果都是"没有了局"，反而产生令自己感到后悔的"潘多拉效应"（The Pandora Effect）。[8]

早在方鸿渐念高中时，就盲目地任由父母的安排，与同乡周经理那素未谋面的女儿周淑英小姐订了亲。后来他到北平进大学，"第一次经历男女同学的风味。看人家一对对的恋爱，好不眼红"，[9] 心中渴望尝试到自由恋爱的乐趣。这是他"遇到新奇事物或处在新的外界条件下所产生的心理倾向"。于是，他便写了一封"措词凄婉"[10] 的信向家里提出退婚的意思。结果惹来了父亲快信的斥骂，以经济封锁为恐吓，令他再也不敢造次。幸而在他大学毕业前，周小姐因患伤寒病而逝世，结束了这段封建式的婚约。在这里，我们可以见到，封建婚约和自由恋爱，就是一座心理"围城"的内外、一个"鸟笼"的表里，紧紧地把方鸿渐围困。方鸿渐便是想从封建婚姻"围城"里逃出去的人、"鸟笼"内飞出去的鸟；又想尝试闯进自由恋爱的"围城"和"鸟笼"。其实他并不了解和重视那自由恋爱的可贵，很明显他只是受到新

---

[8] 参考Christopher K. Hsee &Bowen Ruan, "The Pandora Effect: The Power and Peril of Curiosity,"（March 21，2016），摘自：faculty.chicagobooth.edu/christopher.hsee/vita/Papers/PandoraEffectPublished.pdf（9/1/201）

[9] 见《围城》，第7页。

[10] 同上。

事物的刺激而产生好奇心理，不甘心受婚约羁绊而意图去寻求、填补好奇心的缺口。然而现实的经济威胁，使他感到焦虑，加上无主见、意志力薄弱的个性，他一度躁动的心魔最后给压制下来。

当方鸿渐搭乘邮轮回国途中，又再受到恋爱"围城"的困扰。最初方鸿渐在船上结识了一位留学英国的鲍小姐，她"只穿绯霞色抹胸，海蓝色贴肉短裤，漏空白皮鞋里露出涂红的指甲"；[11]"长睫毛下一双欲眠、似醉、含笑、带梦的大眼睛，圆满的上嘴唇好像鼓着在跟爱人使性子"，[12]全身充满着性的诱惑。虽然她在香港有做医生的未婚夫，但为了解除归途的寂寞，还极力地挑逗方鸿渐的情欲，筑起一座肉做的"围城"，引诱他冲进去。面对这座性欲的城堡，方鸿渐的自我（ego）迷失了，取而代之受到本能性欲好奇心的驱动行事。他明知鲍小姐名花有主，但既然对方已暗示可以"享受她未婚夫的权利而不必履行跟她结婚的义务"，[13]又没有道德责任（super-ego）的规训，那就乐得冲进那情欲的"围城"去填补那好奇心缺口了。

随着邮船到达香港，现实把方鸿渐唤醒，何况性欲好奇心早已消失，他和鲍小姐短暂的雾水姻缘也就告一段落。可是，他又再陷入了苏文纨布置妥当的感情"围城"里：

"苏小姐做人极大方；船到上海前那五六天里，一个字没提到鲍小姐。她待人接物也温和了许多。方鸿渐并未向她谈情说爱，除掉上船下船走跳板时扶她一把，也没有拉过她

---

[11] 同上，第5页。

[12] 同上，第13页。

[13] 同上，第14页。

手。可是苏小姐偶然的举动，好像跟他有比求婚，订婚，新婚更深远悠久的关系。她的平淡，更使鸿渐疑惧，觉得这是爱情超热烈的安稳，仿佛飓风后的海洋波平浪静，而底下随时潜伏着汹涌翻腾的力量"。[14]

其实，这种潜伏的力量，已在她洗手帕、补袜子、缝纽扣等体贴的举动中表露无遗。苏小姐释出了异常的讯息（information），燃点起方鸿渐"疑惧"的内在好奇心，让他感觉新鲜，充满期望。虽然方鸿渐自信对苏小姐的感情只是达到理想朋友的境界，但这些应当由丈夫享受的权利，如今他已一一享受过了，故在他来说，"自己良心上就增一分向她求婚的责任"。[15]如是，这表面平淡轻柔的"围城"，缠绕着方鸿渐的，并非是爱情，只是他的本能好奇心(疑)和由此萌生的道德上的良心（惧）。因此，方鸿渐一方面极力想逃出这感情的"围城"，摆脱良心的谴责；然而另一方面，他又舍不得苏小姐那令他产生好奇心缺口的诱惑：

"明知也许从此多事，可是实在生活太无聊，现成的女朋友太缺乏了！好比睡不着的人，顾不得安眠药片的害处，先要图眼前的舒服！"[16]

这种矛盾心态，具有一定的普遍性，尤其在方鸿渐这类夹杂不清的人更易显现。但作者并不让他们继续纠缠下去，没完没了，于是出现了打破二人僵局的观音大使唐晓芙：

"唐小姐妩媚端正的圆脸，有两浅酒涡。天生着一般女人要花钱费时，调脂粉来仿造的好脸色，新鲜得使人见了忘

[14] 同上，第25-26页。

[15] 同上，第27页。

[16] 同上，第49页。

掉口渴而又觉嘴馋，仿佛是好水果，她眼睛并不顶大，可是灵活温柔，反衬得许多女人的大眼睛只像政治家讲的大话，大而无当。古典学者看她说笑时露出的牙齿，会诧异为甚么古今中外诗人，都甘心变成女人头插的钗，脸束的带，身体睡的席，甚至脚下践踏的鞋袜，可是从没想到化作她的牙刷。她头没烫，眉毛不镊，口红也没有涂，似乎安心遵守天生的限止，不要弥补造化的缺陷。总而言之，唐小姐是摩登文明社会里那桩罕物——一个真正的女孩子。"[17]

这个人世间的"罕物"，给予方鸿渐震撼的新鲜气息，把情爱渴求转向唐晓芙，并逃离苏小姐那柔情似水的"围城"。凡夫俗子的方鸿渐意图满足期望，填补内心缺口，几番想冲进天使的情感"围城"里。可惜由于苏文纨的怨恨和中伤，方鸿渐未及冲进唐小姐的"围城"，便被拒诸门外。结果天使悄悄地降临，去也静悄悄的，只留给方鸿渐一片怅惘！

小说最后方鸿渐和孙柔嘉的关系，也是循着"围城"的心理意象而发展。当他们进入内地，在三闾大学教书时，因为身处僻地，兼又受同事的轻视和排挤，于是方鸿渐与英文助教孙柔嘉彼此在对方身上找到精神的慰藉和平静的生活。爱情在方鸿渐来说只是同情的"表兄弟"，同时也是他一个无可奈何的安身"鸟笼"、一座自卫城堡，是在无情的倾轧和谣言中伤下唯一的内心渴求。于是他心甘情愿躲进这爱情"围城"去，他不是享受，而是在躲避。相对危机四伏的人事和处境，孙柔嘉给予方鸿渐新感受，能填补他生活上及精神上的缺失(deprivation)，因此，他终于与孙柔嘉结了婚。可是，婚后的方鸿渐，渐渐发觉先前的抉择，是一种可笑的

---

[17] 同上，第51页。

错误，他曾发牢骚说：

"现在想想结婚以前把恋爱看得那样郑重，真是幼稚。老实说，不管你跟谁结婚，结婚以后，你总发现你娶的不是原来的人，换了另外一个。早知道这样，结婚以前那种追求、恋爱等等，全可以省掉。谈恋爱的时候，双方本相全收敛起来，到结婚还没有彼此认清，倒是老式婚姻干脆，索性结婚以前，谁也不认得谁。"[18]

方鸿渐说出这番似是而非的"伟论"，主因是他婚后双方家庭对他们夫妇二人的排挤、小家庭要依靠女家帮忙、柔嘉的薪水比他多一倍、失业等事情，使他感到失去自尊的负气话。而他对结婚前后有不同感受的心态，实际上是人性本能好奇心作祟，极力追求填补缺失后，发觉事实与期望出现较大落差的悔恨情绪，这也就是前文提及的"潘多拉效应"。

婚姻这座烦恼的"围城"，给方鸿渐带来并非是幸福和快乐，而是诸多束缚和纷争。于是他意图挣扎，逃离这"围城"的困扰。正如孙柔嘉骂他一样，他已有笼鸟高飞的企盼：

"结了婚四个月，对家里又丑又凶的老婆早已厌倦了——压根儿就没爱过她——有机会远走高飞，为甚么不换换新鲜空气。……"[19]

"厌倦"和"换换新鲜空气"的自我剖白，把方鸿渐的内心意识完全暴露。这座为了躲藏而建筑的婚姻城堡，终于经不起时间的侵蚀，它早已失去价值及缺乏吸引力，只需有新的好奇心讯息出现，不需旁人如孙柔嘉的姑妈伸手一捏，也会把它摧毁，更何况城内的人，早有悔恨之意！

---

[18] 同上，第342页。

[19] 同上，第346页。

四、留学与事业的"围城"

　　正如上文所说，"围城"的意象无所不在，而方鸿渐的留学和工作，亦受到它的左右。方鸿渐身处的社会环境，正是中国最纷乱的时刻。在日本的侵略下，中国就像一座孤立无援的城堡；处身其中，自然惶惶然不知所措。当时中国最迫切的，莫如要富国强兵，于是西方文化、科技知识便成了国人追求的目标，形成一股媚外的风气。即使念国文系的方鸿渐也要出国留学，赶上潮流：

　　"学国文的人出洋'深造'，听来有些滑稽，事实上，惟有学中国文学的人非到外国留学不可；因为一切其他科目像算学，物理，哲学，心理，经济，法律等等都是从外国灌输进来的，早已洋气可掬，只有国文是国货土产，还需要外国招牌，方可维持地位，正好像中国官吏、商人在本国剥削来的钱要换外汇，才能保持国币原来价值。"[20]

　　于此可见，中国当时积弱贫乏，大多数国民正是被西方的强大富裕和精神文明所吸引，产生好奇的心态，于是抱着探索新知识的企图，争相出洋，其后演变为羊群效应，随波逐流。方鸿渐之出洋深造，并不表示他有志向、有理想，发扬中国文化，只不过是得到丈人周经理经济的支持，才能冲进西方的"围城"，到欧洲去鬼混一番而已。同样，篇中鲍小姐、苏文纨、赵辛楣、褚慎明、曹元朗等都是留洋的知识分子，大都也是赶潮流、凑热闹，甚或是民族自卑，意欲填补自我的知识缺口的羊群。方鸿渐对唐小姐所说的一番话，其实就是作家对这类人的心理剖析：

---

[20] 同上，第9页。

"唐小姐，现在的留学跟前清的科举功名一样，我父亲常说，从前人不中进士，随你官做得多么大，总抱着终身遗憾。留了学也可以解脱这种自卑心理，并非为高深学问。出洋好比出痘子，出痧子，非出不可。小孩子出过痧痘，就可以安全长大，以后碰见这两种毛病，不怕传染。我们出过洋，也算了了一桩心愿，灵魂健全，见了博士硕士们这些微生虫，有抵抗力来自卫。痘出过了，我们就把出痘这一回事忘了；留过学的人也应说把留学这事忘了。像曹元朗那种念念不忘是留学生，到处挂着牛津剑桥的幌子，就像甘心出天花变成麻子，还得意自己的脸像好文章加了密圈呢。"[21]

"出过洋，也算了了一桩心愿"，确实把当时留洋的自欺欺人心态一语道破！

回国后的方鸿渐，又再徘徊在事业"围城"的内外。虽然周经理替他在银行中安排了一个职位，并且留他在周家居住，但周夫人因他与苏文纨、唐晓芙关系搞得一团糟，认定对不住她死去的女儿，于是大动肝火，斥骂鸿渐的不是。方鸿渐明白到如果继续吃周家的饭，住周家的房子，赚周家的钱，无异于被困于一座人情债筑成的城堡，始终不是长久的办法，于是在周经理的暗示下，毅然辞了职，冲了出来，改而接受了内地三闾大学的聘约。三闾大学对他来说是一个未知的新天地，充满期望和新讯息，打开了他的好奇心缺口，决心追逐勇闯。谁知他又误进另一座令他后悔不已的事业"围城"。

方鸿渐初到三闾大学就职，即有不如人愿的预感：

"今天到了学校，不知是甚么样子。反正自己不存奢望。适才火铺屋后那个破门倒是好象征。好像个进口，背后

[21] 同上，第81页。

藏着深宫大厦，引得人进去了，原来甚么没有，一无可进的进口，一无可去的去处。"[22]

方鸿渐的预感可谓十分灵验。三闾大学在高松年的主理下，起用一些不学无术的所谓高级知识分子；他们互相倾轧，互相排斥，完全就像在城堡里搞斗争。以方鸿渐这类犹豫不决、意志不定的人，自然不能容于任何一方。结果他的教学并不顺意，被迫寻找依靠和慰藉，最终躲到孙柔嘉的爱情"围城"里，一错再错。三闾大学的事业"围城"他实在待不下去，一学年后便狼狈逃离，重新回到上海谋事。

回到上海的方鸿渐，心境更加彷徨。政治动荡，社会不安，加上夫妻龃龉，连串的追求与挫败，他内在的好奇心动力也消磨殆尽，失去了前进的斗志：

"在小乡镇时，他怕人家倾轧，到了大都市，他又恨人家冷淡，倒觉得倾轧还是瞧得起自己的表示。"[23]

之前他每次冲进逃离不同的人生"围城"，纵有不符期望或悔恨，但仍有一股本能驱动力促使他探索前行。如今，身心疲累苦痛，只能自怨自嘲。小说尾声作家特意写到赵辛楣推荐他到华美新闻社工作，本来对方鸿渐来说，那是一个转机，但他的举动却很怪异，值得仔细玩味：当他去拜会那总编辑时，他竟然不乘电梯，反而从楼梯上去，并且"走完两层楼早已气馁心怯，希望楼梯多添几级，可以拖延些时间"。[24] 显然，他已经没有足够勇气面对现实，拿作家的话来形容，"他像许多住在这孤岛上的人，心灵也仿佛一个无

———
[22] 同上，第192页。

[23] 同上，第324页。

[24] 同上，第325页。

凑畔的孤岛。"[25] 他就像上海的民众一样，苟且生活，苦无出路，内心疲惫而沮丧，加上婚姻和事业并不如意，内心的挫败感与焦虑更不言而喻。篇末写到孙柔嘉离他而去，他苦恼万分，和衣倒在床上睡去：

"最初睡得脆薄，饥饿像镊子要镊破他的昏迷，他潜意识挡住它。渐渐这镊子松了，钝了，他的睡也坚实得不受镊，没有梦，没有感觉，人生最原始的睡，同时也是死的样品。"[26]

上述刻画，学者解志熙指称"方鸿渐虽生犹死，完全失掉了自我和精神"，是作家钱锺书借以"象征性地宣判了方鸿渐这个懦夫人格的死刑"。并且强调：

"通过对方鸿渐那种消极逃避，怯懦认命的人生态度的严厉的批判，钱锺书在召唤一种不畏惧虚无的威胁而挺身反抗这虚无与以肯定自我存在的勇气，在张扬一种勇敢地承担根本虚无的压力并且明知无胜利希望而仍然自决自为的人生态度。这样钱锺书就对由对虚无和荒诞的揭示走向了对虚无和荒诞的反抗，这既是《围城》这部现代经典的主旨之一，也是钱锺书与西方存在主义者在思想上契合之处。"[27]

解志熙以存在主义的荒诞与虚无来分析方鸿渐的人生困境，颇具说服力，而书末的落伍计时钟，的确显示了作家对人生的错位与荒谬表示唏嘘；但说作家严厉地批判了方鸿

[25] 同注19。

[26] 《围城》，第359页。

[27] 解志熙：《生的执着——存在主义与中国现代文学》，第五章《钱锺书：人生的困境与存在的勇气》，北京：人民文学出版社，1999年7月，第230-231页。

渐"消极逃避，怯懦认命"便不符文本的叙述了。学者可能
忽略了方鸿渐睡着前的一番思想情态：

> "这简短一怒把余劲都使尽了，软弱得要傻哭个不歇。
> 和衣倒在床上，觉得房屋旋转，想不得了，万万不能生病，
> 明天要去找那位经理，说妥了再筹旅费，旧历年可以在重庆
> 过。心里又生希望，像湿柴虽点不着火，开始冒烟，似乎一
> 切会有办法。不知不觉中黑地昏天合拢，裹紧，像灭了灯的
> 夜，他睡着了。"[28]

一个在怒愤和饥饿交煎下虚脱的人物形象栩栩如生，但
方鸿渐依然自觉"万万不能生病""心里又生希望"，又怎
能说他是"消极逃避，怯懦认命"？正因为他对重庆之行还
抱有期望，才会有明天辞职、再筹旅费的打算。他最初睡得
不安稳，是由于饥饿像镊子般折腾他，之后饿的本能受制，
他也进入沉睡状态，作家便用了"原始的睡"和"死的样
品"来形容，而并非暗示他已经了无生气呢！一个人如能睡
得安稳像死了一样，那说明他内心踏实，对醒后的前路已作
好了打算。因此，指钱锺书在文本中强烈批判和否定方鸿渐
的说法，便有点牵强和过度诠释(over-interpretation)了。事
实上，钱锺书虽然对方鸿渐的懦弱性格和行为予以讽刺，但
还是同情他的处境及洞悉社会现实对知识分子的规训，所以
在书的结尾，他笔下方鸿渐的本能驱动力仍未尽熄，友人赵
梓楣邀约他到重庆，又再燃点起他寻求新希望的意识，决心
逃出孤岛，闯进重庆，探索那未卜吉凶的另一座围城。方鸿
渐的行为，反而颇像法国存在主义大师加谬（Albert　Camus,
1913—1960）所述神话中被惩罚推大石上山顶的西西弗，不

---

[28]　《围城》，第359页。

断地重复又重复相同的举动，以示反抗荒谬的宿命，没完没了。但两者不同的是，加缪认为生活是荒谬虚妄的，西西弗的行为其实是一种反抗：

"反抗就是人与其固有暧昧性之间连续不断的较量。它是对一种不可能实现的透明性的追求。它每时每刻都要对世界发出疑问。……反抗就是人不断的自我面呈。它不是向往，而是无希望地存在着。"[29]

又认为西西弗：

"他爬上山顶所要进行的斗争本身就足以使一个人心里感到充实。应该认为，西西弗是幸福的。"[30]

换言之，西西弗明知"无希望"但仍不断推石，原因是意识到个人是"自己生活的主宰"[31]，他不是妥协，而是和命运较量，所以才被加缪说他应该感到内心充实和幸福。然而方鸿渐对于生活一直抱有期望，所以才不断地进出"围城"；因此，钱锺书描摹的人生看来确实有点荒谬，却并不绝望，这和存在主义思想在本质上是有差异的。如是，解志熙谓小说主旨之反抗虚无与荒诞，其实并非由否定主角而建立，反而是作家深知人性中那股渴求满足的本能驱动力生生不息，即使面对现实的种种挫折，人们也不断挣扎、寻找出路，这就是"围城"心理意象普遍存在的根源。

---

[29] （法）加缪著、杜小真译：《荒谬的推论·荒谬的自由》，见《西西弗的神话》，北京：西苑出版社，2003年1月，第62-63页。

[30] 加缪著、杜小真译：《荒谬的创造·西西弗的神话》，同上，第146页。

[31] 同上。

五、结语

综合以上分析，《围城》故事的情节，主要是循着一个中心意象而扩展的。这个意象，潜藏在主角方鸿渐的本我之内，是一个具有普遍性意义的心理特性——渴求填补讯息差距的好奇心。在现实生活之中，它是方鸿渐追求学业、爱情、事业的行为驱动力，促使他获取新讯息及达至理想目标，弥补好奇心缺口而获取满足。如是，学业、爱情、事业就像三座方鸿渐期望又神秘的"围城"，等着他闯进探索。可是由于他个性懦弱，缺乏主见，甚至随波逐流，结果好奇心缺口即使被填补，却不符期望，反而招来悔恨痛苦，只想急于逃离"围城"，始终一无所得。方鸿渐的心理状态和生活困境，并非单是他个人的悲哀，而是当时很多国人共有的情况，是20世纪西方军事、经济、文化入侵下中国社会的普遍现象。故此，作家笔下徘徊踯躅在"围城"内外的方鸿渐，所刻画不仅是一个动荡时代下迷失自我的灵魂，同时也展示了人性内在本能好奇心的正反能量。

参考书目：

1. 钱锺书：《围城》，北京：人民文学出版社，1980年11月。

2. 杨绛：《记钱锺书与〈围城〉》，香港：三联书店香港有限公司，1987年香港第1版。

3. 王卫平：《东方睿智学人：钱锺书的独特个性与魅力》，石家庄：河北教育出版社，2001第2版。

4. 陆文虎：《围城内外：钱锺书的文学世界》，北京：解放军出版社，2004年1月。

5. 汤溢泽编：《钱锺书〈围城〉批判》，长沙：湖南大学出版社，2000年11月。

6. 田蕙兰等编：《钱锺书杨绛研究资料》，北京：知识产权出版社，2010年3月。

7. 吴福辉导读：《〈围城〉导读》北京：中华书局，2002年1月。

8. （法）加谬著、杜小真译：《西西弗的神话》，北京：西苑出版社，2003年1月。

9. 滕腾：《难逃的围城——钱锺书小说对人性的书写》，《名作欣赏》2013年13期，第64-67页。

10. 曹毓英：《关于〈围城〉的"围城"及其他》，《华中师范大学学报》（人文社会科学版）37卷1期（1998年1月），第117-121页。

11. 高文：《〈围城〉人类困境语境下的多义理解》，《延安教育学院学报》22卷3期（2008年9月），第55-57页。

12. 毛灿月：《〈围城〉主题意蕴之艺术意象探讨》，《湖南工业职业技术学院学报》7卷4期（2007年12月），第79-81页。

13. 陈喜吉：《论钱锺书〈围城〉的叙事艺术》，《扬州教育学院学报》32卷1期（2014年3月），第5-8页。

14. 王瑞云：《智慧的幽默、深刻的批判——论钱锺书〈围城〉的艺术特色》，《名作欣赏》2012年29期，第106-108页。

黄谷柳中、短篇小说的华南本色

一、前言

1949年7月茅盾（1896—1981）在一篇总结40年代国统区革命文艺运动的报告中，特意以黄谷柳（1908—1977）的小说《虾球传》、袁水拍（1916—1982）的诗作《马凡陀的山歌》和陈白尘（1908—1994）的戏剧《升官图》为例子，指出它们的创新意义：

"这当然不是说，这些作品已经尽善尽美，没有缺点，但我们所以提到它们作例子，只是想借以指出一点，即它们在风格上一致地表现着一种新的倾向：那就是打破了'五四'传统形式的限制而力求向民族形式与大众化的方向发展。"[1]

显然，《虾球传》是因为能体现民族形式和大众化的特点而获得表扬。所谓民族形式和大众化，是三四十年代备受讨论的文艺议题，两个问题涉及的概念虽然有所不同，之间

---

[1] 茅盾：《在反动派压迫下斗争和发展的革命文艺——十年来国统区革命文艺运动报告提纲》，《茅盾全集》第24卷《中国文论七集》，北京：人民文学出版社，1996年，第52页。

却有着紧密的关系。[2] 扼要来说，前者是"我们所要求的文艺必须是我们这个民族的，带有着我们民族的特性，新鲜活泼的、为中国老百姓所喜闻乐见的中国作风与中国气派，这就是所谓文艺的民族形式问题。"[3] 至于"我们的大众化问题，简单地说，应该是两句话：一是文艺大众化起来，二是用各地大众的方言，大众的文艺形式(俗文学的形式)来写作品。"[4] 换言之，民族形式和大众化触及文艺创作的题材、受众及表现形式等问题，所以华石峰认为"为了使新文艺与大众结合，必须大胆利用大众所熟悉的与爱好的一切民间的与地方性质的形式。但旧形式只有经过相当的改造，才能适当的表现新内容。"又"中华民族新文化可以而且应该利用能够表现新内容的外国的形式，……但是必须要经过消化作用，才能排除掉糟粕，吸收其精华，变成自己的构成部分的

---

[2] 有关文艺大众化和民族形式问题的讨论甚多，当时的重要文章收载苏光文编：《国统区抗战文学研究丛书·文学理论史料选》，第二辑，成都：四川教育出版社，1988年5月，第119-226页；又华石峰：《论中国文学运动的新现实和新任务》，原载《时代文学》创刊号，1941年，见《国统区抗战文学研究丛书·文学理论史料选》第二辑，第80-96页。另外，学者不乏相关的研究论文，可参考潘南：《四十年代文学"民族形式"倡导中的创作问题》，《江苏社会科学》1999年2期，第129-135页；黄科安：《文学形式与政治想象——关于20世纪40年代"文艺大众化"、"民族形式"论争的解读》，《泉州师范学院学报》（社会科学）24卷3期，2006年5月，第115-120、150页。

[3] 华石峰：《论中国文学运动的新现实和新任务》，见《国统区抗战文学研究丛书·文学理论史料选》，第一辑，第92页。

[4] 茅盾：《文艺大众化问题》，见《国统区抗战文学研究丛书·文学理论史料选》，第二辑，第120-121页。

营养。"[5] 可见，民族形式与大众化两者本身及彼此是互相渗透的文艺课题，如何妥善地进行具有民族性及大众化的创作，便成了40年代很多作家的艺术追求。

为了具体说明大众化的创作要求，茅盾在《文艺大众化问题》一文中开列了三个基本原则供作家考虑：(1)从头到底说下去，故事的转弯抹角处都交代得清清楚楚。(2)抓住一个主人翁，使故事以此主人翁为中心顺序发展下去。(3)多对话，多动作；故事的发展在对话中叙出，人物的性格，则用叙述说明。"其次，用各地的方言以及民间形式来写作，也是文艺工作者目前的课题。所谓民间艺术形式，如大鼓词，楚剧，湘戏，说书，弹词，各种小调等都是。"[6]

若然拿上述准则来衡量谷柳的《虾球传》，小说确实能切合茅盾心目中的大众化要求。小说环绕着一名普通小孩虾球的遭遇而展开，讲述主人翁的曲折成长道路，内容虽然波涛起伏而略带传奇性，但主线仍是明晰畅达。人物的言行、对话是情节的主要动力，加上叙事者有类说书人的生动叙述，加上篇中出现不少华南地区山川风物、方言俗语等具民间色彩的形式点染，致令作品具有浓厚的民族性和大众化特色。长篇《虾球传》之外，其实谷柳的大部分中、短篇小说，都有着相类的大众化特色，这并非谷柳一开始便有意遵从文艺大众化的主张而创作，而是由于谷柳本人来自普罗阶层，贫苦大众的生活他有切身的体会，笔下自然便向熟悉的民间现象取材及拷问，而市民阶层的人生百态，必然只能以大众化、通俗化的形式来演绎，更切合它的民间性和符合读

---

[5]《论中国文学运动的新现实和新任务》，见注3，第93页。

[6] 见注4，第122页。

者群众的口味。此外，谷柳念新闻出身，而且长时间从事编辑和记者的工作，为广大读者撰写过不少报导性文章，练就谷柳擅于讲述(telling)、文笔务实的书写风格。因此，谷柳小说的大众化倾向，主要还是源自作家个人条件及经验的折射，而客观环境和大时代的气候，只是进一步让谷柳作品的写实意义和艺术形式得到群众的接受及产生共鸣。

二、讲"故事"与情节的建构

谷柳的小说创作，无论是数量较多的中、短篇或长篇《虾球传》，皆有一个共同的特点，便是作品都倾向故事情节的叙述，尤其是篇中普罗百姓、小人物的遭遇，更成了文本的内容主体，而叙述者在娓娓地说着他们的境况。长篇《虾球传》固然不必多说，严格而言，谷柳大部分短篇作品的性质均类似传统的"故事"——"故事就是对一些按时间顺序排列的事件的叙述"。[7] 故事之中，说书人(叙述者)陈述故事，很多时候兼任作家的代言人，与隐含作者一再重叠，形成了谷柳小说其中的一个民族化、大众化特点。这种叙事方式，近似苏联文学理论家巴赫金（1895—1975）所谓以作者为主宰的"独白型"小说，[8] 巴赫金虽然不太同意作者高高在

———————

[7] （英）爱·摩·福斯特（E.M. Forster, 1879-1970）著、苏炳文译：《小说面面观》，广州：花城出版社，1984年4月，第24页。

[8] 巴赫金认为欧洲的小说大抵可分为两类："独白型"小说和"复调小说"。前者作家意识支配一切，作品有如单声结构，是作家的独白；复调小说则展示多声部的世界，作品有着众多的各自独立的而不相融合的声音，当中包括作家的，是一种比单声结构高出一层的统一

244

上，支配了故事的一切内容包括当中传递的主观意识，但他还是认同作家于小说修辞上起着积极的作用。[9]

从早期的短篇《干妈》开始，谷柳一直沿用类似"独白型"的叙述方式：叙述者（隐含作者）讲述故事，顺时序铺陈，不管是以第一身（同叙述者）还是第三身（异叙述者）的视角叙事，作家的意识不时在文本中闪现。以下就各篇小说的叙述者、主角及故事情节，扼要表列如下：

小说	叙述者	主角	事件/情节(人物际遇)
《干妈》	我	干妈	饱受日本军欺凌的干妈，掩护被困南京的国民军离城。
《孤燕》	全知	银仔、游普全	银仔沦为私娼的坎坷经历，巧遇失散多年的兄长也不敢相认。
《木美人》	全知	木美人	严守河道的队兵指挥木美人的传奇故事。

体。（参考巴赫金著，白春仁、顾亚玲译：《陀思妥耶夫斯基诗学问题》第一章，见钱中文主编：《巴赫金全集》第五卷，石家庄：河北教育出版社，1998年6月，第2-60页；及程正民：《巴赫金的文化诗学》第四章，北京：北京师范大学出版社，2001年10月，第44-73页。

[9] 巴赫金在《审美活动中的作者与主人公》（晓河译）指出："作者极力处于主人公一切因素的外位：空间上的、时间上的、价值上的以及涵义上的外位。处于这种外位，就能够把散见于设定的认识世界、散见于开放的伦理行为事件（由主人公看是散见的事件）之中的主人公，整个地汇聚起来，集中他和他的生活，并用他本人无法看到的那些因素加以充实而形成一个整体。"（见《巴赫金全集》第一卷，第110页。

245

《爱情的惩罚》	全知(外显叙述者)	秦先生、秦太太	一对老夫妻的情感变化。
《拜风鱼的故事》	我	富翁和女儿	安南拜风鱼被广东人骂作"扒灰佬"的传说。
《送礼》	我	刘科长（我）	失业科长求职碰壁。
《难友》《亲情》《深渊》《饶恕》	全知	杨露枝、吴友德	一对年青夫妇为生活饱受折磨。男的失明，女的沦为私娼。最终丈夫羞愧跳楼身亡。
《傻瓜欧必得》	全知	欧必得	凡事坚持到底的欧必得的事迹。
《一直落》	我	赖小姐、我	舞小姐沦落的故事。
《王长林》	全知	王长林	王长林逃兵役被枪决，揭示军队的黑幕。
《头奖》	全知	闻必录、黄粱梦	记者闻必录虚构报导侍应黄粱梦中了彩票，弄得黄粱梦丢了工作，愁苦不堪。
《七十五根扁担》	全知	丘连长等	队伍上级领军作反，贪污自肥，队员则惨被惩处，成了代罪羔羊。
《刘半仙遇险记》	全知(外显叙述者)	刘半仙	算命骗财的刘半仙改邪归正，加入游击队的故事。

除了四部曲《难友》《亲情》《深渊》《饶恕》和章回体中篇《刘半仙遇险记》的情节较繁复之外，其他短篇[10] 大抵以发生在人物身上的事情为纵线展开，较少着力于角色形象的塑造。即便四部曲及《刘半仙遇险记》，前者仍只是主角四桩事件的凑合，而后者刘半仙改邪归正的经过也成了叙述者的主要话题。很明显，谷柳侧重通过人物的境遇(事件)来揭示现象或表达他对现实人生的观感，所以主角的经历或事情的始末才是构成小说的骨干。个别作品由于偏重交代事情的来龙去脉或角色的一些传奇事迹，以至情节有欠锤炼，甚或无情节可言，做成小说有散文化的倾向，即使视它们为散文也无不可，如《干妈》《拜风鱼的传说》《一直落》《木美人》和《傻瓜欧必得》，都属于这类散文体的故事。

为了吸引读者或唤起他们对发生在人物身上事情的关注，故事的传奇性或曲折性必然是主要元素。就内容而言，谷柳的小说确实具有较强的故事性和传奇色彩，角色的际遇或磨难是叙述的重心。当中《难友》四部曲和中篇《刘半仙遇险记》因为篇幅较长，故事的发展空间也较大，所以小说

---

[10] 据笔者所知，谷柳还有一个短篇《换票》和中篇《杨梅山下》，可惜未能找到发表此两文本的刊物《循环日报》（1930？）及《民主世界》（1945），因而未能一并拿来研究。谷柳于建国后曾创作短篇《患难朋友》，小说发表在1962年的《作品》第7期上（第69-80页）。小说讲述中国引水员刘海生和张冬春二人，引领来访中国的捷克斯洛伐克远航轮"利迪泽"号进入内港的惊险过程，最终完成了艰辛的任务。小说明显是一部宣扬国际主义和塑造英雄形象的政治性文本，与谷柳之前所有小说差别极大，只能视为作家表态的样板文本，于研究谷柳的思想和处境自有它的寓意，但拿来论述谷柳小说创作的整体风格便意义不大了。

讲述主角杨枝露和吴友德、刘半仙的命运转变也来得曲折，内容相对地较丰满。另外，《王长林》与《七十五根扁担》侧重军人兵变的细节和下场，故事富有传奇色彩。

对比之下，《送礼》《爱情的惩罚》《孤燕》和《头奖》四篇较为精练，情节裁剪适度，主题也深致，"独白型"的情况消减，角色成了搬演故事，揭示主题的动力。《送礼》以"我"为叙事者兼主角，是一位失业的科长，为了生活，他被逼带"水货"来往香港、广州。偶然在广州碰上旧同事，当时已当了县长，于是"我"便把带去的水货，全送去县长公馆，希望对方替自己谋一份工作。可是，县长另有任务，将要调职他往。"我"的"送礼"企图只换得一场空梦。小说虽然书写了失业者生活的窘境和焦虑，但全篇格调轻松，文字利落，人物性格和心理也刻画透彻，是一篇写实而又具讽刺意味的小说。《爱情的惩罚》则以一对老夫妻秦先生和秦太太的故事，幽了夫妇感情日疏的残酷现实一默。故事虽然短小，但寓意深刻，尤其收结写到太太朗读丈夫从前给她的爱意缠绵的情信时，丈夫竟以为她在念小说；而当太太让他看情信，他甚至这样回答道：

"'这是谁写的信？是不是有人寄情书给阿霞？你不该拆看自己女孩的信呀！'秦太太更气了，她厉声说：'老鬼！是你写的呀！'秦先生背转过去，熄了床头擎的电灯，一室漆黑。他在黑暗中说：'你竟相信我会写这种疯疯癫癫的信吗？'"[11]

对话和细节书写传神，最末秦先生的一句响应，更是画龙点睛、耐人玩味！稍嫌可惜的是小说开篇的一段异叙述者

[11] 见《干妈》，广州：花城出版社，1990年5月，第94页。

的引子，破坏了文本的完整性：

"太太们，你们可曾保存有老爷当年给你们的情书吗？这些宝贝纪录着你们老爷当年追求爱情时的那份纯真的心情，热烈的——可能还是肉麻的——爱情，若果你们今天摊开来重读这些珍品而不感觉到创痛或可笑时，你们是有福了。"[12]

至于篇幅较长的《孤燕》更值得重视。原因是小说不仅情节丰富，而且主角银仔的形象突出，细节描写和人物心理的刻画互相配合，相辅相成；兼且异叙述者较克制，尽量不作介入，只以角色的对话和行为来推动情节，展现了主角的可怜命运和矛盾的内心世界。《孤燕》是谷柳所说故事中最感人和最精彩的一篇，下文将再深入分析。

《头奖》以香港社会为背景，讲述一位资深的报章外勤记者闻必录，为了加薪和交差，于是创作了一则全城渴望得知的有关头奖马票得主的报导，结果自己获取五十元加薪，却害得一名酒店侍应黄粱梦被误为头奖得主，遭遇狼狈不堪，甚至丢了工作，几近疯癫，下场凄惨。而小说也在闻必录教训黄粱梦不晓顺应拜金社会时势的一番"道理"之后，借机溜之大吉而作结。故事的取材写实而生活化，讽刺意味十分强烈。赛马跳舞一向是香港殖民地时期的大众娱乐，回归后仍是马照跑、舞照跳。而与赛马联系的马票博彩活动，也是上世纪40至70年代香港人追逐的横财梦，及后才被六合彩所取代。战后的香港，由于社会动荡，民生困苦，赚钱过活并非易事。一些普罗大众心存侥幸，以小博大，于是便会拿两元来买一张马票，希望能获得幸运之神眷顾，中了头

---

[12] 同上，第92页。

奖，刹那间发了笔横财，从此生活无忧。这种不劳而获的心态或横财梦十分普遍，那是小市民苦无出路而衍生的现象。《头奖》便抓住了这个社会现象来建构故事，揭示了民众的拜金意识，以及势利社会的荒谬本质。

谷柳部分短篇即使以人物为题名，但并非着意于人物个性或形象的塑造，作品仍以叙事为主，情节的铺排也偏向人物事迹的"传奇性"来烘染角色，如银仔、王长林、木美人、刘半仙、欧必得、闻必录、杨露枝及吴友德等等，反而人物性格刻画相对地被置于较次要的位置。换言之，事件还是叙述主体，人物只是行动者，因而他们的遭遇和命运，才是叙述者的焦点。正因此，谷柳小说擅于展现低下阶层人物的不幸遭遇，放眼尽是坎坷的人生、残酷的现实，角色的境况容易激起普罗大众的同类意识，产生共鸣，使读者认清周遭有一群挣扎求存、可怜可悲的生命在大地上蠕动！即如谷柳在1946年10月《友爱的枯萎》中指出：

"人与人之间的接触，不是你诈我滑，就是'今天天气'打哈敷衍，人情冷淡，漠不关心，就是今天社会现象特征。……友爱的枯萎，不仅发生在所谓泛泛之交的朋友之间，即使在所谓'挚友'之中也是如此，到了危难的关头，欺饰的面具也剥夺下来了，难怪诗人们悲痛的感叹。"[13]

由上看来，谷柳本人的作品，刻画的也是自己经历世态炎凉后"悲痛的感叹"，难怪他笔下《送礼》的"我"同样有"人情薄过纸"的感慨了！事实上，他的小说绝大多数是以小人物的艰苦岁月、悲惨命运为题材，作家显然有意在展示千疮百孔的众生相，引起读者共鸣之余，也为他们喊出微

---

[13] 见《干妈》，第243-244页。

弱的呼唤。虽然谷柳曾经一度强调：

"为了不使这个可憎的社会显得更加丑恶，在友爱生根的地方，多浇些水，多加点肥料吧！"[14]

可是综观他的作品，阴暗的人生书写仍占大多数，即使一些明快跳脱的故事如《拜风鱼的传说》《送礼》《爱情的惩罚》《木美人》《傻瓜欧必得》和《头奖》等还是渗透着一股无奈的情绪。总言之，无论叙事记人，叙述者皆以交代事件为主，脉络清晰，当中人物苦况、社会百态一目了然，读者易于掌握，小说也就显现大众化特色。

另一方面，作者有意识地介入文本，于叙述者讲述事件中借机表达个人感受，也会拉近作家与读者的距离。隐含作者(谷柳代言人)间或现身，仿佛在向听众诉说自己对"故事"的观感，像传统说书所采取的民间形式，掺进一些说书人的价值取向。试看下面几个文本例子：

《干妈》："我们将会看见干妈改掉她那吐口水的习惯，因为那些快要僵死的兽兵或已经僵死了的兽兵，将值不得人们去'呸'他们了。他们尸身上的血，已经流在他们曾给踏过的和平的土地上。"[15]

《亲情——炼狱的片段》："这是一个动乱的时代，幸福对于每一个人是珍贵的，而又是非常短暂的，它好像一个浅浅的甜梦，刚睡着就醒来了；可是不幸呢，它每天每时每刻窥伺着人们，跟从着人们，终生都摆脱不了它的捉弄。"[16]

《七十五根扁担》："给打得皮肉稀烂的五百多个弟

---

[14] 《干妈·友爱的枯萎》，第245页。

[15] 见《干妈》，第6页。

[16] 见《华侨日报·文艺》32期，1947年10月12日。

兄，连刘添财、金生在内，躺仆在禾草铺上不能翻身。他们的皮肉虽然痛得刺骨，可是他们的脑子都给打醒了。"[17]

《孤燕》："这一切，他(游普全)都不觉得有什么惜别的意思；唯独对那位跟他痛快玩过了两天而又拒绝了他的要求的导游女非常系念。他在想：我能有再见她的机会吗？这，谁能答复他呢？……"[18]

四部曲的结局篇《饶恕》："有人会关心他们的死活吗？有的，一定有的，那就是跟他们同一命运的受难者。"[19]

《头奖》："闻必录诊(趁)着黄粱梦正在呆想避想傻想的时候，就乘机溜之大吉，又去采访新闻创作新闻去了。据传他对于最近一次大赛马的新闻采访，决就放弃竞赛，说什么应该功成身退让机会给别人发展云云。……"[20]

诸如此类的介入或干预述说，作者的意图和动机都明确不过了："叙述者对人物与事件作出评价性评论是试图使隐含读者接受其所作的判断与评价，按照他或她所给定的意义去对事件和人物加以理解，以使隐含作者与叙述接受者在价值判断上保持一致。"[21] 而《干妈》《拜风鱼的故事》《送礼》《一直落》，以及《爱情的惩罚》《刘半仙遇险记》等作品，作家分别设置了同叙述者(homodiegetic narrator)和外显叙述者(overt narrator)去讲故事，人物及事件是他们亲身的经历和见闻，自然也增强了小说的写实性和可信程度。即使像上

---

[17] 见《干妈》，第64页。

[18] 见上，第91页。

[19] 见上，第109页。

[20] 《头奖》，见《这是一个漫画时代》第1期，1948年11月，第17页。

[21] 谭君强：《叙事理论与审美文化》，北京：中国社会科学出版社，2002年9月，第81页。

文论及本来甚具讽刺意味、短小精炼的《爱情的惩罚》，由于开篇时插入了外显叙述者的一段引子，不免破坏了小说结构的统一性，然而意图把读者和隐含作者拉近距离而产生交流、共鸣的做法，仍是可以理解及被读者接受的。[22] 因此，叙述者讲故事，或全知，或第一身，皆以铺陈事件的始末为主，向读者大众展示了一幕幕人生世态。即使以人物为题的文本，仍是借角色的曲折遭遇或富传奇色彩的历练来增强小说的情趣，甚且不惜对文本作有意识的干预，采用民间说书的形式介入，直接与读者交流对话，务求让大众明白文本之意义和作者的用心。

三、小人物群像

谷柳小说由于着重事件的陈述及人物的行为功能，严格来说，他笔下的角色必然会倾向扁平性（flat character），或只是符号化（symbolic）的人物。他们本身欠缺个性或有欠丰满，他们可说是某一类人的代号，那便是：残酷现实的受难者（victims）！当中最多的是低下阶层或军旅中的一班弱势分子。具体来看，谷柳笔下较多的是妇女及军人，如干妈、杨露枝、银仔、赖小姐、王长林、丘连长、木美人等，他们在社会或军旅之中，都是备受压迫的小人物，以他们的遭遇

---

[22] 正如（美）韦恩·布斯（Wayne C. Booth, 1921–2005)《小说修辞学》便认为："我们阅读小说的原因之一，便是去倾听作家的声音，而且，除非作家费尽周折以求最大的自然，我们从未为这声音感到过烦恼。"（付礼军译，南宁：广西人民出版社，1987年2月，第65页。）

来折射弱者的可悲命运，自必有较震撼的效能。

从小说的篇名可见，谷柳喜欢以人物事迹或遭遇为题材，然而他笔下并非以塑造角色形象或刻画人物个性为出发点，反而着重事态始末，如上节所论，透过人物的遭遇来揭示他们的苦况和可悲命运。很明显，各文本之中多是扁平的角色，受难者的形象出场时已经确立，各自的经历和遭遇只是强化了他们所受压迫和被剥削的苦况，作家并无意于塑造富立体感的圆型人物形象。

众多角色之中，只有《孤燕》里银仔的形象较为丰满，予人深刻印象。作家不仅写到她的曲折遭遇和悲惨境况，也刻画了她知道了游普全是兄长后、面对亲人时的矛盾心理变化，充分展现了一个为了维持在兄长心中的自我美好形象，最终也不敢与兄相认的可悲导游女的真实面貌。小说开篇便描写银仔和游普全吃宵夜的情况，二人对话轻松，银仔"鼓励他继续说下去，他挨的时间越长，他要付她的导游费就越多，而且，她还可以毫无顾忌地吃下去"。[23] 侧面写出了导游女银仔谋生的方式及机灵的一面。后来银仔得悉游普全的姓名，知道眼前人竟然是自己失散多年的兄长，文本便陡然写道：

"银仔不再问下去。她盯着游普全那副渐熟习的面孔，那是她的大哥！亲的大哥！风尘满面的大哥！她的眼睛逬出了眼泪，她的咽喉在作哽，她极力压制她要发出的狂热的呼叫，她极力要遮掩自己不让她哥哥看出一点破绽来。

'游先生！斟一杯酒给我！'她递出她手上的酒杯，游倒上半杯，她的手还停在半空：'斟满一杯！'

---

[23]　见《干妈·孤燕》，第65页。

'好酒量！你真了不起！'游自己也斟上一杯，其实他已经半醉了。"[24]

之后，小说沿着银仔与客人、事实是自己兄长的游普全几天的游玩日子展开故事，当中穿插了银仔在过去的乱世日子中所受磨难的回忆，充分把一个饱历沧桑、沦落风尘，面对亲兄却欲说还休、爱、愧交集的导游女银仔的行为和心理，巨细无遗地展露。例如刻画银仔决定向兄长剖白身世时道：

"银仔下了决心要向她哥哥忏悔她的过失时，她的心情宁静了。她仿佛觉得她的哥哥已经宽恕了她似的，脸上浮着一丝微笑，甜甜地入睡了。

她醒来得很早。盥洗完毕，……她在皮箱底找出了一件纯白色的软缎旗袍，贴在身上望照身镜瞄一眼，再看看她哥哥的那副晒黑了的面孔，她又把旗袍放进箱子里去。最后，她抽出一件白衬衣，一条去年在梧州买的工人裤，马上更换起来。穿好衣裤，在镜子面前自己笑了。……她选出大小两条手帕，塞进裤袋里；短梳一把，放进左边的胸袋；钞票，放在右边的胸袋；小镜一面，跟小梳放在一起。最后，她摸到了几支口红，选了一支预备放到右胸袋去，结果还是扔在梳妆桌的抽屉里，手袋也塞进底下的大抽屉里。她习惯地在脸上抹了一点香油，又把它拭干；最后，小心理她的鬖发，对着镜感到骄傲而且满足，她觉得从这个时候起，就要跟她过去的那种供人笑乐赏玩的生活告别了。"[25]

小说细致地描绘了银仔的举动，把一个准备忘掉羞耻的过去，憧憬美好未来的女性心理，通过她的行为和反应精确

[25] 见上，第73-74页。

[24] 见上，第67页。

地摹写出来。后来她向游普全试探，问自己是否配做他的妹妹，结果反遭游普全坚决地否定：

"他坦白承认了。语气带点骄傲：'是的。你说对了。我的妹妹不会当导游的。我的妹妹是一个好孩子。'她默然不知道该怎样说了。

她的内心的感觉是矛盾的：她感受到了难堪的侮辱，她自卑她自己今天的身世。仅仅一句'笑话'，就把她的自尊心刺伤了，这个伤痕是深刻的，一直痛到了灵魂的深处；但是另一方面，她又感到慰藉和骄傲。她在她哥哥的心中依然是那么圣洁，那么可爱，依然还具有一个少女应具的无瑕的人格。她满足于她的哥哥对她的毫不动摇的信心。她笑了，虽然在笑脸上挂着一滴晶莹的泪珠。"[26]

银仔矛盾的心理写来教人感动，也为故事二人不相认的分离结局埋下了伏笔。整个文本弥漫着导游女无奈的情绪，不断萦绕于两人短暂的共聚中，最后不免曲终人散而黯然离别。《孤燕》全篇写实而感人，角色形神俱备，说是谷柳的精心杰作，并不为过。

至于王长林、刘半仙、闻必录、黄粱梦或木美人，形象也稍为立体，可是他们的性情和作风，也是经由叙事者讲述他们的经历而呈现，这于人物心态及形象的刻画，并无多大帮助。其他的人物更形单薄，因事及人的书写方式是谷柳惯常采用的修辞方式，塑造形象并非他着力之处，《孤燕》是罕见的例子。事实上，繁复化的角色对普罗大众会造成阅读上的障碍，反而简朴、扁平的人物，更易掌握及具亲切感。

---

[26] 见上，第77页。

况且作家既想透过人物的不幸遭遇或灾难事情来揭示问题，唤起大众的关注，事件本身的震撼性和普遍意义才是焦点所在。正如巴赫金在《文学作品的内容、材料与形式问题》中指出：

"作为艺术家的作者的立场及其艺术任务，只有在世界中，只有联系认识和伦理行为的全部价值时，才可能得到理解，而且也应该这样去理解，因为得以融合成一体的，得以个性化、整体化，得以独立与完成的，不是材料，而是现实所具有的并被全面感受的价值，是现实的事件。"[27]

换言之，一些蕴含普世价值、具普遍意义的事情，才容易被大众所理解和接受。看来谷柳以事件为小说的重心，也是因应广大读者群众的审美意趣而作出的选择。

四、通俗而生活化的语言

谷柳小说大多以低下阶层小人物的生活、际遇为题材，叙述的语言必定倾向大众化、通俗化以作配合。叙述者固然以较浅白的语言叙事记人，而篇中人物的语言也会因应角色的普罗大众身份而体现口语化、通俗化特色。

就叙述者的角度来看，讲故事要考虑书写对象和读者受众，采取说书的方式较易引起读者的兴趣，至于叙述者用何种风格的语言陈述，就得看故事的性质。换言之，叙事者的叙述语言，能为小说风格定调。综观谷柳的小说，虽然大多述说下层老百姓的艰困生活，但作家尝试以两种不同的态度去处理题材：一是以悲情沉重的笔调细诉，一是以笑中带泪

---

[27] 见晓河等译：《巴赫金全集》第一卷，石家庄：河北教育出版社，1998年6月，第331页。

方式谛视荒谬人生。前者叙述语言显得灰沉阴郁，后者略为幽默轻松，但都能反映作家对弱小民众的同情和悲悯！

《干妈》《王长林》《七十五根扁担》《难友》四部曲、《孤燕》《一直落》等叙述语言予人沉重阴翳的感觉，试看：

《干妈》："没有暖和的太阳，没有照人的雪花，没有淋漓的大雨，没有电，也没有风，只有低低的气压窒息着人们的心。古城内二十万人民从今天起看不见代表国家的国家，看不见面孔熟习的兵卒，听不见惯闻的号音了。他们半夜挥泪送走这些为国苦战数日，奔波千里，此刻要突围撤退的健儿，正像领袖防空室内侍从武官在壁上题的那句未完成的诗句'此去何时还？'一样的心情，大家都盼望有归来重聚的一天。"[28]

《王长林》："公路的荒凉景象，使这一千几百人的大队行进也感到无比的寂寞。抗日战争遗留下来的破汽车的骨骼仰躺在路旁，长年给风吹雨打，烈日蒸晒，像死人的骷髅似的无人理会。……这一队无声的似乎是去赴死的行列，是从监狱里、马路上、农村中抓来送上前方补充正规部队作战的损失的缺额的……今天在这样淫雨的天时，这样泥泞的湿路上，在这样紧的捆绑和枪尖的威胁下，既饥饿又疲累的壮丁，他们还有什么话好说呢？他们哪还有劲儿唱歌呢？"[29]

《难友》："杨露枝正似一些跟她同样年轻不幸女性一样，驮负着过重的生活经验和感情负担。……杨露枝半懂半不懂，但她同这一位青年一样感动，感谢和被感谢，在这两

---

[28] 见《干妈》，第1页。

[29] 见上，第35-36页。

个青年人的遭遇里，是何等动人心灵的一件事情啊！杨露枝给自己善行和这位青年的报答态度，感动得快要流泪了。"[30]

《饶恕》："有人会关心他们的死活吗？有的，一定有的，那就是跟他同一命运的受难者。"[31]

《一直落》："整整一年长没有去跳过舞了。在香港，即使'为跳舞而跳舞'也很不容易；这种娱乐，只好让能出得起舞票和有舞伴的人去享受了。因此，我常常怀念那位不知下落的舞女赖小姐来。"[32]

又："又是一整年了，我们不再看见她，打电话到B·R·S·舞厅去问，说她走了。下落何处也不明白。可不知道是'一直落'下去，落到最深最深的深渊，还是慢慢地爬了起来？"[33]

《孤燕》："这一切，他(游普全)都不觉得有什么惜别的意思；唯独对那位跟他痛快玩过了两天而又拒绝了他的要求的导游女非常惦念。他在想：我能有再见她的机会吗？这，谁能答复他呢？……"[34]

上述不同篇章的引文，叙述者以低沉的语调，或描写场景，或渲染气氛，或介绍角色，或刻画细节，无非把一幕幕人间惨事展示读者眼前，教人强烈感受到叙述者以至隐含作者的唏嘘与无奈！

另一方面，《刘半仙遇险记》《送礼》《爱情的惩罚》

---

[30] 见上，第99-101页。

[31] 见上，第109页。

[32] 见上，第114页。

[33] 见上，第116页

[34] 见上，第91页。

《傻瓜欧必得》等小说，因应主题、角色身份及故事的趣味性而讲述了各人的经历和生活琐事，格调较为轻松，然而往往绵里藏针，仔细咀嚼，便会领略到当中的嘲讽意味。

《刘半仙遇险记》："话说凤凰岗上有个大头鼠眼的怪人，他的名号叫作刘半仙。他平日向乡人自夸：他有一对千里眼，一副顺风耳，能见死人狱中苦乐，能知生人未来休咎：上至天文，下至地理，无所不通：画符驱鬼，开方诊症，样样皆能。他在凤凰岗周围数十里地穿插往来，凭他三寸不烂之舌，在耕田人面前混两餐饮食。日子长久，他的名字就家传户晓，……"[35]

又："自然，往后的新闻更多啦，刘半仙是否越变越好，或者故态复萌；梁五叔是否确信自己老百姓的力量，挺身出来在乡间做事，带头立功。萧大爷是否卷土重来，或者龟缩不出，耕田人都分得他们应得的土地……这些，要等有机会慢慢细表了。"[36]

《送礼》："朋友们说我的楷书近来写得很有进步，这大概是半年来填写履历和恭喜书、应征信甚勤的缘故。一见面就爱开玩笑的小陈，他赞扬一番我的书法之后，就提议道：'喂着吃风不是办法，倒不如去红磡工人区捞张写信桌混混再说吧。'……"[37]

《七十五根扁担》："看见这些五百元的港币，陈李两营长忘记了他们父亲姓什么。他们照命令写了亲笔收条。又盖了章。清点钞票的时候，李陈两营长的手在发抖，额上的汗珠滴

---

[35] 见上，第7页。

[36] 见上，第34页。

[37] 见上，第110页。

在花花绿绿的钞票上。"[38]

《傻瓜欧必得》："欧必得的原名是欧彼得，'必得'之名是他失恋之后才改的。失了恋还抱'必得'的信心，这就是欧必得'傻'得'很可爱'的地方。"[39]

又："欧必得今天还活着。他天天创造笑料，创造奇迹，在他身边的人幸福了。"[40]

《头奖》："闻必录先生是某晚报的老记者，他是以'创作'新闻见称于同行，他有丰富的想象力，他常常以想象来补充新闻的不足。有时偶然兴到，就闭门创作一段新闻，交给采访主任销差。采访主任关棣吉对他的访稿甚为宽容，认为即使描写多于事实，甚至偶然来一次非事实的描写，也无伤大雅，对读者并无害处。他自己也当过外勤记者，也知道新新闻，有时而穷，何必苛求别人呢？还是在家马马虎虎混碗饭吃吧。"[41]

以上叙述，语调节奏较明快轻松，但字里行间不乏嘲弄挖苦的味道，表达了叙述者的情感倾向。之外，配合文本角色所属阶层及身份，以及所叙事情的生活化及写实性，叙事语言也作出适度的配合，语句显得较通俗、浅白，甚至掺进一些俚语方言在其中，令读者感到亲切和逼真。当然，由于叙述者始终是学识文化较高的"说书人"，而且他不时介入小说之中，他的情感爱憎难免于叙事写人时表露，尤其是那些渲染氛围、冷嘲热讽的措辞，有时候过于雕饰及堆砌，不

---

[38] 见上，第59页。

[39] 《傻瓜欧必得》，《华商报》1948年2月21日，第5页。

[40] 同上。

[41] 见《这是一个漫画时代》第1期，第15页。

免有斧凿的痕迹。例如《干妈》中一段南京屠城后的描述：

"此刻要突围撤退的健儿，正像领袖防空室内侍从武官在壁上题的那句未完成的诗句'此去何时还？'一样的心情，大家都盼望有归来重聚的一天。"[42]

又如《王长林》写到服兵役的队伍：

"这一队无声的似乎是去赴死的行列，……今天在这样淫雨的天时，这样泥泞的湿路上，在这样紧的捆绑和枪尖的威胁下，既饥饿又疲累的壮丁，他们还有什么话好说呢？他们哪还有劲儿唱歌呢？"[43]

此类较动情的叙述语言，叙述者的主观意识凌驾了客观的叙事，稍嫌夸张，自然有损文本的写实程度。

除了以上两种叙述角度外，谷柳也有一些较客观地讲述故事的文本，叙述语言相对地平稳，叙述者也较冷静地把故事的来龙去脉娓娓道来，感情显得克制。《拜风鱼的传说》便是就拜风鱼的来源、相关传说加以陈述：

"它的样子可怕得很，全身黑墨墨的，头大身长，力大无比；……安南人出海，怕了它才怕飓风，一见它便叩头求饶。至于广东人为什么会骂它'扒灰佬'呢？这里给你讲一个故事：……"[44]

另外《木美人》，简直是一篇有关木美人事迹的记叙：

"现在伯公庙的香火还是不曾断过，名义上还是这位河神保护着这条水道，可是事实上执行保护这条河的安全的，却是一个活生生的人，而且还是一个二十三四岁的女人，她

---

[42] 《干妈》，第1页。

[43] 同注28。

[44] 见上，第96页。

就是我们现在要讲到的木美人。她驻扎在伯公庙里，指挥着几名队兵，警戒这一个隘口。无论上水或下水的船，经过这儿必须靠一靠岸，让她下来检查过后，才准放行。"[45]

虽然谷柳喜欢以讲故事的形式来陈述，但他也善于借篇中主角的言谈举止来推展情节，有类戏剧性的呈现。这些文本，人物语言或对话也成了着墨所在，如《王长林》《爱情的惩罚》《七十五根扁担》和《孤燕》等，叙述语言和角色话语能够相辅相成，把事和人都刻画得活灵活现。

试看《爱情的惩罚》一篇，叙述者讲述中年夫妇秦先生只顾在外交际、谈生意，长期冷落了家中的秦太太。小说便透过一天晚上两人的对话，深刻地揭示了夫妻感情在结婚前后的转变，对憧憬永恒爱情的女性如秦太太之流，作家幽了她们一默。小说叙述明快，对话也传神简练，极为生动且具挖苦嘲弄之玩味余地，是一篇颇堪咀嚼的生活小品。另一篇较出色的《孤燕》，叙述者也是借导游女银仔的言行举动，把她面对失散多年的兄长时那种犹豫、乍喜还惊的矛盾心理刻画得细致感人，这也是作家以人物为主导，辅以克制的陈述来提炼情节的短篇，同样是不可多得的佳作。

至于以普罗百姓或军旅士兵为题材的文本，由于角色是知识水平较低的"粗人"，所以他们的言语也相应地显得粗俗，如《刘半仙遇险记》写到刘半仙与村民对话：

"那老妇人十分高兴，问道：'吃了你先生的神符，还用吃药吗？'刘半仙道：'没有钱，光吃神符就得了；如有钱，最好常常炖鸡或蒸鱼给你孙子吃，内外夹攻自然快好。'老妇人道：'过年过节剖只鸡，年关煎堆人有我有；

———
[45] 见《华商报》1947年8月18日，第3页。

穷人那有钱常吃鸡肉呀！'刘半仙道：'那么就把这里的神符带回去斗水服下就得了。'刘半仙收下了老妇人的钱，自己就点着烟斗，抽起旱烟来。"[46]

叙述语言和人物对话十分简洁，也切合说话人的身份：老妇言词坦白，憨直而有点愚昧；刘半仙则有意欺蒙，话语模棱两可。

又如《王长林》篇中的描写：

"黄昏时分，王长林的一队到达宿营地了。当他们吃饭的时候，高佬对王长林说：'明天特别警戒，做了'契弟'都没有机会。''你想今晚做'契弟'？''你肯做我怕什么？'王长林又对麻子说：'麻子，我伤风咳嗽怎么好？''你咳你的，管你死人！'他留心观看各人的脸色，知道大家都有了行动的决心和准备了。"[47]

这段王长林和战友高佬及麻子的对话，话中用上一些粗俗词语暗示当晚逃跑的意图，反映了兵士的惯常用语和传达讯息的小伎俩。

又《七十五根扁担》：

"李、陈两营长咬了一阵耳朵，李营长微笑说道：'丘连长的意见值得我们参考。不过中共军到处都有，不一定要到新高鹤去跟他们打招呼。我们还是照原来的计划，封船开到斗门去，那里有海有山，进可以攻，退可以守。谁要来跟我们合作，我们还要讲条件。主动之权，操之在我，陈营长你说对不对？'陈营长应道：'主动是很要紧的。谁想跟我们合作，一定要接受我们的条件。丘连长主张开到鹤山去，

---

[46] 见上，第9页。

[47] 见上，第44页。

等于送货上门，太便宜他们了。"[48]

此段话语把两个同谋又心怀鬼胎的营长的狡诈嘴脸揭示出来，他们的一唱一和，目的在否决丘连长联共的建议，以免破坏两人原先拟定的叛变计划。

从上述征引的角色话语，足以看到谷柳在处理人物语言的能力，再配合叙事者讲述故事的语调和口吻，致令他的作品有着较明显的大众化特色。

五、华南地域色彩

谷柳长期生活在华南地区，尤其广州和香港，是他一生主要活动的场域。他笔下的人物和故事，大多与华南地区有着紧密关系。因此，他的小说的地域色彩必然会显而易见。事实上，读者可以从小说背景、风习、用词或细节描写等方面，窥见香港和广州等地的风情。

谷柳有关军队的作品如《刘半仙遇险记》《王长林》《七十五根扁担》及《木美人》等都是以华南地区作背景，讲述军中人物、军队士气、上级腐败和国民军与游击队战斗的故事。如《王长林》提到：

"一六〇师，这个在京沪线上南浔线上曾跟日本鬼子打过剧仗的广东部队，今天已经人事沧桑，不像是旧日的面目了。部队在内战战场上给歼灭不止一次、几次，剩下一个招牌，退下来招兵买马，从事补充整训。逃逃补补，补补逃逃，师给整编为旅，官兵全无斗志，士气异常颓丧，给人称

---

[48] 见上，第56页。

做'输送队'。"[49]

又如《七十五根扁担》写到大军叛变的逃走路线：

"队伍从驻地出发，沿着江佛公路向西南移动。……第二天，队伍开到了南海九江，士兵们就鼓噪起来，要连上长官宣布这次出发的目的。……宣布完毕，就下令封九江的'公兴祥'渡轮和两艘小火轮，取道江门向中山县属斗门开驶。"[50]

而一些描写市民阶层生活的故事，则大部分发生在谷柳非常熟悉的香港。《送礼》《孤燕》《一直落》《头奖》和《难友》四部曲等皆以香港作为小说发生的场域。例如《孤燕》中描述银仔和游普全外游经过的地方：

"走出双龙咖啡店，他们攀上了接客的汽车，经过飞机场旁边，直往钻石山驶去。十分钟不到，他们跟着一群男女下了车，走进了那著名的陈七花园，游泳池就筑在这花园里面。一个游乐场展开在他们的眼前：游泳池、溜冰场、花园、咖啡馆、音乐亭，到处都挤满了人，洋溢着笑声。"[51]

行程十分写实，简直把九龙巴士（公共汽车）一号线由尖沙咀总站开出，经过太子道、九龙城机场至钻石山沿线的情况勾勒出来，予人有坐在巴士上，跟他们共游的感觉。而篇中所称的陈七花园，即当年及现在的志莲净苑。据说30年代初富商陈七笃信佛法，把私家花园别墅廉售予佛门觉一和苇庵两师徒。1936年苇庵法师修筑志莲净苑，专门提供出家女众安身修行之所，借以弘扬佛法。战前志莲的放生池部分

---

[49] 见上，第41页。

[50] 见上，第55-57页。

[51] 见上，第82页。

曾承租给人辟为山水泳池，开放给游人玩乐。这是40年代香港人还称志莲作陈七公园的原因。又《孤燕》叙述银仔二人溜冰、游泳，便是当时普罗大众在志莲游乐的真实写照。

《头奖》篇幅短小精悍，以马票博彩牵动全民为题材，便抓住了香港的一大特色。篇中又写到快活谷马场中的情态、香岛大酒店咖啡厅的消闲、渡海小轮、洋人司理等，一一把殖民地社会的景象具体地展现。

另一方面，谷柳也借着故事或人物遭遇，或委婉或直接地展示了华南地区及香港的一些风习和民情，抒发了个人的生活体会和感受。

例如在《王长林》中写道：

"他在这世界上活了三十年，经历过几次军阀的内战，一次抗日国战，战后又给征去参加一次新的大内战，在半途他组织了一次集体逃跑，失手被擒，正等待着挨枪毙。"[52]

又：

"班长的义侠行为受到了挫折，他向王长林发牢骚道：'打军棍！就是枪毙我也不怕！今天死掉比活下来还快活！'"[53]

战争不仅带给百姓灾难，尤其对前线的兵士来说，抗战尚具保卫民族的意义，但内战则只会让他们感到无奈和厌恶，难怪班长借机大发牢骚，宁愿死掉也不想打内战了！

军旅生涯固然令兵士难耐，普罗大众活在乱世其实也如身陷水深火热之中，因此每个人但求幸存已是奢望，帮助

[52] 见上，第48页。

[53] 见上，第43页。

他人真是稀罕难见的事。现实就是这般残酷无情，即如《送礼》中"我"便慨叹道：

"香港这地方真是人情薄过纸，许多朋友宁肯招待你吃饭，不肯招待你寄宿，……"[54]

又《饶恕》中写到吴友德的境况，叙事者便刻意提及：

"内地经常有信来，所报导的是一连串的霉耗，他听了就激动起来，重重地拳击着桌子。……有人要去寻觅人世间的冷漠，不必去好远，就在邻居就可以寻到了，这里的邻居不同乡下，它的意义就是隔一块薄薄板壁的邻房，贴近得连床上的低语都可以互相听得见的。可是心灵上的隔离，却好像一万八千里那样遥远。"[55]

而《一直落》也侧面写到香港的贫富不均的现象：

"整整一年长没有去跳过舞了。在香港，即使'为跳舞而跳舞'也很不容易；这种娱乐，只好让能出得起跳舞票钱和有舞伴的人去享受了。"[56]

人情冷暖、世态炎凉，那是惯常现象，何况乱世之中，苟存性命是本能，人与人之间关系疏离也是常态，谷柳自然体会深刻，诉诸文字，只是借以一吐不快而已。

此外，谷柳的小说，行文往往用上一些粤语词汇、香港式用语及地方专有名词等，致令作品更具地域色彩。如用耕田佬、膏药佬、细佬、黄六医生（《刘半仙遇险记》）、高佬（《王长林》）、何师奶（《送礼》）、二房东（《孤燕》）、细仔、写信催我、地头、车一轮大炮（《头奖》）等港式口语或华南

---

[54] 见上，第111页。

[55] 见上，第107页。

[56] 见上，第114页。

方言来增添文本的地域色彩和真实感；又有具体的建筑或街道：九龙城、钻石山游泳场、弥敦道、太子道、半岛酒店、陈七公园；习惯语或方言俚语：骑楼、冷巷、鹅公喉、㓥只鸡、驳壳手枪、两碗双蒸、跳茶舞、宵夜、游车河、坐冷板凳。诸如此类，文本之内时有出现，大大增强了小说的通俗性和地方色彩，不仅切合故事情境，也与题材及角色身份互为表里。

六、结语

以上从叙事角度、情节建构、人物形象、叙述话语和地域色彩等方面分析了谷柳中、短篇小说的大众化特点。显然，这些特点在他的长篇《虾球传》中也充分地体现，而且也一再被研究者在分析文本时讨论过，只是大部分的论述有欠全面，整合起来，才较可观。[57]当中学者吴宏聪的论述最深入，他指出小说的艺术特点包括：采用了章回体而不落旧窠臼、文本地方色彩浓厚、书面语和口头语融合自然、描写

---

[57] 有关《虾球传》的艺术特色或倾向，较可读的论文有吴宏聪：《略论〈虾球传〉的艺术成就》，见《吴宏聪自选集》，广州：广东人民出版社，2007年3月，第185-198页；颜纯钩：《谈〈虾球传〉的艺术特色》，《香港文学》13期，1986年1月，第50-53页；关洪：《文白相间、意义深远——以〈虾球传〉为例分析黄谷柳的写作风格》，《时代文学》（下半月）2012年3期，第207-208页；袁良骏：《重读〈虾球传〉》，《冀东学刊》1997年4期，第31-36页；魏洪丘：《新文学发展史上一次新的审美选择——析黄谷柳的〈虾球传〉》，《上饶师专学报》18卷2期，1998年4月，第21-25页。

市民生活而不低俗等，这些都是吸引读者的魅力所在。[58]而袁良骏则以"没有章回的章回体""通俗易懂的群众语言""民族化的细节描写和心理刻画"三方面来探讨《虾球传》的通俗化、民族化特色，也是较周详的论说。[59] 至于关洪从语言学角度分析了小说，认为谷柳的写作具备"通俗性、古朴性、地域性、巧妙性和深刻性"五大特点。[60] 此五点虽然可在《虾球传》中找到理据，但若以一部长篇便评定谷柳整体的写作风格，结论不免有点以偏概全。不管如何，研究者对《虾球传》的艺术成就已有较准确具体的掌握，这正是笔者不再深入分析这部作品的原因，反而集中于谷柳的中、短篇小说艺术倾向的探索，让这批一直被遗忘却能充分反映作家创作风格的小说浮出地表，重新得到珍视和赏析。它们的大众化、通俗化特点，无疑与《虾球传》大同小异，如出一辙。叙事方式、叙述角度，叙述语言、地域色彩等固然相近，即使人物角色因为体裁不同而有较明显的差别，但《虾球传》中较立体丰满的形象塑造手法，也同样可在篇幅较长的《刘半仙遇险记》和短篇《孤燕》中看到。因此，把谷柳中、短篇小说与长篇《虾球传》一并考察，必然对谷柳的创作倾向和艺术追求有更全面深刻的认识。

---

[58] 见上。

[59] 袁良骏：《重读〈虾球传〉》，第35—36页。

[60] 关洪：《文白相间、意义深远——以〈虾球传〉为例分析黄谷柳的写作风格》，第208页。

参考书目：

1. 黄谷柳：《干妈》，广州：花城出版社，1990年5月。

2. 黄谷柳：《自传》，《新文学史料》第二辑，1979年2月，第193-194页。

3. 黄茵编：《黄谷柳朝鲜战地写真》，广州：岭南美术出版社，2005年12月。

4. 韩江：《黄谷柳作品及其评论文章篇目索引》（《流浪儿、捞家及其他——〈虾球传〉人物谈》一文的附录），《海南大学学报》（社会科学版）1984年1期，第51-65页。

5. 侣伦：《向水屋笔语》，香港：三联书店香港分店，1985年7月。

6. 苏光文编：《国统区抗战文学研究丛书·文学理论史料选》，第二辑，成都：四川教育出版社，1988年5月。

7. 潘南：《四十年代文学"民族形式"倡导中的创作问题》，《江苏社会科学》1999年2期，第129-135页。

8. 黄科安：《文学形式与政治想象——关于20世纪40年代"文艺大众化"、"民族形式"论争的解读》，《泉州师范学院学报》（社会科学）24卷3期，2006年5月，第115-120、150页。

9. 关洪：《文白相间、意义深远——以〈虾球传〉为例分析黄谷柳的写作风格》，《时代文学》（下半月）2012年3期，第207-208页。

10. 李惠贞《黄谷柳生平及文学活动大事记》，载《干妈》附录。

11. 袁良骏：《香港小说史》，深圳：海天出版社，1999年3月。

12. 卢玮銮：《香港文纵——内地作家南来及其文化活动》，香港：华汉文化事业公司，1987年10月。

13. 黄康显：《香港文学的发展与评价》，香港：秋海棠文化企业，1996年4月，第26-27页。

14. （美）韦恩·布斯著，付礼军译：《小说修辞学》，南宁：广西人民出版社，1987年2月。

15. 福斯特著，苏炳文译：《小说面面观》，广州：花城出版社，1984年4月。

16. 谭君强：《叙事理论与审美文化》，北京：中国社会科学出版社，2002年9月。

17. 钱中文主编：《巴赫金全集》第五卷，石家庄：河北教育出版社，1998年6月。

中国现代小说中“娜拉”形象的演变

一

妇女解放问题是近代中国重要的社会问题之一，[1] 而“易卜生主义”（Ibsenism）和《娜拉》（Nora）的传入，更掀起了妇解运动的新一页。[2]

---

[1] Irene Dean, "The Women's Movement in China", *Chinese Recorder*, Vol. LVIII No. 10, 1927, p.652.

[2] 参考阿英（钱杏邨，1900—1977）：《易卜生的作品在中国》，《文艺报》1956年17号（1956年9月15日），第34-35页；范文瑚：《〈玩偶之家〉在中国——兼评胡适的〈易卜生主义〉》，《四川师院学报》（社会科学版）1980年1期（1980年3月20日），页48-54，65；Elisabeth Eide, "Ibsen's Nora and Chinese interpretation of female emancipation," *Nobel Symposium*, 32, 1975, pp. 140-151；及 Schwarcy Vera, "Ibsen's Nora: The Promise and The Trap", *Bulletin of Concerned Asian Scholars*, Vol, 7 No. 1, January-March 1975，pp.3-5。其实易卜生的作品和思想，不但影响中国的妇运，对全世界的妇运，也起着推动的作用。正如德国的国际妇解领导人兼革命家蔡特金(Klara Zetkin, 1857-1933) 就曾经这样称颂过易卜生："由于易卜生所写的鼓吹解放、号召粉碎旧秩序的作品，妇女们对他应该特别表示感谢。同她们以往的任何作家相比，他更是一位妇女的作家，

虽然易卜生（Henrik Ibsen，1828—1906）最初是由鲁迅（周树人，1881—1936）介绍到中国，[3] 但直到新文化运动期间，《新青年》四卷六号（1918年6月15日）出版了"易卜生号"后，易卜生和他的戏剧，才渐渐受到人们的重视。[4]

"易卜生号"这个专辑，内容非常丰富，包括有胡适（1891—1962）的论文《易卜生主义》，袁振英的《易卜生传》，罗家伦（1897—1969）、胡适合译的《娜拉》（A Doll's House）全剧（罗译第一、二幕，胡译第三幕），陶履恭翻译《国民之敌》（An Enemy of the People）和吴弱男译《小爱友夫》（Little Eyolf）的连载部分。

《易卜生主义》是中国第一篇较有系统地分析易卜生思想和创作的论文。文中胡适把易卜生尊奉为社会和家庭的批判者，认为他的作品能给予读者警醒作用，有助社会家庭的改造：

"易卜生把家庭社会的实在情形都写了出来，叫人看了动心，叫人看了觉得我们的家庭社会原来是如此黑暗腐败，叫人看了晓得家庭社会真正不得不维革命：——这就是'易卜生主义'。表面上看去，像是破坏的，其实完全是建设的。譬如医生诊了病，开了一个脉案，把病状详细写出，这

是那些想从虚伪、欺诈的生活的窒人的泥淖中站起来，那些心怀悲痛、想用伤口累累的那只手打碎旧招牌，取得做人的权利和独立人格的妇女的作家。……任何一个妇女，只要她感到要成为完整的女性必须首先做一个自由的、健康地发展的人，就一定会受到易卜生的影响。"参考付惟慈译：《蔡特金文学评论集》，北京：人民文学出版社，1978年8月，第3-4页。

[3] 参考阿英：《易卜生的作品在中国》，同上，第34页。

[4] 同上，第34-35页。

难道是消极的破坏的手续吗？"[5]

根据胡氏的解释，"易卜生主义"就是个人受到腐败家庭社会的戕害，故此要求个性解放，"救出自己"；[6]而《娜拉》一剧的主题，正充分反映了这种思想。

《娜拉》里的主角娜拉，是一个平常的女性。她嫁给郝尔茂（Torrald Helmer）后，就像公园里的鸟兽一般。郝尔茂只给妻子好吃好穿和漂亮妆扮，便以为尽了做丈夫的责任。如是娜拉完全像个奴隶，丈夫喜欢甚么，她也该喜欢甚么；自己却不许有所选择。剧中娜拉为了救助丈夫，不惜假冒父亲的签名，签了借据去借钱。后来事情闹穿了，丈夫不但不肯替她分担冒名的责任，还要痛骂她有污自己的名誉。及后一切圆满解决，郝尔茂又装出宽大的样子，说不追究娜拉的过错，还洋洋得意地认为："一个男子饶恕了他妻子的错处，有说不出的畅快！"[7]娜拉听了这话，十分气愤。想到做女人、做妻子的，为何要忍受这些无意识的侮辱和虚伪的待遇？骤然间她明白到做"人"的意义，于是毅然离开了黑暗的家庭。

《娜拉》一剧的意义，不单关系个性解放问题、家庭问题，而且更牵涉到整个社会的法律、道德和宗教。即如张嘉铸在《易卜生的思想》中指出：

"娜拉这个人，狭义的看来，果是解放女性的一个模范。但是广义的，《玩偶之家》这出戏，可以说是弱者被强

---

[5] 参见《新青年》4卷6号(1918年6月15日)，第502页。

[6] 同上，第503页。

[7] 罗家伦、胡适合译：《娜拉》，《新青年》4卷6号（1918年6月15日），第566页。

者凌辱的一幅作品。被压逼的奴隶，岂可不谋反抗，解脱自私纵性者的羁绊。"[8]

所以说《娜拉》的贡献是多方面的，但仅是对于妇女解放，提高女性人格来说，无疑已奠定了这剧的历史地位。

自"易卜生主义"和《娜拉》译介到中国后，当时许多知识分子深受影响，写了不少具有力量的妇解讨论文章。例如罗家伦在《妇女解放》里，就借娜拉作例子，说明妇女解放的意义：

"甚么叫作'妇女解放'，就是因为世界上可怜的妇女，受了历史上种种的束缚，变成了男子的附属品——奴隶——现在要打开这种束缚，使她们从'附属品'的地位，变成'人'的地位；使她们做人，做她们自己的人。……从伦理方面说起来，妇女不解放同人道主义相冲突。既然男女都有自己的人格，自己的意志，自己的权利，自己的职务。——试一看Olenka的一生和娜拉未觉悟以前的生活，也可算是人吗？况且子女有同样的思想，有同样的官感，为甚么没有受高等教育和参与政治的权利？有体力，有心机，为甚么不能有独立的职业，而须受他人的豢养以听命于他人？同是人类，为甚么男子的生活是独立的，开放的，活泼泼的；女子的生活是倚附的，闭塞的，死沉沉的？女子究竟是人吗？人待人应当如此吗？所以人道主义觉醒后的第一声，就应当是'妇女解放'！"[9]

罗氏很明显是站在人道主义（humanism）立场来鼓吹妇女解放，故此他认为娜拉的家庭生活是不人道的；主张女

---

[8] 《新月月刊》1卷3号(1928年5月10日)，第6页。

[9] 《新潮》2卷1号(1919年10月)，第1页。

性应该有独立的人格，自主的权利。而身为女性作家陈学昭（1906—1991）在《我所希望的新妇女》里，更歌颂了娜拉的自觉，并且认为：

"这才是新妇女的行为！这才是真正的妇女解放！我们如果要做领袖人物，那么，至少我们须像这样的人，像这样的妇女！"[10]

而事实上，后来陈学昭对于自己的前途，表现得十分坚强，不再向封建家庭屈服，这无疑是受了娜拉的影响。[11]

二

《娜拉》除了启发知识分子对妇女解放问题的讨论外，更被搬上舞台，由女学生担演，直接刺激起女子解放的实际行动。[12]而在文学创作方面，作家也以《娜拉》为借鉴，塑造了不少中国"娜拉"，为妇女解放发声。即如胡适模仿《娜

---

[10] 参见陈学昭：《海天寸心》，杭州：浙江人民出版社，1981年6月，第3页。

[11] 据陈学昭自述，当她年轻时，曾被母亲问及她在外的恋情，仿似害怕她会行差踏错。于是陈学昭很坚强地回答母亲说："我现在甚么也不想。只想读点书，一个人只能靠自己呀！你们今天想这个，明天想那个，想把我交给谁呀？别操心了！我到底是一个人，不是一件货物！"参考陈学昭：《天涯归客》，杭州：浙江人民出版社，1980年12月，第65—66页。

[12] 陆万美《娜拉和子君，今天将怎样？》记述："就在我们偏僻边疆的云南，女学校的学生居然也勇猛地走上话剧舞台，自己演出这个戏，丝毫不顾顽固的封建势力的各种各样的攻击诬蔑、诽谤造谣。"见《边疆文艺》1981年第9期（1981年9月5日），第64页。

拉》创作了剧本《终身大事》，塑造了"中国的娜拉"田阿梅；[13] 而女剧作家白薇（黄鹂，1894—1987）三幕诗剧《琳丽》也明显地受了易卜生主义的影响。[14] 至于小说方面，中国式娜拉的形象更加突出，而且随着社会形势的变化，"娜拉"的思想也有着飞跃的进步，反映了中国妇女解放的持续发展。以下从高歌的《人道主义的失败》、鲁迅《伤逝》、茅盾（1896—1981）《虹》和郁茹（1921— ）《遥远的爱》，两短两长的小说文本，窥探作家笔下中国"娜拉"自离家走向社会的演变历程。

高歌的短篇《人道主义的失败》，故事与《娜拉》颇为相似。小说中的女主角，是一个平凡的封建妇女，虽然丈夫年青有为，而且待她不薄，但是朋友们都觉得她和丈夫不配。后来她知悉丈夫对她只有同情而没有爱的时候，她感到莫大的侮辱：

"……他牺牲了，很多人替他可怜……但是单剩了侮辱和怜悯给我哟！他以为养活了一个人，算是人道……唉！他可错了……他虽有恩于我……比杀我还难受……他对我总是不了解罢了……这也叫夫妇……这算甚么？简直是慈善家收恤乞儿罢了！……这里还有我立足的地方么？……"[15]

结果，她像娜拉一样，毅然地离开那个如慈善收容所的家，去追寻自主的人生。故事很明显是批判了披上"同情"外衣的假人道主义者，同时肯定了女性追求人格解放的意义。

---

[13] 参见《终身大事》一剧，载《胡适文存》卷四，上海：亚东图书馆，1931年10月15版，第1153-1172页。

[14] 白薇：《琳丽》，上海：商务印书馆，1925年11月初版。

[15] 见《小说月报》13卷9号（1922年9月10日），第39页。

最初，中国一般知识分子对娜拉的出走均表示认同和称许，原因是娜拉成了他们心中的英雄人物，是一个勇于冲破家庭束缚的模范。但他们很少考虑到像娜拉这样的女性的出路问题，也没有设想这些女性如何在封建社会中继续生存下去。直到1923年12月26日，鲁迅应邀到北京女子高等师范学校文艺会演讲，才就娜拉的出走，表示了他的意见。鲁迅指出：

"从事理上推想起来，娜拉或者也实在只有两条路：不是堕落，就是回来。因为如果是一匹小鸟，则笼子里固然不自由，而一出笼门，外面又有鹰、有猫，以及别的甚么东西之类；倘使自己开得麻痹了翅子，忘却了飞翔，也诚然是无路可以走。"[16]

鲁迅的见解，颇能道出当时社会的真相。女子脱离家庭掣肘，固然可嘉；但她们走到社会如何自力更生就成了问题。况且当时社会对女性还存有很大偏见，到处都会投以鄙视的目光。[17] 所以为了生计，女子可能被逼以肉体来赚钱；[18] 又或许她们不能适应社会环境，再次要屈服在家庭的荫庇下。故此，鲁迅便提出争取经济权，作为妇解的首要条件：

---

[16] 参见《娜拉走后怎样》，见《坟》，收入《鲁迅全集》第1卷，北京：人民文学出版社，1981年北京第1版，第159页。

[17] 例如女作家庐隐（黄英，1899-1934）最初走到社会工作的时候，就到处受到排挤和诽谤。参见《庐隐自传》（上海：第一出版社，1934年10月15日），第102-105页。

[18] 据木鸡的《娼妓》一文研究所得，女性堕落沦为娼妓，原因有14种，"而其发动之总因之主因，或以间接或以直接大多数皆为逼于生计"。见梅生编：《中国妇女问题讨论集续集》（中）第6册，上海：新文化书社，1923年11月，第89页。

"所以为娜拉计，钱——高雅的说罢，就是经济，是最要紧的了。自由固不是钱所能买到的，但能够为钱而卖掉。人类有一个大缺点，就是常常要饥饿。为补救这缺点起见，为准备不做傀儡起见，在目下的社会里，经济权就见得最要紧了。第一，在家应该先获得男女平均的分配；第二，在社会应该获得男女相等的势力。可惜我不知道这权柄如何取得，单知道仍然要战斗；或者也许比要求参政权更要用剧烈的战斗。"[19]

鲁迅《娜拉走后怎样》的见解，进一步在他的小说《伤逝》里得到发挥。《伤逝》通过子君的恋爱婚姻悲剧，给予读者深致的启示；如果社会、经济不解放，个人的爱情自由、个性解放是得不到保障的！

子君是被"五四"革命狂飙唤醒的知识青年，她常常"谈伊孛生，谈泰戈尔，谈雪莱。"[20] 并以这些个性主义者的革命思想来自励。结果，她凭着"我是我自己，他们谁也没有干涉我的权利"[21] 的勇气，走上了反抗的道路，冲出了封建家庭的牢笼。然而自她婚后，逐渐变得浅薄、庸俗、怯弱，只沉溺于家庭生活之中，满足于做一个主妇；先前的抱负和理想完全丧失了。就在这时候，涓生被免职，小家庭要面临经济困境。面对这个打击，子君和涓生两者思想上分歧显露无遗了。正如王西彦（1914—1999）在《诗篇〈伤逝〉》指出：

"有两种迎接打击的态度：一种是把打击作振奋剂，从

[19] 《娜拉走后怎样》，第161页。

[20] 《伤逝》，见《彷徨》，收入《鲁迅全集》第2卷，北京：人民文学出版社，1981年，第111页。

[21] 同上，第112页。

原来已经凝固起来的安宁和幸福里觉醒过来，趁自己的翅膀
还没有忘记扇动时，冲破亲手筑就的狭的笼，勇敢地去开辟
新的道路；另一种便是在打击之下屈服了，变得更怯弱了，
根本失去了振翅高飞的勇气，只是无望地等待着另一个黑暗
浪头的袭来——因为，既然有了第一次打击，既然不能在这
一次打击里振奋起来，接着来的更大的打击分明是不可避免
的。涓生看来是采取了前一种积极态度的……但子君呢？不
幸得很，她采取的竟是后一种消极的态度。"[22]

王西彦的分析很正确，就因为涓生尚有振奋的意念，所
以对子君的麻木怯弱感到不满：

"她早已甚么书也不看，已不知道人的生活的第一着是
求生，向着这求生的道路，是必须携手同行，或奋身孤往的
了，倘使只知道捶着一个人的衣角，那便是虽战士也难于战
啊，只得一同灭亡。"[23]

涓生这种想法，是从"人必生活着，爱才有所附丽"[24]的
觉悟发展起来的。生活比爱情更重要，求生必须奋斗：或"携
手同行"或"奋身孤往"。结果，涓生自己"奋身孤往"，而
子君却重回那个封建的家庭，自取灭亡。

子君的悲剧，固然有经济因素存在，但偏狭的个性解放
和恋爱至上思想，也是构成子君悲惨下场的原因。子君最初
表现得勇敢和无畏，追求解放，完全是"因为爱"[25]这种恋爱

---

[22] 见王西彦：《第一块基石》，上海：上海文艺出版社，1980年7
月第1版，第111页。

[23] 《伤逝》，第108页。

[24] 同上，第121页。

[25] 同上，第127页。

的动力，令到子君走出家庭，不惧别人"探索，讥笑，猥亵和轻蔑的眼光"。[26] 但当她追求到爱情后，她那原来扇动着的翅膀，很快就给凝固的幸福生活胶住了，终至失去再次振翅的力量。所以鲁迅在作品中假借涓生的口指出："爱情必须时时更新、生长、创造"，[27] 才显得有意义。可是，子君却满足于短暂的幸福而停滞不前，这是教人惋惜的。

其实恋爱、婚姻，以至组织家庭，是否女性解放事业的全部？这问题在二三十年代曾引起很多争论。像陈学昭在1926年写的《现代女子的苦闷问题》就指出：

"……新家庭的一夫一妇，两人各有职业的，所以没有谁依赖谁的问题发生。但是女子一生小孩，便不能担任职务了，这时的经济就只有男子负担了。小孩一生之后，既然没有儿童公育，就非得自己管不可，而中人之家大都是用不起保姆的。那时候怎么办呢？自然只有男子负担经济，而女子则整日消磨于家庭的琐碎事务中，烧饭煮粥等的事情上了，那时候，任凭你是如何一个有学问、有才干的女子，消磨得也使你动弹不得，活动不得！——这并不是我所想象的，我有好几个女友都遭到这种意想不到的不幸。"[28]

如是，恋爱和事业便成了很多女性心中的矛盾困惑；而女作家庐隐（黄英，1898—1934）也曾经写了一系列小说，反映了这问题的严重性。[29] 到了30年代茅盾创作的《虹》，一

---

[26] 见同上，第114页。

[27] 同上，第115页。

[28] 见陈学昭：《海天寸心》，第108页。

[29] 参考拙著：《情智纠缠下的彷徨——谈庐隐小说里的人生观》，《开卷》21期（1980年9月），第17—19页。

方面刻画了自"五四"至"五卅"期间妇女在大时代下的转变，另方面就是意图指示出女性一条应走的解放道路。

三

茅盾是妇女解放的支持者，曾经主编过《妇女杂志》，发表很多鼓吹妇解的文字，甚至一度参与过妇解的工作。[30]正因为他对女性的解放问题有了深入的认识，所以《虹》的创作，正能透过梅女士的遭遇，概括了自"五四"至"五卅"这段时期中国妇女所经历的社会变动，并尝试指引一条妇女应走的解放道路。贺玉波在《茅盾创作的考察》中认为：

"梅女士就是这个时代（指'五四'至'五卅'）中的一个青年，她的思想由旧而趋于新，由盲目而趋于有系统的，她的行动由孝女少奶而趋于独立的职业，由个人的奋斗而趋于集团的运动。作者把这个急流似的时代反了给我们，而又把在这个时代中青年的思想的蜕变与实际运动显出，这就是他的用意。"[31]

贺玉波的见解十分正确，原因是茅盾创作的用意就是："欲为中国近十年之壮剧，留一印痕。"[32]

---

[30] 参考茅盾：《我走过的道路》上册，香港：生活·读书·新知三联书店，1981年8月香港第1版，第210页；吕璜：《茅盾与五四时期妇女解放运动》，《中国妇女》1981年第5期（1981年5月15日），第10–11页。

[31] 见姚乃麟编：《现代作家论》，上海：万象书屋，1937年3月初版，第142页。

[32] 见茅盾：《虹·跋》，成都：四川人民出版社，1981年7月，第245页；茅盾：《亡命生活——回忆录》，《新文学史料》1981年第2期（1981年5月22日），第11页。

事实上，《虹》较诸其他描写妇解问题的作品进步了很多。它不再停留于孤立地提出问题，而是将人物摆放在历史洪流之中，透过人物的个性发展，呈现出大时代下妇女解放道路的图画。

最初，茅盾笔下的梅女士就像娜拉、子君等一样，是个性解放的追逐者。新思想给予她足够的勇气去面对现实，可是她过高地估量了自己的能力，而没有考虑到客观环境的复杂性和未来的前景问题。如是，"现在主义"便成了她处世的方针，却又是她前途的绊脚石。首先梅女士遭遇了买卖性质的婚姻；接着工作挫折、人事纠纷，令她十分困扰。在此，作者有意暗示狭隘的个性解放思想，一碰到残酷的现实，恐怕得要崩溃。这与鲁迅预言娜拉的前路、刻画子君的悲剧有异曲同工之妙。然而梅女士的思想发展并未因现实的障碍而停滞，反而时代的步伐带动着她前进。梅女士离开四川跑到上海后，结识了左翼政治运动家梁刚夫、国粹主义者李无忌，以及国民革命军军人徐自强等人，使她明了很多有关政治活动和群众运动的事情；甚至在黄因明的诱导下，她参加了"妇女会"的工作。后来，"五卅"运动爆发，梅女士更加意识到：

"时代的壮剧就要在这东方的巴黎开演，我们都应该上场，负起历史的使命来。你总可以相信罢，今天南京路的枪声，将引起全中国各处的火焰，把帝国主义，还有军阀，套在我们颈上的铁链烧断！"[33]

所以，她终于投入示威的行列，在街头和群众一起遭到警察的镇压。

---

[33] 茅盾：《虹》，见上，第229页。

从一个个人主义、个性解放的追求者，以至一个积极参与群众运动的革命者，梅女士的思想发展很合规律，[34]而且更能体现出个人与社会潮流的紧密关系。尤其难得，梅女士比起鲁迅笔下的子君较为理智。她虽然不断受到爱情的困扰，三番四次暴露了她脆弱的一面，但她始终表现得很坚强，没有因爱情的挫折而沉沦下去。故此，梅女士的行为，对那些爱情至上论者来说，实在是一大突破。

《虹》的故事虽然没有完结，[35]但作者已隐然指出妇女解放不应停留于个性解放这个目标之上，原因是个人的力量实在太薄弱；只有团结群众，解放社会，那么妇解的理想才容易实现。然而当《虹》发表的时代，中国社会的封建意识还是很强烈，妇女的社会地位始终还没有受到普遍的认同。最明显像1935年元旦，南京磨风艺社上演了易卜生的《娜拉》，担任角色的四位女士，竟然先后遭到学校的解职、斥责等处分。[36]这实在反映了30年代的中国，娜拉的"反叛"

---

[34] 茅盾在《亡命生活——回忆录[11]》也自认："她（指梅女士）在'学校的生活'中经历了许多惊涛骇浪，从一个娇生惯养的小姐的狷介的性格发展而成为坚强的反抗侮辱、压迫的性格，终于走上了革命的道路。我以为这是我第一次写人物性格的发展，而且是合于生活规律的有阶段的逐渐的发展而不是跳跃式的发展。"见注32，第11页。

[35] 据茅盾自述，《虹》预算写到梅女士参加1927年的大革命，但因他要迁居的关系，只能写到梅女士参加了"五卅"运动。同上。

[36] 参考张耒：《娜拉》，《新社会》8卷5期（1935年3月1日），第33页。又《新社会》半月刊曾就这次演出于8卷6期（1935年3月16日）刊出一个"娜拉特辑"，发表各方面的意见；内容包括有灵武《论南京娜拉事件》、冯估《〈娜拉〉再度演出的意义》、更夫《"三八"谈〈娜拉〉》及鲁思《娜拉，更勇敢些吧！》等文章（第55-58页）。

思想还是被封建余孽视为洪水猛兽。

1937年抗日战争全面爆发，民族存亡惊醒了中国人民，而妇女解放思想也从个性解放真正地转移到民族解放的路径上。很多妇女已不再斤斤计较个人的得失，反而不顾生命，走上战争的前线。此种行动意义重大，正如妇解运动家刘王立明（1896—1970）在《抗战期间的中国妇女》中指出：

"妇女们之所以能负起时代的使命是完全出于自觉，我们已感觉到中国这次的抗战，如不胜利，我们是世世代代要作X人的奴隶，永无翻身的日子。我们又觉着妇女问题只是这民族问题大环中的一小环。我们参加抗战，极希望在民族的解放中得到妇女激（当作激）底的解放。"[37]

如是，倡议妇女抗战便成了30年代末到40年代初妇解运动的一个主要环节。杜君慧在《妇女问题讲话》中强调：

"中国妇女运动，仍将以中国民族革命运动的发展路向为依归，为要达到中国妇女的彻底解放，必须和中国民族争取民主自由和解放的斗争紧密地联系在一起，而坚持抗战，坚决地参加各种现实的斗争，便成为中国妇女运动新阶段的中心任务。"[38]

这个中心任务，固然是妇运工作者所要推行的；同样，也是女作家郁茹创作《遥远的爱》的主题。

---

[37] 《民锋》1卷3期（1939年9月1日），第19-20页。

[38] 杜君慧：《妇女问题讲话》（上海：新知书店，1946年12月沪版，1948年6月再版），第180页。

四

《遥远的爱》是茅盾在重庆主编的"新绿丛辑"中的一部著作。[39] 对于这部作品，茅盾十分称许，主要原因不是这部小说的艺术成就卓越，而是它所包含的时代意义：

"我们所以感到喜悦的，是因为这一部小说给我们伟大时代的新型的女性描出了一个明晰的面目来了。自然，也还不曾全部无遗地描出这时代的新型女性的丰采，故事的发表只到了女主角（罗维娜）终于坚定了自己的立场，认清了自己应该走的道路，——只到这里为止，……通过了仔细分析的内心斗争的过程，我们看见一个昂首阔步的新女性坚定地赶上了时代的主潮，——全心贡献给民族。"[40]

其实，郁茹笔下的罗维娜（Nora的音译）和茅盾刻画的梅女士属于同一类型；只不过维娜性格显得更坚强和有远大志向。

童年的维娜虽然受到鄙视和压迫，但现实生活却养成她独立果敢的性格；加上兄长维特的熏陶，维娜自少便接触书本，受到新思潮的影响，立下了坚定的信念：

"那些书本都在活泼地谈着无穷的话，使她变得愉快，更坚毅。书本上美好的知识，滋养着她那内在的灵魂，使她有了一种娴静新鲜的姿态，昂然地超出一切人，这是那些村

---

[39] "新绿丛辑"除了郁茹的《遥远的爱》外，还有穗青等《脱缰的马》，王维镐、韩罕明《没有结局的故事》和艾明之《上海廿四小时》。参考上海图书馆编：《中国近代现代丛书目录》，上海：商务印书馆，1980年9月第2次印刷，第925页。

[40] 茅盾：《关于〈遥远的爱〉》，见郁茹：《遥远的爱》，上海：自强出版社，1944年4月初版，1948年6月7版，第1页。

姑们永远无法模拟的。"[41]

维娜的信念，就是"奋斗——自由——和幸福"。[42]故此，一俟抗日战争爆发，维娜便积极参加宣传抗战的工作：

"这时的罗维娜，像一柄珍藏了好久的利刃一样，霍然飞出鞘来，她决然加入了从县里来的学生宣传队。他们领导着全村青年妇女，活跃起来——演讲，教读，报告战况，分析局势……她完全被卷入战争的烈焰中。现在，她的潜藏着的能力和学识有了实用的机会了。"[43]

正当工作进行得如火如荼的时候，维娜像其他少女一样，终于碰上了不能避免的事情——恋爱。结果，她跟随爱人高原离开了沦陷的乡村，跑到战争的后方重庆定居。远离战斗，生活宁静，原是很多女性梦寐以求的机会，可是维娜却感到安闲的日子愈来愈乏味，也自觉变得软弱和落后：

"鸟是要饵的，高原用他最单纯的爱来饲养她。用种种好听的名义的镣铐来套住她翅膀，她快要失去飞翔的能力了！"[44]

维娜的处境，直如子君的翻版。幸而维娜有自觉的能力，加上做了游击队员的哥哥及思想导师雷嘉的帮助，令她有足够的力量再次扇动翅膀。为了追求自己的事业，她毅然离开了丈夫，放弃了那种自私的爱情生活，跑到"妇女工作队"参加工作。她拒绝高原重返家庭的话道：

"我知道的，高原，你不愿意我离开你，希望我永远为

---

[41] 郁茹：《遥远的爱》，同上，第26页。

[42] 同上。

[43] 同上，第28页。

[44] 同上，第32页。

了你一个人活着，你自私的爱，完全扔开了我自己……你每封信上都说让我自由地工作，但却又要说你离不开我，你寂寞，苦闷……其实只是要把我的青春、事业和自由，完全在你的怀抱里涓灭，你才满意……但我不能忍受这样的……"[45]

维娜这番话，无疑代表女性向那些自私的男性提出抗议，间接地批判了那些爱情至上论者的脱离现实。终于，维娜与高原分开了，接着雷嘉却又困扰维娜。经过一次教训，维娜十分理智，婉拒了雷嘉的爱，转到童养院任教，专心寄情工作。在童养院，维娜目睹孩子们饱受剥削和压迫，使她明白到社会上一切的罪恶，并非只加诸某一阶级身上，而是整个人类的危机。所以她在回复友人柳蒨的信中就认为：

"朋友！你不是说过：'一切都要报复的，为了女人！'可是，现在你该明白了：我们所要报复的，已不是仅仅对个人的伤害者，不是女人们的仇敌，而是整个人类的公敌！是那使世界分裂，使人类分裂，为着自己利益不惜摧残着国家的幼芽的贪婪和专制！那末，我们所迫切地需要的，也将不再是舒适的眼前，享乐的晚年，幸福的将来，而是武器——是能够投向敌人的长矛，是直接间接予以不断的毁灭的坚决的力量！"[46]

为了实践向民族敌人的"报复"，维娜终于走上前线，肩负起作战的艰巨任务。在爱情和事业之间，维娜坚定地选择了后者，因而引起了高原和雷嘉的错觉：

"她是魔鬼，是神，而不是人！……没有谁人能匹配

---

[45] 同上，第66页。

[46] 同上，第122-123页。

的，仿佛她并不需要人的感情……"[47]

其实维娜并非不需要异性的感情，只不过她不想把自己给束缚在狭窄的"爱"的圈子里，而想将满腔热情倾注给全民族和全人类。所以茅盾把她和娜拉比较道：

"二十多年前的'娜拉'跳出了旧礼教的圈子，可以安心满意地蹲在一个角落——狭的自私的恋爱的角落；今天的'罗维娜'却不愿安于这一角落，民族解放的战斗着的号角在召唤她，她唾弃那两人厮守的狭的自私的爱，她的爱是扩大了，而且在扩大的爱人民爱祖国的事业中，她再不能允许自己把一个从这大事业中脱逃的人作为私情的对象。"[48]

故事之中，高原和雷嘉都是"从这大事业中脱逃的人"，维娜找不到"携手同行"的伴侣，但也无碍她"奋身孤往"的决心。

五

毫无疑问，从娜拉到罗维娜，象征了自"五四"至抗战期间中国妇解思想的进展历程：从追求个人的解放，以至追求全民族的解放。郁达夫（1896—1945）在《中国新文学大系·散文二集·导言》中认为：

"五四运动的最大成功，第一要算'个人'的发见。从前的人，只为君而存，为道而存在，为父母而存在的，现在的人才晓得为自我而存在了。"[49]

---

[47] 同上，第161页。

[48] 茅盾：《关于〈遥远的爱〉》，第2页。

[49] 见郁达夫编：《中国新文学大系》(七)，上海：良友图书印刷公司，1935年8月，第5页。

的确，娜拉逃离家庭，子君追求爱情，就是这种"自我"觉醒的表现，显示出女性有足够勇气向封建传统挑战。然而她们的结果并不就是人生的最后归宿，原因"人必生活着，爱才有所附丽"，于是鲁迅提出了女性的经济权问题来。但如何取得富足安定的生活条件？在社会动荡、战争频仍的年代，一切都无所倚凭，女性又怎样能取得经济权？为此，社会解放、民族解放便成了妇女解放的前提。而梅女士和罗维娜就能摒弃个人的私人感情，而朝着这大前提献出自己的力量。其实早在辛亥革命（1911）前后，妇女参与民族解放革命事业的大不乏人，[50] 像秋瑾（1875—1907）就是一个很好的例子。只不过后来革命成功，妇女参政、参战的转趋沉寂。到了抗战阶段，面对民族存亡的关头，妇女投身战争行列的呼声也激烈起来，成为当时妇解运动的大方向。即如郭沫若（1892—1978）在《〈娜拉〉的答案》一文中呼吁道：

　　"脱离了玩偶家庭的娜拉，究竟该往何处去？求得应分的学识与技能以谋生活的独立，在社会的总解放中争取妇女自身的解放；在社会的总解放中担负妇女应负的责任；为完成这些任务不惜以自己的生命作牺牲——这些便是正确的答案。这答案，易卜生自己不曾写出来，但我们的秋瑾先烈是用自己的生命来替他写出了。"[51]

---

[50] 参考林维虹：《同盟会时代女革命志士的活动（1905-1912）》，见鲍家麟编：《中国妇女史论集》，台北：牧童出版社，1979年10月31日初版，第296-345页；朱秀武：《辛亥革命中的妇女》，《华中师院学报》（哲学社会科学版）1980年第1期，第42-49页。
[51] 见郭沫若：《今昔蒲剑》，上海：海燕书店，1947年7月第1版，1951年5月第4版，第78页。

郭氏的见解，很明显是结合了抗战形势而提出的；而郁茹塑造的罗维娜，刚好就像秋瑾的化身，不但表现了作家进步的妇解思想，同时也为战时的中国妇女建立起一个崇高的学习典范！

参考书目：

1. 鲁迅：《娜拉走后怎样》，见《鲁迅全集》第1卷，北京：人民文学出版社，1981年，第158-165页。

2. 鲁迅：《彷徨·伤逝》，见《鲁迅全集》第2卷，北京：人民文学出版社，1981年，第110-131页。

3. 茅盾：《虹》，成都：四川人民出版社，1981年7月。

4. 茅盾：《我走过的道路》上册，香港：生活·读书·新知三联书店，1981年8月香港第1版。

5. 郁茹：《遥远的爱》，上海：自强出版社，1944年4月初版。

6. 盛英主编：《二十世纪中国女性文学史》上、下册，天津：天津人民出版社，1995年6月。

7. 许慧琦：《'娜拉'在中国：新女性形象的塑造及其演变（1900-1930）》（台北：政治大学历史系，2003年）。

8. 孟悦、戴锦华：《浮出历史地表——现代妇女文学研究》，郑州：河南人民出版社，1989年7月。

9. 张春田：《女性解放与现代想象：思想史视野中的"娜拉"》，上海：华东师范大学出版社，2014年。

10. 王丽英：《中国女性文学和妇女解放》，《福州大学学报》（社会科学版）8卷3期，第18-23页。

11. 梅生编：《中国妇女问题讨论集续集》，上海：新文化书社，1923年11月。

12. 范文瑚：《〈玩偶之家〉在中国——兼评胡适的〈易卜生主义〉》，《四川师院学报》（社会科学版）1980年1期（1980年3月20日），第48-54、65页。

13. Elisabeth Eide, "Ibsen's Nora and Chinese interpretation of female emancipation," *Nobel Symposium*, 32, 1975, pp. 140-151

14. Schwarcy Vera，"Ibsen's Nora: The Promise and The Trap"，*Bulletin of Concerned Asian Scholars,* V Vol, 7 No. 1, January-March 1975, pp.3-5.

15. 唐光早：《〈娜拉〉与中国现代妇女解放道路的探索》，《成都师范学院学报》1994年4期，第22-28页。

16. 袁高远：《"娜拉"形象在中国现代作家笔下的嬗变》，《四川师范大学学报》（社会科学版）2001年1期，第52-58页。

附录：

中国现代小说发展概况(纲领)

1. 鲁迅——现代小说的奠基人

《呐喊》（1923），《彷徨》（1926），《故事新编》
（1936）。

2.《新潮》作家

北京大学"新潮社"（The Renaissance, 1919—1922）

北大师生：蔡元培、陈独秀、胡适、鲁迅、周作人、刘
复、傅斯年、罗家伦。

罗家伦《什么是文学》："（旧文学）只是摆出道学先
生的面孔，代圣人立言。"

施存统给"新潮"的信："敝校近来颇有改革的气象，
同学于新文学、新思潮也极注意。大概看过《新青年》和《新
潮》的人，没有一个不被感动；对于诸君极其信仰，学白话
文的人也有三分之一。"

鲁迅《中国新文学大系·小说二集·导言》："（他
们）每作一篇，都是'有作为'而发，是在用改革社会的器
械。"

汪敬熙：《雪夜》《一个勤学的学生》。

杨振声：《渔家》《贞女》。

罗家伦：《是爱情还是苦痛》。

欧阳予倩：《断手》。

叶绍钧：《这也是一个人？》《低能儿》。

鲁迅《小说二集·导言》："技术是幼稚的，往往留存着旧小说上的写法和情调；而且平铺直叙，一泻无余……"

3. 文学研究会"为人生"的小说

重要成员：许地山、周作人、叶圣陶、王统照、茅盾、杨振声、冰心、庐隐、郑振铎、耿济之等。

茅盾《中国新文学大系·小说一集·导言》："反映社会现象，表现并且讨论一些有关人生一般的问题。"

鲁迅《小说二集·导言》："……凡在北京用笔写出他的胸臆的人们，无论他自称用主观或客观，其实往往是乡土文学，从北京这方面说，则是侨寓文学的作者。"

乡土作家：蹇先艾、彭家煌、许钦文、台静农、王鲁彦、徐玉诺、王思玷、许杰、黎锦明等。

4. 创造社与"身边小说"

发起人：郭沫若、郁达夫、成仿吾、张资平。

郁达夫：《沉沦》《过去》《鸟萝行》。

郭沫若：《漂流三部曲》《行路难》。

成仿吾：《一个流浪人的新年》。

张定璜：《路上》。

倪贻德：《玄武湖之秋》。

"浅草社"林如稷、陈翔鹤；王以仁。

5. 革命小说

知识分子的左倾：五卅事变、四·一二政变。

创造社小伙记：周全平、严良才、叶灵凤、潘汉年、徐祖正。

蒋光慈：《少年漂泊者》《鸭绿江上》。另主编：《中国新兴文学短篇创作选》二册。

太阳社：阿英（钱杏村）、孟超。

洪灵菲：《流亡三部曲》《大海》《归家》。

阳翰笙：《地泉三部曲》《女囚》。

楼建南：《挣扎》《病与梦》。

戴平万：《出路》《都市之夜》。

钱杏村：《革命的故事》《欢乐的舞蹈》。

"普罗列塔利亚文学"（proletarian literature）

6. 左联时期社会写实小说

《无产阶级文学运动新的情势及我们的任务》："（全体联盟员）到工厂、到农村、到战线、到社会的地下层去。……这样，才能够使文学运动密切的和革命斗争一道的发展，也只有这样，我们作家的生活才有切实的改变；我们的作品内容才能够充满了无产阶级斗争意识。"

都市生活：茅盾《子夜》。

农村题材：茅盾《农村三部曲》、叶紫《丰收》《火》、吴组缃《一千八百担》、沙汀《代理县长》、艾芜《南行记》。

知识分子：丁玲《一九三零春上海》《田家冲》。

巴金：《激流三部曲》《爱情三部曲》。

7. 新感觉派小说（心理分析小说）

主要作家：刘呐鸥、施蛰存、穆时英、戴望舒、徐霞村。

刊物：《无轨列车》（1928），《新文艺》（1929），《现代》（1932）。

代表作：

刘呐鸥《都市风景线》《A Lady to Keep You Company》。

施蛰存《上元灯》（1929）、《将军底头》（1932）、《梅雨之夕》（1933）、《善女人行品》（1933）。

穆时英：《公墓》（1933）、《白金的女体塑像》（1934）、《圣处女的感情》（1935）。

8. "京派"小说

重要作家：废名（冯文炳）、沈从文、凌淑华、萧乾、李广田。

刊物：《文学月刊》《骆驼草》《水星》、天津《大公报·文艺副刊》。

代表作：沈从文《边城》、废名《莫须有先生传》、萧乾《篱下集》《梦之谷》。

9. 东北作家小说

作家和代表作：萧军《八月的乡村》、萧红《生死场》、端木蕻良《憎恨》、舒群《没有祖国的孩子》、白朗《牺牲》、罗烽《归来》。

10. 抗战时期小说

（1）国统区

1938年2月24日"中华全国文艺界抗敌协会"，

1939年6月王礼锡带领"作家战地访问团"到前线。

重要作品：丘东平《一个连长的战斗遭遇》，姚雪垠《差半车麦秸》，齐同《新生代》，萧红《旷野的呼喊》，路翎《饥饿的郭素娥》《蜗牛在棘上》《财主底女儿》，张天翼《华威先生》《谭九先生的工作》，沙汀《防空——在堪察加的一角》《在其香居茶馆里》《淘金记》，艾芜《落花时节》《故乡》，靳以《众神》。

"洋场小说"：徐訏《鬼恋》《风萧萧》；无名氏《北极风情画》《塔里的女人》。

（2）解放区

1942年毛泽东《在延安文艺座谈会上的讲话》。

1934年《苏联作家协会章程》："要求艺术家从现实的革命发展中真实地、历史具体地去描写现实。同时艺术描写的真实性与历史具体性，必须与用社会主义精神从思想上改造和教育人民的任务结合起来。"

赵树理：《小二黑结婚》《李有才板话》《孟祥英翻身》《传家宝》。

山药蛋派：赵树理、西戎、马烽。

荷花淀派：孙犁、康濯。

（3）"孤岛"文学

程造之《地下》；谷斯范《新水浒》；师陀《结婚》《马
兰》；钱锺书《人兽鬼》《围城》；张爱玲《金锁记》《封
锁》《第一炉香》等。

11. 抗战胜利后小说

解放区：周立波《暴风骤雨》，丁玲《太阳照在桑干河
上》。

《文艺杂志·复刊卷头语》："文学上只有好坏之别，
没有什么新旧左右之别。"

沈从文《长河》，废名《莫须有先生坐飞机以后》，汪
曾祺《老鲁》《鸡鸭名家》。

参考书目：

1. 田仲济、孙昌熙主编：《中国现代小说史》，济南，
山东文艺出版社，1984年1月。

2. 夏志清著、刘绍铭编译：《中国现代小说史》，台
北：传记文学出版社，1979年9月1日。

3. 赵遐秋、曾庆瑞：《中国现代小说史》上、下册，北

京：人民大学出版社，1984年3月、1985年7月。

4. 杨义：《中国现代小说史》第一、二、三卷，北京：人民文学出版社，1986年年9月、1988年10月、1991年5月。

5. 叶子铭主编：《中国现代小说史》第一、二卷，南京：南京大学出版社，1991年10月、1992年8月。

6. 易新鼎：《二十世纪中国小说发展史》，北京，首都师范大学出版社，1997年12月。

7. 严家炎：《论现代小说与文艺思潮》，长沙：湖南人民出版社，1987年3月。

8. 殷国明：《中国现代文学流派发展史》，广州：广东高等教育出版社，1989年3月。

9. 施建伟：《中国现代文学流派论》，西安：陕西人民出版社，1986年12月。

10. 应国靖：《文坛边缘》，上海：学林出版社，1987年8月。

11. 马良春等编：《中国现代文学思潮流派讨论集》，北京：人民文学出版社，1984年12月。

12．乐黛云：《谈谈五四以来的小说》，《文艺学习》1957年8-9期(1957年8月8日——9月8日)，第32-34页，第36-38页。

13. 严家炎：《中国现代小说流派史漫笔》，《北京大学学报（哲学社会科学版）》1985年5期（1985年9月20日），第31-39、66页。

14．张德旺：《论五四运动中的新潮社》，《求是学刊》1986年4期（1986年8月15日），第112-116页。

15. 李小峰：《新潮社的始末》，《文史资料选辑》1978年1辑(1978年11月)，第47—93页。

16. Diana S.Granat，"Literary Continuity in the new Chinese Short Stories：A Study based on the `Hsiao—Shuo Yueh—Pao' (Short Story Magazine)，1921—1931，"Ph.D. thesis，University of Pennsylvania，1980.

17. 李惠贞：《论文学研究会的"问题小说"》，《学术研究》1982年2期(1982年3月20日)，第103—106页。

18. Anna Dolezalova，"Subject—matters of Short Stories in the Initial Period of the Creation Society's Activities，" *Asian and African Studies*，1970：VI(1972)，pp. 131—143.

19. ——————，"Short Stories in the Second Volume of Creation Quarterly，" *Asian and African Studies*，1972：VIII（1973），pp.33—41.

20. ——————，" The Short Stories in Creation Daily，" *Asian and African Studies*，1973：IX(1974)，pp.53—63.

21. 张大明：《不灭的火种——左翼文学论》，成都：四川文艺出版社，1992年10月。

22. 艾晓明：《中国左翼文学思潮探源》，长沙：湖南文艺出版社，1991年7月。

23. Hsia Tsi—an，*The Gate of Darkness：Studies on the Leftist Literary Movement*，Seattle and London：University of Washington Press，1968.

24. 李牧：《三十年代文艺论》，台北：黎明文化事业公司，1973年6月。

25. 南京大学中文系编：《左联时期无产阶级革命文学》，

南京：江苏文艺出版社，1960年3月。

26. 赵凌河：《中国现代派文学引论》，沈阳：辽宁人民出版社，1990年12月。

27. 李俊国：《三十年代"京派"文学思想辨析》，《中国社会科学》1988年1期（1988年1月10日），第175-192页。

28. 吕智敏：《化俗为雅的艺术——京味小说特征论》，北京：中国和平出版社，1994年10月。

29.《东北现代文学史》编写组：《东北现代文学史》，沈阳：沈阳出版社，1989年12月。

30. 逢增玉：《东北作家群创作的乡土色彩》，《湖南师院学报》（哲社版）1984年5期（1984年9月15日），第106-111页。

31. 沙金城：《东北新文学初探》，长春：吉林文史出版社，1989年9月。

32. 陈开鸣：《文学：在战争的年代——论中国现代文学的"第三个十年"》，《贵州师大学报》（社会科学版）1989年1期（1989年3月25日），第50-54页。

33. Edward Gunn, *Unwelcome Muse: Chinese Literature in Shanghai and Peking, 1937-1945*, New York: Columbia University Press, 1980.

34. 张泉：《沦陷时期北京文学八年》，北京：中国和平出版社，1994年10月。

35. 杨幼生、陈青史：《上海"孤岛"文学》，上海：上海书店，1994年8月。

36. 文天行：《火热的小说世界》，成都：四川教育出版社，1992年1月。

37. 刘炳泽：《武汉抗战时期的小说创作》，《中南民族学院学报（社会科学版）》1987年3期（1987年7月20日），第100-105页。

38. 万平近：《鲜明的地方色彩、浓郁的乡土气息——读一九四二年后解放区小说漫笔》，《福建论坛》1982年3期（1982年6月20日），第55-61、67页。

39. 文天行：《火热的小说世界》，成都：四川教育出版社，1992年1月。

40. 邱文治：《现代文学流派研究鸟瞰》，天津：天津教育出版社，1992年8月。

41. 陈继会：《拯救与重建——20世纪中国小说文化精神》，郑州：河南人民出版社，1991年12月。

42. 高恒文：《京派文人：学院派的风采》，上海：上海教育出版社，2000年12月。

43. 耿传明：《轻逸与沉重之间——"现代性"问题视野中的"新浪漫派"》，天津：南开大学出版社，2004年1月。

44. 杨义：《京派海派综论》，北京：中国社会科学出版社，2003年1月。